MAO'ER
YAN

猫儿眼

下

樊落

著

目录 CONTENTS

第十章 / 你是谁 / 001

第十一章 / 不存在的嘉宾 / 024

第十二章 / 十四年前的疑案 / 047

第十三章 / 罗生门 / 074

第十四章 / 对峙 / 096

第十五章 / 追踪新线索 / 122

第十六章 / 疑凶 / 141

第十七章 / 车祸真相 / 166

第十八章 / 故人 / 189

第十九章 / 千谎百计 / 210

第二十章 / 猫儿眼 / 230

尾声 / 245

第十章
你是谁

陈恕追上庄静,问:"你是说出车祸那天吗?"

"是啊,不是你一直问那晚我们都吃过什么吗?我很努力地帮你想了,也不谢谢人家。"庄静嗔道,声音软软的,带了几分小女生的撒娇。

"照明开关在哪里?我去找找。"

他打开手机照明看看周围,储藏室面积不大,放了些杂物和各类藏酒,所以有不少空隙,要说藏钻石的话,这里确实是最佳场所。

室内没有窗户,和上面相比,室温好像低了很多,可陈恕却感觉无端地发热,他找到了开关,按开后灯却没亮。

脊背一热,庄静从后面贴近了他,问:"你不是奇怪为什么我可以随便拿楚陵的东西吗?偷偷告诉你喔,因为我们关系很亲密,比他和婷婷还要亲密的那种。"

她伸手要抱陈恕,陈恕及时推开了她,转过身,就见她举着手机,笑嘻嘻地说:"别担心,我已经关掉了,这里只有我们两个。"

她脸颊潮红,状态似乎不太好,陈恕说:"我们还是上去吧。"

他转身要走,手臂被攥住,昏暗空间中,庄静幽幽地问:"为什么你总是躲着我呢,你是不是讨厌我?"

"你有男朋友,楚陵也有女朋友。"

"你很关心婷婷啊,是在为她打抱不平吗?呵呵,别担心,那只是喝醉了一夜情而已,婷婷不知道,她不会受伤害的。"

陈恕知道庄静在交友上很开放,却没想到可以她开放到无视朋友的感受。

他把庄静的手甩开,庄静也不在意,慢悠悠地说:"而且你又没有女朋友,和卢苇也不算朋友,我想不出你拒绝我的理由。"

"你好像并不在意卢苇的感受。"

"哼,他会拍照,在圈里熟人也多,可以给我提供很多机会。"

庄静说得理所当然,陈恕无语了,嘲讽道:"说了半天你和他在一起只是觉得他好用,并不是真心喜欢他。"

"那你呢?你有真心喜欢过谁吗?"

陈恕一怔。

他和不少女明星交往过,现在对江茗也很感兴趣,他在意紫色,疯狂想知道紫色的情况,可是……这些好像都不是真正的喜欢,至少不是可以让他倾其所有去保护的那种喜欢。

这么一想,他似乎没有指责庄静的资格,庄静固然是在利用别人,而他又何尝不是为了某种目的找女朋友呢,不是在意不是喜欢,只是觉得还算适合,仅此而已。

嘴唇一热,庄静扑到了他身上,抱住他吻了起来。

理智告诉陈恕他应该马上推开,可脑子里乱哄哄的,无法集中精神,只觉得脸颊火热,仿佛在发烧,嗅到了来自女人身上的清香,他反而本能地抱住了她。

庄静很开心,继续热吻,她一定下了很大的力,陈恕感到了唇角上的疼,他往后退开,脊背撞到了墙上,神志忽然一清,急忙按住庄静的肩膀把她推开。

庄静没防备,差点摔倒,手机落到了地上,口袋里的矿泉水瓶也甩了出去,顺着地面咕噜噜滚到了陈恕脚下。

"你怎么这么粗鲁?以前那么多人从来不会拒绝我,只有你这样。"

她大概委屈极了,呜呜哭起来,陈恕没去理她,他现在心烦气躁,像是泡在了热水里,全身滚烫,看到矿泉水,他捡起来咕嘟咕嘟喝了几口,忽然感觉到了铁锈味,摸摸嘴唇,原来嘴唇被咬破了。

借着手机照明,他看向庄静,庄静摇晃着站起来,像是喝醉了酒,面颊潮红,呼吸急促。

她的样子很不正常,陈恕觉得自己现在也不正常,转头看周围,不知是不是错觉,景物好像都变了形,扭曲成奇怪的模样,脑子更乱了，像是一下子被塞进了很多东西，想要仔细去看，却什么都看不到。

不知不觉中，心跳快到了可怕的程度，陈恕趔趄了两下，伸手按住心脏，两耳在轰鸣，他只听到自己大口的喘息声，虚汗一层层冒出来，哪里出问题了，对，一定是出问题了。

很难受，诡异的是他同时又觉得很舒服，全身轻飘飘的，像是喝醉了酒，恍惚着有种踩在云端的感觉。

陈恕一凛，残留的理智提醒了他，他这是嗑药后出现的反应。

陈恕没嗑过药，他想大概那是比醉了酒还要爽的感觉吧。

陈一霖一直让他询问庄静他们在别墅的饮食，庄静又提到了巧克力，会不会是巧克力有问题？

"陈一霖……"

陈恕极力按住飞快跳动的心脏，叫自己的助理，却没有回应，他伸手按耳机，耳机竟然消失了，陈恕闭眼回想，好像在进储藏室的途中和人撞过，耳机可能是在那时掉落了。

陈恕用力捶脑袋，尽量让自己最后的理智不要消失，他看到了地上的手机，想过去拿，谁知庄静突然撞过来，把他撞倒了。

庄静看起来更加疯狂，眼泪鼻涕流了满脸，抓住他的肩膀用力晃，大叫："楚陵没说错，你是凶手，是你杀了你叔叔，还开车撞死了你姑姑，那次我们出车祸也是你造成的，你想害死所有人！你怎么这么坏！"

"我没有！"

话音刚落，陈恕的额头就传来疼痛，却是庄静捡起手机砸在了他头上。

一个手机对陈恕造不成伤害，却在无形中激起了他的怒火，心里一直拼命克制的杀意突然涌了上来，他随手摸索，手碰到了一个冰冷的东西，是一块用来垫东西的石砖，他顺手抄起来就往庄静头上砸去。

眼前恍惚闪过光亮，一瞬间，久远的一幕与当下重合了，雨声噼啪，穿过耳膜直达大脑深处。

那一夜也下着这样的雨，他和那个叫林江川的人殴打到一起，他被打倒了，头撞到柜子，起先是眩晕，接着是汹涌而上的怒火，他抄起来时在路上捡的石头向林江川砸去……

一幕幕的画面宛如走马灯在眼前依次划过，炫人眼目，陈恕不由得眯起眼，心跳突然间像是静止了，他僵在了那里。

他想起来了，他都想起来了！

像是冥冥中自有安排，车祸那晚也是雨夜，不知为什么，他开着车，突然想起了曾经隐藏的秘密，所以当赵青婷的车突然冲过来时，他才会没有余裕去躲闪，因为他走神了。

他急促地喘息着，狠狠盯着庄静，手里举着那块石砖，猛地一甩，砖头擦着庄静的头砸到了一边。

庄静吓傻了，连哭泣都忘了，瞠大眼睛呆呆地看他，这一次陈恕看清楚了，庄静的眼瞳眯成了一条线，正像是猫儿眼！

或许此刻他自己的眼瞳也是这样的。

陈恕呆住了，忽然看到那瓶矿泉水，急忙捡起来拧开瓶盖，又一把抓住庄静。

庄静尖叫着躲避，被他按住，他把水泼到了她脸上，喝道："醒醒！"

不知是不是凉水奏了效，庄静的挣扎不像最初那么激烈，只是靠着他的臂弯呜呜咽咽地哭。

陈恕拍拍她的头，安慰她说没事，可是究竟有没有事他自己心里也没底。他呼呼喘着气，只觉得眼前景物扭曲得更厉害了，耳边传来许多人的呼唤声，有人在对面叫他，影影绰绰的，好像有几个人，又好像有一群人，再看到当中的两个，他震惊了，用力揉眼睛。

是的，他没看错，那是他的父母，依稀还是记忆中年轻的模样，他惊喜万分，摇晃着站起来想跑过去，脚下却轻飘飘的，眼看着父母朝自己走过来，忽然一道黑影冲到了他们面前，将他们打倒在地，竟然是林江川。

陈恕愤怒了，扬起手里的砖头就甩了过去，林江川头部被打中，摇晃着摔倒在地，很快满地都是溢出的鲜血，再看父母，他们慢慢退进黑暗中,他急忙冲过去,却被血泊中的林江川用力拽住,等他终于挣脱了,冲过去向父母伸出手时,他们的脸孔已经散了。

胸口闷得发痛,眼泪控制不住地涌了出来,他拽开了衬衣最上面的扣子,只想大喊大叫,可是声音仿佛被堵在了嗓子眼里,一个字都发不出来。

因为愤怒,陈恕的眼睛都涨红了,转头看到林江川那张裂开的笑脸,他再也无法按捺憎恶之情,冲过去,重新抄起石块,朝他的头部砸去。

砰!砰!砰!

一下一下又一下,曾经的记忆犹如江河之水喷涌着冲入脑中,他把一切都记起来了,当初他就是这样干掉林江川的。

把他的脸砸得稀巴烂,让他再也无法露出这种恶心的笑!

身后传来脚步声,有人冲了过来,陈恕转过头,光亮闪过,他抬起手想挡住眼睛,手臂却被按住,有人在他耳边说:"是我。"

那是个熟悉的声音,陈恕恍惚了一下,喃喃地叫:"陈……一霖?"

"对,是我!放松,没事了。"陈一霖扶住他安慰道,陈恕的神志恍惚得更厉害了,想问"什么没事了",张张嘴,说出来的却是——

"我都记起来了,原来我才是凶手。"

陈恕从昏睡中醒来,已经是傍晚了,窗帘拉开,他靠在窗前,刚好看到即将坠入海中的夕阳。

脸颊有点痒痒的,陈恕转过视线,原来是杠杠,它蜷在枕边打呼噜,竖起的毛随着呼吸不时拂过陈恕的脸庞。

头还是晕乎乎的,全身乏力酸痛,像是剧烈运动了一场,体力还没恢复过来。

陈恕重新闭上眼,眼前闪过父母的面庞、倒在血泊里的林江川,还有……庄静。

一想到庄静，陈恕躺不住了，活动着想起来，一杯水递到了他面前。

陈恕借着陈一霖的手坐起来，接过水，又看看他，头还不是很清醒，他揉着额头，努力回想之前的经历。

记忆中的片段又乱又杂，他不敢确定哪些是幻觉哪些是真实的，问："庄静有没有事？"

"她没事，我过去的时候她都睡着了，我先送你回来，又跟卢苇说她喝多了，让他避开摄像头送她回去。"

"他信了？"

"看起来不信，不过他很配合。"

陈一霖看着陈恕把一杯水都喝完，又去给他倒了一杯，陈恕喝了一半，神志总算清醒一些了，回想当时的情况，说："我不知道是不是幻觉，在地下室时我看到庄静的眼瞳就像猫的眼睛，她说出车祸那晚卢苇的眼睛也是这样……"

"除了这些还有什么表现？"

"其他的表现？好像心跳加速，可以听到血管脉搏的跳动声，还有头像是要炸开了……"

"这些应该都是嗑药导致的幻觉，那包巧克力和矿泉水我都收好了，可惜在岛上，没办法做检查，我已经让这方面的专家赶过来了。你是第一次碰这种东西，反应比较强烈，不过别担心，已经没事了。"

怎么可能没事。

陈恕苦笑，说："拜它所赐，以前的事我都记起来了，我杀了人……"顿了顿，他又说，"不是凌冰，是那个在血缘上我该叫叔叔的人，那是十四年前的事了，可能因为太害怕，记忆自我封存了，直到前不久车祸刺激大脑，我才断断续续想起了一部分，我记得我用石头砸他的脸，砸得血肉模糊，一直到他咽气。"

大概这一幕太恐怖，所以在回闪时才会不断地重复这段记忆，因为和凌冰的死状类似，他一度把凌冰代入了回忆，然而实际上他真正杀的人是林江川。

"在地下室时我被毒品刺激得精神混乱，差点砸伤庄静，后来我又看到了林江川，我重复了杀人时的记忆，不断地砸他的脸……我有没有伤到你？"

他抬头看陈一霖，陈一霖摇摇头。

"没有就好，虽然那段记忆很可怕，不过终于都想起来了，我感觉轻松多了……要报警吗？虽然是十几年前的事了，不过我想我还是应该承担应有的罪责。"

陈恕搓搓脸，露出如释重负的表情。

陈一霖想他现在可能真的是这样期待的，可惜事实比他想的要复杂得多。

"你不会伤到我的，"他说，"我去地下室时，里面确实有不少石砖，但你并没有拿石砖砸人，你只是在做砸东西的动作而已。"

陈恕一愣，"什么意思？"

"也就是说即使在药物刺激下，你依然保持了理智，潜意识里你知道无论如何不能伤人，你并没有恢复记忆，或者说你恢复的只是错误的记忆。"

"等等，我听不太懂，可能我大脑还没恢复正常，你能不能用个更简单的方式表达？"

"好，直接点说，我看过林江川的案子，事实上林江川的脸部很完整，他只是额头上挨了一下，是一记很轻的外伤，他的致死原因是后脑多次受到重击，而不是你说的砸烂了整张脸，如果那是你的记忆，那恰恰证明了凶手不是你。"

陈恕愣住了，抓着头发努力回想地下室以及十四年前的情况，诡异的是原本清晰的画面重又变得模糊，他抬起头茫然地看陈一霖。

"这不可能，我明明记得我是那样砸他的，我恨他嘲笑我父母，恨他想霸占我家的房子，那份痛恨不可能是假的！"

"痛恨的感情不会作假，但你该知道这世上大部分的人不管多痛恨一个人，都不会杀人。还有，别太相信自己的记忆，人是有感情的，所以回忆是一个创造和重塑的过程，永远不可能客观地记录过往，很多时候你对某件事的记忆会基于当时的感受变得更好或是更差。"

陈恕怔怔地坐在那儿，半天没说话，陈一霖也不说话，房间里只有小猫咕噜咕噜的打呼声。

半响，陈恕叹气道："我好不容易想起来了，还没等我开心，你就告诉我那可能是假的……你怎么知道林江川的事？是什么时候查的？"

"那个……刘叔让你看精神科，我想了解你的情况，就私下查了查……我不是想故意翻你的隐私，我只是想确定你是不是真需要看精神科……"陈一霖怕陈恕多问，说完后马上转移话题，"不管怎么说，你怀疑自己杀了凌冰这事弄清楚了，也算是解决了一个大疑问。"

"可我为什么会有那样的记忆？至少我醒过来时，林江川确实倒在血泊里，地上还有那块石头。"

"那就是另外一个疑问了，别急，慢慢来。"

陈一霖心想至少从陈恕的描述中证明，林江川不是他杀的。也许他们该改换角度，从其他的可能性上重新推理案情。

"你和庄静怎么会去地下室的？我过去的时候，门在外面上了锁。"

"上了锁？"

陈恕想起他们进去后，身后那声咣当的关门声，他皱起眉头。

"其实我是进去找杠杠的，它不知从哪个通风口拱进去了，我为了抓它，只好撬锁进去，幸好当时方芳他们去看海了，据说还要拍成在暴风雨中找线索的剧情，否则要是让谁看到你们俩单独在地下室，状态还不太雅观的话……"

"如果换做以前，我一定会认为是有人在背后使绊子。"

随着聊天，陈恕的神志逐渐恢复了清醒，他问陈一霖。

"你好像一直怀疑楚陵他们嗑药？"

陈一霖早有准备，冷静回答："最近一些软性毒品在高校中很流行，比如做成巧克力、维C泡腾片之类的，容易让人放下戒心，尤其有一种是摄入后眼瞳会变得像是猫儿眼的毒品，我就是那么一猜，没想到还真猜中了。"

陈恕不太信，瞅着他问："你是不是还怀疑过我？"

"恕哥，我相信你的智商，你绝对不会干那种蠢事！"

陈一霖一脸信誓旦旦，不给陈恕多问的机会，跟着马上又问他们为什么会去地下室。

陈恕便把在楚陵房间发现二维码的事说了，陈一霖说："你和他还挺心有灵犀的，你在他房间发现了二维码，他在你房间发现了钻石。"

"他来搜我的房间了？"

"应该是在你和庄静被关的时候搜的，所以他现在确定你是富豪，就等着最后一起亮答案了。"

"那其他人呢？"

"其他人应该也都各自写好答案了，就等你和庄静，本来预定是晚餐时拍放真相那部分，我说你不舒服，要看情况，然后……"

陈一霖点开手机，递到陈恕面前。

因为宋嫣加盟剧组，最近微博上多了很多相关的话题。其中大部分都是说嘉宾们的关系有多亲密，工作有多敬业，各家的追星族也不忘把自己的偶像夸赞一番，偏偏当中一枝独秀，说某位男嘉宾在拍摄中耍大牌，难怪混了多年还在十八线上。底下有人就提到了另一位女嘉宾，说她演技好艺龄长，却要跟那种艺人搭戏，真可怜等等。

剧组里艺龄长的女嘉宾只有宋嫣和方芳，宋嫣和陈恕没有合作过，所以大家都认为女嘉宾是方芳。评论区就变成了一捧一踩，起先是踩陈恕，偏偏陈恕这人没几个人关注，最后就莫名演变成了方芳和宋嫣两家的追星族对骂的局面。

下面类似的留言还有很多，陈一霖说："是刘叔跟我说的，大部分骂你的过激留言他都让人删掉了，只留了一部分让你看看，你拍摄时心里有数。"

"你查查，我和庄静被关进地下室时，谁在别墅。"

"我查过了，一个你想不到的人，"陈一霖调出一段视频给他看，

"也不知道为什么要黑你。"

"在这个圈里，要黑一个人还需要什么理由吗？"

陈恕看看表，快到晚餐时间了，他跳下床，让陈一霖拿西装给自己。

陈一霖照做了，问："你身体没事吧？"

"放心，在确定别人有事之前，我一定不会有事。"

陈恕接过衣服，刚醒来时软弱的模样一扫而空，取而代之的是冷静和冷漠。陈一霖想也许这才是真实的他——虽然很多时候陈恕看着很弱，又神神叨叨的，还经常来个昏厥什么的，但他骨子里绝对是强韧的。

任何人在经历了他经历的那些事情后还能随遇而安，没有强大的精神力量是绝对做不到的。

陈恕对着镜子整理好衣着，在确定自己的状态还算过得去后，他下楼来到餐厅。

嘉宾们都到齐了，摄像机也在各个方位架好了。

接下来到了身份大揭秘的一环——最后的晚餐。这里是重头戏，也是抢镜的好机会，所以餐厅乍看其乐融融，实际上大家都铆足了劲准备做最好的发挥。

陈恕的出现引起了小小的骚动，张大厨快人快语，问："你没事了？"

"张哥开玩笑了，"陈恕不着痕迹地站到镜头前，整理了一下西装，微笑着说，"我这么年轻，怎么可能有事呢。"

方芳说："听你的助理说你低血糖犯了，看你气色还不错，没事就好。"

"因为我吃了半袋巧克力进去啊。"

陈恕在解小谜的引领下来到自己的座位前，目光依次划过众人。七个人围着餐桌坐了一圈，当中留了一个空位子，宋嫣因为没有戏份单独坐在镜头外看拍摄。

和身着华丽晚礼服的几位女嘉宾相比，宋嫣今晚的衣着可谓简约干练，白衬衣配深蓝西裤，腰间束了条金色宽腰带，再配上艳丽的妆容，反而更吸引目光，连陈恕也忍不住想不愧是大明星，和她一比，其他人都显得小家子气了。

在他留意宋嫣时，其他人也在注视他。

对于他的到来，大家都感到尴尬，其中楚陵最不会掩饰，陈恕几乎可以感觉到他的愤愤不平，庄静的表情有点僵，可能是想起了他们在地下室的亲密接触。

陈恕又看向对面的工作人员，卢苇站在人群当中，手拿照相机，似乎感觉到陈恕的注视，他抬头看过来，两人视线对上，他唇角勾起，做出善意的笑。

陈恕不知道自己有没有过度解读，虽然这次小岛之行卢苇对他一直表现得很友好，但他总感觉这个友好是带了攻击性的，可要说卢苇对他的厌恶是来源于对庄静的爱，似乎又不像，他更像是变色龙，有目的地接近他们。

餐点依次端上来，打断了陈恕短暂的沉思，餐点大多是海鲜类的，解小谜还开了几瓶葡萄酒，给大家依次倒满，众人似乎忘了下毒这事，谁也不提。

只有庄静比较纠结，她想喝矿泉水，可是想到矿泉水可能有问题，半路又把水放下了。

看到陈恕毫不忌讳地喝葡萄酒，她眨眨眼，露出惊讶的表情。

陈恕晃晃酒杯，说："没事的，杀手已经没有再下毒的必要了。"

手机振动了两下，陈恕拿起手机一看，是庄静的留言——我不怕下毒，反正那都是演的，我是怕水有问题。

陈恕笑了笑，放下手机，低头吃东西，庄静半天不见他回应，气得一跺脚，索性拧开矿泉水瓶，咕嘟咕嘟喝起来。

就餐时，解小谜播放了嘉宾们上岛后的部分视频助兴。

大家的镜头都很多，尤其是方芳和张大厨，两人各种演绎推理，楚陵则是努力在别墅内外寻找钻石，还有游泳池那段也很抢眼球，只有陈恕，除了推理侦探遇害的部分外，他几乎没出镜。

刘导在对面看着，直翻白眼，心想这家伙也太不会抢镜头了，难怪混了这么多年还是个小透明，真是白费了一张好皮囊。

晚餐吃完，到了最后揭秘环节，前方亮起大屏幕，八位嘉宾的头像出现在大屏幕上，看到上面还有解小谜的头像，有人发出轻呼。

解小谜也很意外，说："原来我也是解谜的一环啊，连我自己都没想到，不过大家请相信，我是中立的，我没有做任何手脚。"

方芳率先亮起了手里的小木牌，富豪的名字下方她写了陈恕。

其他人也跟着亮起来，除了庄静写的是解小谜外，其他人的答案都是陈恕。

陈恕本来也要举牌，看到几乎一样的回答，他把牌子放下了，对庄静说："要不你也改一下？清一色一条龙可有四十番呢。"

大家都笑了，庄静犹豫了一下，看看解小谜，最后说："上岛后可以自由活动又不引起大家注意的只有解小谜，我相信我没推理错。"

楚陵说："可钻石是在陈恕枕头里找到的。"

"那也可能是解小谜偷偷放的，就像她投毒的做法一样。"

方芳反驳道："可是前一晚我们所有人都没时间投毒，唯一有机会的只有陈恕。"

庄静说："这个我们已经模拟过了，时间上来不及。"

张大厨说："不，来得及，你忘了他还有一只猫，并且是只非常聪明的猫，所以我们的推理是——陈恕利用猫把毒药运到侦探的房间，他只需去侦探的房间喂猫，同时把毒药放进酒瓶，十分钟就足够了，跟在楚陵房间偷放手枪的过程一样。"

"那你们还敢喝酒？我没记错的话，这些酒都是放在侦探房间的，这个牌子我还记得呢，都是非常贵的酒。"

陈恕拿过酒瓶给他们看，小沅举起手，"因为我们都仔细检查过了，这些酒瓶都是密封的。"

"那就有趣了，侦探房间放了那么多酒，唯一一瓶下毒的刚好就被她喝了，杀手为什么那么肯定她会选下毒的那瓶酒？"

方芳说："可能那瓶酒放在最前面，被选中的概率很大，再说就算那晚她不喝，之后也会喝的。"

"也就是说结果是杀手无法预估的，那反过来说杀手为什么要为了无法预估的事去冒险？杀手的目标是富豪，假如他的身份被侦探发现了，那他要做的是必须干掉对方，而不是选择无法预估的杀害方式。"

众人沉默了，陈恕好心地问："还有时间，你们要不要再考虑一下？"

楚陵重新晃晃木牌，表示自己坚决不改。

方芳让解小谜把自己的那段视频倒回去，视频里是她和张大厨两人在后院花坛翻找，接着方芳拿起一颗亮晶晶的东西，她捏住对着太阳看，道具钻石做得很真实，在阳光下闪烁出耀眼的光芒。

方芳对陈恕说："你看到了吧？前一天下午你一直在这里晃悠，应该是在取钻石，却不小心掉了一颗，我和张大厨之所以认为富豪是你，就是因为只有你知道钻石藏在哪里。"

张大厨用力点头，陈恕苦笑道："我是过去找猫，碰巧了。"

楚陵呵呵笑道："你的猫还真是神出鬼没，比人还精啊。"

小沅接着说："楚陵在你的房间找到了钻石，刚好和方芳姐的发现吻合。"

"那你们有没有想过我可能是小偷呢？小偷的目标也是钻石。"

方芳说："如果你是小偷，那你没有理由杀侦探，所以这个假设不成立，同样地，如果你是杀手，钻石就不会出现在你的房间，这个假设也不成立。"

"我知道，你这么肯定是因为杀手是你。"

方芳一呆，其他嘉宾一阵喧哗，看着他们的反应，陈恕微笑着说："看来我没说错，你现在的反应证明了一切。"

"那也可能是别人啊，为什么一定是我？"

"因为当初提出搜查房间的人是你，虽然你是杀手，可侦探不是你杀的，你也很混乱，便想到了嫁祸于人这招，想着把状况弄得越乱越好，这样就没人能猜出你的身份了。

"其实房间摆设已经间接暗示了大家的身份，比如张大厨，他的房间都是情色杂志，最符合无所事事的游客形象；楚陵也不可能是杀手，因为他房间的画上隐藏了二维码，提供了解谜思路，可惜他只顾着追我这条线,没有发现,不过也由此可以得知他的设定是侦探;剩下的小沉和庄静,她们俩比较不好猜,我只好从房间摆设来推理,昂贵精美的油画和飞镖靶子,前者对应了情人,后者对应了保镖,我说得对吗?"

陈恕转着手中的木牌问大家。

众人面面相觑,庄静第一个没忍住,举手说:"侦探已经被杀了,如果照你的推理,楚陵对应的应该是游客或是小偷。"

"如果他是游客,他的房间里不会有解谜提示,他也不可能是小偷,因为小偷是我。"

陈恕点开自己的手机,手机屏幕显示出他的身份和任务。

楚陵傻眼了,转头看大家,问:"那富豪呢?富豪是谁?"

陈恕说:"你应该问为什么会出现两个侦探,当看到受害者是侦探时,你最震惊的是那个吧?"

楚陵很不甘心地点点头。

陈恕解释道:"所以现在问题回到了原点,为什么投毒的人那么肯定被害人会喝有毒的酒呢?只有一个可能,那就是她本人就是投毒者。"

方芳问:"你说她自己杀自己?为什么?"

"首先岛上不可能有两个相同的人设,既然楚陵是侦探,那被害人的身份只有一个。"

陈恕举起木牌,富豪下面他写的是——宋嫣。

餐桌上响起此起彼伏的惊呼,刘导兴奋了,打手势让摄像师把各方位镜头都对准宋嫣,给她来个大特写。

镜头打到宋嫣身上,她举起酒杯微笑,一副成竹在胸的模样。

楚陵没搞懂,问:"怎么回事?宋嫣姐不是下线了吗?"

陈恕说:"你们没看到主位还空着吗?我们宋嫣姐这么青春靓丽,怎么可能一集下线呢?"

听到他的恭维,宋嫣脸上的笑容更灿烂了,张大厨一拍巴掌,叫道:"我知道了,这不就是《无人生还》的设定吗?"

楚陵没看过这本推理小说,他不了解,陈恕说:"简单来说就是伪装死亡，当事人死了，那之后再出任何事，都没人会怀疑到她身上，并且也最安全，因为杀手会把她从富豪设定中剔除，只有这样，才能解释为什么被害人会精准地选了有毒的酒，不过这一切只一个人是办不到的，她必须有个同伙，比如化出死亡的妆容，比如在适当的时间里提醒大家她出事了，而且同伙不了解《无人生还》这个故事，这样才不会猜想到她诈死的目的。"

随着陈恕的讲述，大家看向小沅。

陈恕看的却是宋嫣，问："你在选她的时候，已经猜到她是情人这个身份了吧？"

宋嫣微笑点头，楚陵说："这不合理，富豪都死了，我们怎么能猜到？"

"我就猜到了，"陈恕转着木牌，回道，"而且我把你们每个人的身份都猜到了。"

楚陵语塞了，只好问庄静："你们没串通？"

"如果串通了，我还会猜错谁是富豪吗？"

庄静指指解小谜，解小谜一脸无辜地说："所以从头到尾我只是个NPC（非玩家角色），不配拥有身份吗？"

方芳露出悻悻的表情，不过在镜头面前，她这个表情更像是惊喜，拍拍手，对陈恕说："哇，原来房间摆设已经给剧透了，陈恕你反应可真快。"

"方芳姐你也很厉害啊，先找到了余下的钻石。"

这种商业互吹陈恕习以为常，说得面不改色，心里却有些狐疑——侦探房间的二维码应该是提示钻石所在的位置，也就是地下室，那为什么钻石会藏在花坛中，并且还有一颗落在了外面？

思绪被打断了，宋嫣说："看来这次猜谜游戏的赢家是陈恕，有一点我很好奇，你是什么时候发现我是富豪的？"

"在看到那些高档葡萄酒时。一千多美元一瓶的酒不可能放在侦探的房间，再看到楚陵震惊的反应，我就知道你所谓的侦探身份是假的了。"

大家看向楚陵，庄静埋怨他说："你真是太不会掩饰了。"

"我、我这叫表里如一!"

楚陵反驳着,拿出那袋钻石丢到桌上。

下午他录了不少镜头,原本是想趁着这个机会好好打击下陈恕,没想到线索居然就在自己房间,还被陈恕给发现了,他现在心里别提多郁闷了。

张大厨很圆滑,发现气氛不太好,马上把话接过来,上前扳住陈恕的肩膀,称赞道:"兄弟,你都低血糖了,脑子还转得这么快,这要是没低血糖,那还不得上天啊,说吧,你想要什么奖?"

"一袋巧克力。"

"哈?"

张大厨一愣,陈恕笑了,"开玩笑的,游戏还没结束呢,拿奖还有点早。"

嘉宾们彼此看看,就见陈恕一脸胸有成竹,走去解小谜那里,他们心里都忍不住想导演也太偏心了吧,抓眼球的剧本都给了他。

刘导打了个喷嚏,其实他跟嘉宾们一样蒙了,不过有演出效果就好,宋嫣设计的那段再配上最后陈恕的解说,可谓是连着几次反转,足够满足观众寻求刺激的心理。而且楚陵这个角色也挺不错的,搞笑卖萌卖蠢都具备了,综艺感十足,刘导反倒对几个女嘉宾的表现不太满意,都只顾着抢镜头秀身材,来参加悬疑游戏,却连《无人生还》这部推理巨著都不知道,看看事后怎么剪辑吧,免得到时被观众怼死。

刚才陈恕和宋嫣的对手戏把悬疑感拉向了高潮,所以接下来虽然又是陈恕的自行发挥,刘导也没在意,还兴致勃勃地看着,期待他再带来几个大惊喜。

陈恕向解小谜低语了几句,解小谜重新播放视频。

方芳好奇地问:"还有彩蛋吗?"

陈恕笑了笑,做了个敬请观赏的手势。

屏幕上先是跳出了最近与节目拍摄相关的微博超话,其中有一些明显是买了"水军",在话题下面很有目的性地抹黑剧组嘉宾,虽然没提名字,但大家都看得出那个所谓没时间观念、工作态度不佳、不尊重队友的人指的是陈恕。

方芳的脸色率先变了，其他人的目光则投向楚陵。

自从进组，楚陵就处处针对陈恕，大家都不是瞎子，看留言抹黑的是陈恕而不是剧组，大家首先就怀疑到他身上。

"你们都看我干什么，不是我……"

楚陵的话被盖过去了，陈恕指着其中一条，说："这个三点五十分的留言挺有趣的。"

因为有不少留言反驳不要为黑而黑，那个ID最后回复说"会上真凭实据的，马上就给大家一个惊喜"。

陈恕问："你们觉得会是什么惊喜？"

张大厨说："这种黑子网上太多了，别当回事，你要理他，他蹦跶得更欢。"

"我只是好奇是什么，你们不好奇吗？"

张大厨哑巴哑巴嘴，不说话了。

陈恕又给解小谜打了个手势，解小谜打开了事前陈恕给她的视频。

镜头里是小沅，她补过妆，发型改成了马尾，显得既精致又青春，她面对镜头笑得很灿烂，倒退着走进厨房，给摄像师打手势让他们跟进，说："给你们一个惊喜，跟我来。"

"是什么？"

"猜猜看，不过我保证一定很有趣，当当当，到了。"

小沅来到地下室门前，猛地拉开门，说："惊喜就在里面。"

"别卖关子了，到底是什么啊？"

"当然……"小沅对着镜头促狭地眨眨眼，"就是大家想要的钻石啊。"

她一马当先走下去，摄像师跟在后面，随着镜头移动，大家看到楼梯下面是摆放整齐的酒瓶箱子和一些小件物品，除此之外什么都没有。

小沅脸上的笑容消失了，在地下室转了一圈，摄像师配合着说："钻石可能藏在缝隙里，要仔细找。"

小沅像是没听到，掉头跑上了楼梯。

视频定住了，陈恕看向小沅，其他人的目光也跟随着看过去。

小沅还是视频中的打扮，表情也和视频中一样变僵硬了，忽然站起来，冲陈恕叫道："你什么意思？你想说是我在网上黑你吗？"

"你的后一句很完美地回答了前一句。"

"这、这只是巧合！"

"留言是三点五十分，视频是四点，前者说给惊喜，你马上就拍惊喜，这巧合可真多。"

"我那是去找钻石，我视频里明明都那样说了！"

陈恕看向解小谜，解小谜又打开一段视频。

这次是楚陵的，他正手拿那袋道具钻石，很激动地对着镜头说这是他在陈恕的房间找到的，陈恕人不见了，可能是做贼心虚，所以他的身份是富豪无疑等等。

楚陵急了，正要解释他是无辜的，却发现大家根本没注意到他。

陈恕说："这是三点半楚陵夸夸其谈的视频，你明明看到了他已经找到了钻石，还要去找钻石，不是很奇怪吗？"

摄像机拍到了在外围的小沅，小沅反驳说："我只是经过，我根本没留意他说了什么，我就是想找钻石，方芳姐不是也找到了一颗嘛，那我想可能其他地方也有。"

楚陵也举手辩驳："我那不是夸夸其谈，我是在很认真地推理。"

解释再次被盖过去了，方芳冷冷地说："我找到钻石时你又不在，你怎么知道我找到了，想学我？"

她和陈恕没什么交情，可是被人利用的感觉糟糕透了，所以当知道是小沅搞的鬼后，她马上就站到了陈恕那边。

小沅语塞了，陈恕又指指视频，说："我在去地下室找线索的时候被人反锁在里面，我看了那个时间段的视频，刚好就是你在厨房拍摄的时间，是你上的锁对吧？"

"你是不是有被害妄想症？把你们锁起来对我有什么好处吗？"

"'你们'？为什么你用的是人称复数？就好像你确定地下室不止一个人似的。"

"我就是随口这么一说，你不要在这儿咬文嚼字！"

小沅把木牌随手一扔，起身就要离开，被陈一霖上前拦住了，他手里拿着黑雨衣，递到小沅面前。

陈恕对她说："你的助理已经承认了，雨衣是你买的，说是可以拿来吓唬我。"

小沅气愤地看向助理，助理是个二十出头的女生，吓得缩到摄像机后面，小沅说："是她搞错了，我是听说这个节目走悬疑路线，大家可以自由发挥，就带了雨衣过来想制造噱头，怎么就变成吓你了？"

"那在矿泉水里下药也是制造噱头吗？"

小沅一惊，又看向助理，助理低着头不敢说话，庄静忙问："什么下药啊？"

陈恕对助理说："你自己说。"

助理还想躲，被陈一霖拉了出来，她连连摇手说不知道，陈恕冷冷地说："这不是在玩综艺，这是真正的下药，是犯罪行为，你是不是不知道下毒会被判几年？还是你以为警察查不出来是你投毒？"

"不不不，不是我，我什么都不知道，是小沅姐姐给我的，说是泻药，说你伤害了她的偶像，要让你出出丑！"

拍摄现场一片寂静，小沅的脸一阵红一阵白，助理更害怕了，连忙追加道："我真没放多少，就放了一点，剩下的都冲马桶了，我觉得陈先生你人挺好的，我也不想你太难堪，我知道错了，你别报警好不好……"

她吓坏了，呜呜哭起来，陈恕没再为难她，转头问刘导。

"还要继续拍吗？"

这个反转是刘导没想到的，虽然这种东西拍了也不能放出去，可是八卦足啊，说不定剪辑一下弄个什么噱头，反正两边都不出名……

刘导在心里飞快地打着小算盘，小沅突然冲陈恕大叫："你就会装无辜，看到自己的戏被抢了，就自导自演，换个匕首陷害我们金哥，害得他被大家怀疑！"

那天匕首调换事件发生时小沅也在片场，她去探班，还拿了很多高级点心给大家，所以要查到她是金焰的粉丝很简单。陈恕只是没想到作为网红博主，她会糊涂到公私不分的程度。

他径直走到小沅面前，小沅原本态度很强硬，看到他一步步逼近，有点害怕，色厉内荏地说："你要是有证据就报警啊，到时看大家信谁。"

一个是粉丝上百万的大V，一个是连微博都不玩的十八线，小沅压根没把陈恕放在眼里，她甚至有点期待陈恕一个忍不住动手，这么多镜头对着他们，她可以好好表演一下楚楚可怜的戏码了。

陈恕没如她所愿，问："电晕我，把我推到泳池的也是你？"

小沅一愣，马上气愤地说："谁电你了？别什么都赖到我身上！"

陈恕没再理她，转身对刘导说："我的推理结束了，可以退场了吗？"

刘导很想揍他，搞完了事就溜，麻烦都丢给自己来解决。再看看片场一大帮看好戏的人，他有预感这事万一传出去，姓金的小帅哥又要被黑一波了，遇到这种拎不清的追星族也真是倒霉。

他摆摆手，让陈恕赶紧走，小沅还想再吵，被工作人员拉开了。

陈恕走到解小谜那边，解小谜还以为他又要让自己放视频，谁知他只是说了声谢谢，然后拿起给推理冠军得主准备的小王冠，戴到头上离开了。

陈一霖跟上，问："就这么放过她？"

"电晕我的不是她，她那反应不是演的，是真不知道。"

而且现在也没办法检查矿泉水和巧克力的成分，只能听凭她信口开河。

"反正跑得了和尚跑不了庙，等成分查出来再说，就是你说的可以做检查的朋友靠谱吗？"

陈一霖的手机响了，看到是常青的来电，他说："放心，没有比他们更靠谱的了。"

陈一霖把陈恕送回房间，自己跑到走廊上听电话。

常青先说了小鱼的事。

小鱼的手机停机了，可能不想再和以前的朋友联系，在朋友圈发了条回老家休息的微信后就再没出现。常青说可以联络她父母试试，不过估计小鱼只是被利用的，她并不了解内情。

说完小鱼，常青又说技术科的同事暂时去不了小岛，因为无名尸的身份已经查出来了，大家现在都忙翻了，让陈一霖把相关证物带回来做检查。

不管怎么说，猫儿眼的调查总算有进展了。

陈一霖问："是谁？"

"一个叫李峥的记者。"

"李峥？"

这是个完全陌生的名字，陈一霖皱起眉，身后传来啪嗒响声，他转过头，是宋嫣，她刚上来，不小心把房卡掉到了地上。

她捡起房卡，走过来，问："陈恕休息了吗？"

陈一霖放下手机，节目拍摄时灯光打得亮，宋嫣的妆容刚刚好，但是凑近了看，就会发现太浓艳了，反而失去了天然的美感。看到宋嫣颈下的一些痘痘，陈一霖忍不住在心里想这些大明星为了上镜头可真拼啊。

他问："请问有什么事吗？"

"哦，我想跟他解释一下，我只是在节目里请小沅配合，她私底下做的那些事我都不知道的。"

"他应该在洗澡，可以等明天再说吗？你放心，他不会怀疑你的，任何思维正常的人都不会做那种事。"

陈一霖说得很客气，宋嫣没坚持，点点头说了声"好"后回了自己的客房。

陈一霖等她进去了才重新听电话，常青在对面开玩笑说："你这口气越来越像经纪人了，要不要考虑下改行？"

"我知道你就是在羡慕我，谁让我可以跟你的偶像聊天呢。"陈一霖随口怼完，正色道，"行了，你说的那个记者是怎么回事？"

说到正事，常青语气变得严肃。

"之前你不是说晚报连载的小说断更了，让我们查查看嘛，我就查了下，没想到还真让你说中了，那个作者就是李峥，他是自由创作者，主要是写一些娱乐新闻稿之类的，偶尔也会连载小说。我问过编辑了，他收了李峥的存稿，后来就联络不上了，手机也打不通，导致最后断更。从存稿量来推，大概一个月前李峥就出事了，他跟编辑说要出门旅游几天，等回来再联络，那是他们最后一次通电话。"

"已经确定是他了？"

虽说这条线是陈一霖提供的，可真确定了，他反而感觉不真实，总觉得事情不可能这么凑巧。

就好像都是设计出来的。

"确定了，从他的出租房里提取到了DNA，与尸体的吻合。"

"那失踪了这么久，他家人都没报案？"

"他父母都过世了，他的朋友倒是不少，不过都是些狐朋狗友。他还常跑出去玩，几个月不见都很正常，要不是我们找过去，编辑还以为他是因为拖稿故意搞失踪呢。"

"那这个人和路进认识吗？"

"认识，关系还不错，所以路进售卖猫儿眼的事李峥可能是知道的，我们怀疑他的死也与猫儿眼一案有关。"

常青说完自己的调查结果，又问："你那边呢？整天和大明星们混一起，很爽吧？"

"快死了倒是真的，你都不知道陈恕这个人他有多倒霉。"

想想这两天的遭遇，陈一霖的头又疼了，电话里不方便多说，他说等回去了再慢慢讲，挂了电话。

"喵。"

走廊拐角探出猫的小脑袋，陈一霖跑过去一看，不是杠杠又是谁？小猫大概在外面玩得挺自在的，蹲在地上一下下舔着爪子。

陈一霖蹲下来摸摸它的脑袋，叹道："那么大的房间都放不下你一只猫吗？整天就知道往外跑。"

回应他的是小猫软绵绵的叫声，陈一霖摸着它的头，手忽然停住了。
　　"其实是有人故意把你放出去的吧？"看着小猫亮晶晶的眼瞳，他轻声说。

第十一章
不存在的嘉宾

《你是谁》的拍摄在一种微妙的气氛下结束了。第二天早上陈恕接到通知，回程的船十点到港，大家可以收拾好行李在一楼客厅等，也可以借休息时间在岛上观光一下，只要别去太远的地方就好。

出了不愉快的事，大家貌似都没有心情，只有楚陵跃跃欲试想去废墟那边看看，却没人响应，他看到庄静和卢苇要去海边拍照，便跟了过去。

陈一霖把陈恕的旅行箱拿到楼下，没看到小沅，听张大厨说她已经带着助理去海边等船了，估计是不想和大家碰面。

虽然圈子里不乏这种背后捅刀子的事，不过身为一位艺人，却为了追星在拍摄途中又是发黑帖又是下药，除了可能造成拍摄事故外还有可能影响今后节目的宣传，所以刘导没给她好脸色看，她自己也觉得难堪，走得灰溜溜的。

陈恕没事做，拿着牵引绳在附近遛猫，顺便遛遛自己，以缓解被动嗑药的郁闷。

暴风雨过后的天气一直不错，尤其是今天，天空异常蓝，和岛上的绿草青石相映成趣。陈恕散着步，心情逐渐好转，感叹地想要不是因为工作，他真想多在岛上住几天。

没多久就到了竖着"游客止步"的牌子前，"冒险大欢迎"几个字被抹掉了，也可能是那场暴雨把字冲掉了，陈恕停下脚步，迎着微风眺望不远处的海景。

脚步声响起，方芳走过来，看到脚下的小猫，她伸手想逗猫，临时又退开了。

"差点忘了我有点毛皮过敏，只能远观。"

也不知道小猫是不是听懂了，就地一躺开始翻肚皮，方芳看得笑起来,陈一霖在旁边听到了,走过来问:"过敏很厉害吗?"

"也没有,就是会打喷嚏,不过万一不雅的样子被拍到了,会很麻烦。"

陈一霖听完,眉头微皱。

方芳没注意,又看向陈恕,说:"你可真厉害,拿了推理奖,又挖出了一个大新闻,金焰的团队要头疼一阵子了。"

陈恕点头,一脸认真,"从小大家就说我推理能力极佳,要不是长得好看,我大概会选择当侦探。"

方芳挑挑眉,心想这家伙到底是真听不懂还是故意的,明明她的重点是后面那句。

既然陈恕不接茬,她也就没再继续,说:"不过你的推理出了个小小的纰漏,我昨晚本来想说的,后来只顾着看彩蛋,忘了说。"

"喔?是什么?"

"道具枪不是我放到楚陵房间的,虽然我也想那么做,但一直找不出时间,当时看到手枪出现在楚陵那儿时,我还以为我有同党呢。"

"不是你?"

"嗯,谜题解开后,我想可能是解小谜做的吧,看来为了把节目做得更有悬疑感,主持人也挺拼的。"

对面传来叫声,是方芳的助理在叫她,她冲陈恕摆摆手,离开了。

陈恕看陈一霖,陈一霖蹲在那儿撸猫,表情若有所思。

陈恕说:"我还是觉得电晕我的不是小沅,我演了十年的戏,对方有没有在演戏我还是能看出来的,可惜没办法检查大家的私人物品。"

"没用的,这里四面环海,不管是谁,都有足够的时间把电击器丢进海里。"

"那去问问解小谜,看是不是她把道具枪藏到楚陵房间的。"

"这跟你被攻击有关系吗?"

"嗯,基本上这种节目,大家都可以根据剧本即兴发挥,但主持人不会干涉太多，否则推理过程出现漏洞，要剪辑圆过去会很麻烦，变成吃力不讨好。"

听了他的解释，陈一霖的目光落在那块木牌上，伸手摸摸写过小字的地方，忽然灵光一闪。

"我想我有点明白楚陵被嫁祸的原因了。"

"是什么？"

"因为藏枪的那个人想让大家认为楚陵是'杀手'，那么在节目拍摄中，就可以很自然地禁止他外出，你回忆一下，上岛后，除了他，其他人对去废墟都兴致缺缺。"

"你的意思是有人不希望他去废墟？可是其他嘉宾也有可能去啊，牌子上都写了'冒险大欢迎'了。"

"其他人去的可能性很低，你看那边的路周围都是草，就算没有蛇，蚊子虫蚁也非常多，要去废墟，高跟鞋、裙子、短袖衣服都不能穿，所以比起去那里，女嘉宾更想穿着漂亮的时装，在大别墅模仿福尔摩斯优雅地喝着下午茶玩推理游戏。"

"那还有我和张大厨呢。"

"张大厨的粉丝只想看他怎么做菜怎么搞笑，他应该很了解自己的定位，不会做吃力不讨好的事。你又太懒，还带了猫，你去折腾的可能性也很小，再加上彻夜下雨，草地泥泞，更降低了大家去的概率，所以算来算去，只要把楚陵那个定时炸弹搞定就可以了。"

陈恕想了想，确实是这样，设计者应该很了解他们每个人的个性，不过……

他模仿着方芳的语气，对陈一霖说："你的推理出了个小小的纰漏，我那不是懒，我只是比较喜欢静止。"

像是没听到他的反驳，陈一霖又说："还有那包钻石，可能也是故意扔在花坛里等人捡的。"

这一点陈恕无法反驳，代表富豪身份的钻石在院子里找到了，所以他的注意力都放在了别墅，再加上后来宋嫣扮演的侦探被杀，嘉宾们只顾着找凶手，除了楚陵，没人对废墟感兴趣。

他抬头看向远处灰蓬蓬的建筑物，忍不住想那里面会有什么，为什么有人不希望他们靠近。

对面传来说笑声,却是庄静和楚陵在拍照,庄静看到了他们,挥手示意他们过去。陈恕想过去,奈何小猫还想晒太阳,硬是赖在地上不走。最后还是庄静主动过来了,还拽着楚陵。

卢苇跟在他们后面,他没像楚陵表现得不情愿,反而面带微笑,不过陈一霖总觉得他的笑容里含着敌意,他小声对陈恕说:"卢苇现在应该很理解楚陵的心情,看到女朋友对别的男人示好,他不可能一点都不在意。"

"受欢迎不是我的错,不过我和庄静真没什么。"

"我知道,但他不知道。"

三人走过来,陈一霖闭了嘴,庄静看到小猫,想去摸它,小猫却警觉地跳起来,两耳压成了飞机耳,跑到了陈恕身后。

庄静转头,却是楚陵拿了根棍子在来回耍,她不快地说:"你这样会吓着小动物的。"

"不会的,什么主人养什么宠物。"楚陵皮笑肉不笑地说,倒是卢苇涵养好,看着庄静上前抓住陈恕的胳膊聊天,他没有表现出不快,还主动询问要不要拍个合照,陈一霖在旁边看着,都想颁他一个虚伪之王的大奖了。

庄静抢在陈恕回答之前拒绝了,对陈恕说:"你不是想知道巧克力的事吗?你直接问他好了。"

她指指楚陵,楚陵一脸警觉,"什么巧克力?"

"就是你旅行箱的巧克力,我吃着挺好吃的,陈恕就想知道在哪儿买的,我记得之前在你家别墅吃过。"

楚陵瞪陈恕,那表情就像在说——居然趁我不在偷吃我的巧克力。

陈恕感到了冤枉,还好庄静及时说:"我也想买,大家都是朋友,你别卖关子了。"

"谁跟他是朋友。"

楚陵低声嘟囔,不过还是给庄静面子,回答了。

"是有一次大家一起玩,有个朋友带了巧克力当见面礼,我觉得不错,问她在哪儿买的,她就寄了些过来,后来我都忘了吃,可能是这次出门,随手塞进箱子里的。"

"是哪个朋友?"

"你不认识,其实我也不太熟,只见过一两次,她就是这里本地人,我来时还听说她是这个节目的主持人,结果不是,大概是临时换人了吧。"

"我还以为你说的是解小谜呢。"

"不是她,是另外一个女生。"

陈恕听着他们的对答,问:"她叫什么?"

"姓季,叫……"楚陵想了想,说,"季春,对,叫季春。"

"你没问她为什么突然不参加节目了?"

"我都说了和她不是很熟,她不参加肯定有原因,如果是被谁取代了,我直接问,那不是揭人家疮疤吗?怪不得你混了这么多年还是个十八线,情商都被狗吃了吧。"

楚陵一对上陈恕,态度就明显变得暴躁,庄静碰了楚陵一下,楚陵更不高兴了,反问:"你怎么总是护着他,你们到底什么关系?"

庄静气得涨红了脸,楚陵还想再说,被卢苇拉开了。

陈一霖听着他们的对话,马上想到这个叫季春的女人就是问题的关键——楚陵和庄静等人吃过她送的掺了猫儿眼毒品的巧克力;季春是本地人,又是做主持的,和凌冰参加同一个酒会的可能性很大;季春原本要参加这个节目,却临时拒绝了,可能是她不想和楚陵或其他了解猫儿眼的人碰到。

想到这里,陈一霖掉头就往别墅跑,陈恕抱起猫跟在后面,其他三人被撂在原地,楚陵喊了一声,说:"这又是抽的什么风。"

他们快跑到别墅时,解小谜从里面出来,她精心打扮过,看起来活泼清爽,想跟他们打招呼,陈一霖已经擦肩跑了过去。

"出了什么事吗?"她小声嘀咕。

陈恕听到这句,想起一件事,问:"那天你在码头等我们,篮子里好像装了八个任务小袋子。"

解小谜点点头,陈恕又问:"可我们只有七个嘉宾。"

"还有我啊,我本来也是嘉宾。"

陈一霖在前面刹住脚步,转回来问:"你不是主持人吗?"

"我本来要做主持人的,被人抢了。"

"这到底是怎么回事?"

"说起来特别有戏剧性。"

解小谜是节目里的名字,她真名叫解薇,做主持的,对当地风情也很了解,原本是定的她做《你是谁》综艺的主持人,却临时被季春抢了,还好解薇也有点门路,最后找关系留在了剧组,准备以嘉宾的身份出场。

谁知就在出发前一晚,刘导接到季春临时退出的微信留言,刘导联络不上季春,就想到了解薇,问她能不能担任,解薇求之不得,第二天一早就先坐船上了小岛,做预备工作。

陈恕终于明白了为什么那晚刘导经过酒店大厅时会那么生气了,原来是被临时放了鸽子。

他问:"为什么季春要退出?"

"好像是家里有事吧,具体我也不太清楚。为了配合拍摄,我大清早就跑过来了,连剧本都没拿到,还好大家都是即兴发挥,基本上我也没怎么看剧本,后来我才想到那个多出来的任务小袋子原来是我自己的。"

"临时更换主持人这事嘉宾们知道吗?"

"应该不知道吧,也没有必要特意说,因为最后那个小袋子的任务刚好是个游客,如果是主要角色的话,那就要跟嘉宾商量对换角色了。"

解薇说完,看看他们,问:"你们怎么一直问季春啊?是不是出了什么事?"

陈一霖没回答,反问:"是你把道具枪放到楚陵房间的吗?"

"不是我,因为少了个人,好多剧情都删掉了,我这个主持人也变得可有可无的。"

"你和季春熟吗?能不能联络到她?"

"不熟,只是同行而已,我有她的手机号,要我打给她吗?"

两人同时点头,解薇掏出手机打给季春,电子音提示手机已关机,解薇又转打给和季春认识的朋友,大家都说联络不上她。最后她朝陈一霖摊摊手,表示爱莫能助,陈恕看向陈一霖。

"她会不会是出事了?"

陈一霖点点头,转头去看对面的废墟。

陈恕心里咯噔一下,极力压住心里那个不好的预感,说:"不会是那样吧?"

"你先回别墅,哪都别去,我去那边看看。"

陈一霖说完拔腿就往废墟跑,陈恕立刻跟上,陈一霖看他,他摆摆手。

"我觉得现在最安全的地方就是在你身边。"

解薇被连着问了一大堆问题,整个人都蒙了,冲着他们叫:"到底出了什么事啊?"

回应她的是跑远的背影,她按捺不住好奇心追了上去,迎面碰上庄静三人,庄静拉住她,问:"他们怎么了?"

"不知道啊,所以我决定跟过去看看。"

"那我也去。"

庄静冲卢苇摆摆手,示意跟上,卢苇劝道:"别去了,刚下过大雨,路不好走,说不定还有蛇什么的……"

"我穿了运动鞋,不怕。"

庄静听不进去,追着陈恕跑远了,看到她这个样子,卢苇眼中划过不耐烦,不过马上就掩饰住了,托托眼镜框跟了上去。

楚陵在旁边看傻了眼。

"你们干吗要听他的?当初我说要去探险,你们都不同意,现在……"

人一个个都跑远了,楚陵咂巴咂巴嘴,觉得自己留下来很没趣,只好跟了上去。

去往废墟只有一条羊肠小径,周围都是到膝盖高的杂草,雨后路滑,陈恕跑不快,眼看着跟陈一霖拉开了距离,他加快脚步,却差点摔倒。

陈一霖下盘很稳，跑得也快，到达废墟后打量周围。

废墟有两层，外墙是水泥砌成的，上面爬满了青藤，两边有几个很大的孔洞，没有安玻璃窗，门口有不少绿头苍蝇，陈一霖拨开苍蝇，踩着石阶上的杂草走进去。

里面很潮，没有摆放物品，很多苍蝇在空中乱飞，地上堆积着零碎石子和土块，一眼望到头，两个房间连接的地方也没有安门，他穿过去，脚步顿时定住了。

隔壁房间同样是空的，地上都是泥土沙砾，当中蜷缩着一具躯体，苍蝇正是躯体引来的，一大群围着躯体的头部乱飞。

躯体侧躺，从长发和裙装判断是女性，头部应该受过重击，棕色发丝泛着深褐色，侧脸完全被血盖住了，地上也有不少已经凝固的血液，由于四面通风，腥臭味相对较轻，但是现场太骇人了，陈一霖转身想阻止陈恕靠近，但他已经跑进来了。

当看到眼前凄惨的状况，陈恕首先是怔住，在确定自己没看错后，他一阵恶心，捂住嘴巴把头撇开了。

可是那一瞬间的惊悚已经深刻在了脑中，脑子里轰隆隆作响，眼前骤然暗下来，光影闪动中，血泊里的躯体隐约变成了林江川，又似乎是凌冰，他不敢再待下去，踉跄着退出房间。

然而心脏依然不受控制地剧烈跳动，虚汗冒了出来，像是另类的嗑药反应，陈恕感到了眩晕，甚至希望自己就此晕厥，那样他就不用面对喷涌而出的记忆，曾经遗忘的封存的可怕的记忆。

脚步声陆续响起，其他人也跟过来了，陈恕想提醒他们别靠近，却力不从心，只听着尖叫声很快此起彼伏，接着是呕吐声和倒地的声音。

被杂音干扰，陈恕的脑鸣反而好了一些，他用手撑墙抬起头，眼前还有些模糊。他揉揉眼，把因不适而涌出的泪水抹掉，发现倒地的是解薇，不知是晕倒了还是吓得站不住，全身抖个不停。

庄静和楚陵都跑到墙角呕吐去了，只有卢苇还算好一些，挨个儿帮他们拍打后背。陈恕又转向那道门，刚好陈一霖从里面出来，两人视线对个正着。

"好些了吗?"陈一霖问。

陈恕为了忍住要呕吐的冲动,连摇头都不想做,陈一霖看惯了普通人见到尸体后的反应,也没期待他能回答,接着说:"我已经报警了,顺便联络了刘导,让大家暂时不要离岛,这里气味太难闻,先出去吧。"

他扶着陈恕出去,陈恕一出去就坐到了地上,冲陈一霖摆摆手,示意他不用管自己。

陈一霖又转回去照顾其他人,陈恕坐在石阶上,迎着扑面而来的海风,胸口的郁气才逐渐缓解,裤管发紧,他低头一看,却是小猫,正用爪子一下下地拍他的裤子。

刚才陈恕刚进废墟,小猫就蹿到地上跑走了,现在他明白为什么小猫会跑了,它一定是从气味中嗅到了危险。

陈恕摸摸它的头,手在半路停住了,小猫的爪子上挂了缕丝线,丝线带着颗实木纽扣,随着它的爪子一晃一晃的。

陈恕取下纽扣,上面有一些褐色液体,他再低头看自己的衬衣纽扣,两颗纽扣的花纹竟然一模一样。

因为突发事件,乘船离岛的计划取消了,还好当地警察赶来得比预想的要快,他们先对来过现场的几个人做了取证,接着依次询问余下的剧组成员。

陈一霖把从陈恕那儿拿到的纽扣给了警察,为了不惊动凶手,他没有说明自己的身份,只说这几天他都和陈恕在一起,陈恕没时间来废墟,纽扣是凶手栽赃嫁祸的。

凶杀案给剧组成员造成了不小的恐慌,大家除了担心凶手还留在岛上外,还担心影响自己的工作日程,尤其是刘导,陈恕去别墅客厅拿矿泉水时,看到他一直在打电话,估计是担心节目受影响,没法按期播出。

解薇已经恢复过来了,不过精神状况还是不太好,庄静陪着她聊天。方芳和张大厨坐在另一边向卢苇打听情况,小沅独自坐在单人沙发上,除了她的助理外没人靠近。

陈恕没看到宋嫣，刚好她的助理经过，陈恕问了助理，才知道她头痛，在房间休息。

陈恕拿了水要上楼，半路看到陈一霖匆匆跑进来，他给陈一霖使了个眼色，两人去了别墅后院。

后院一个人都没有，冷冷清清的，前两天大家在游泳池玩耍的热闹场景就像从来没有过。陈恕走到池边，泳池清洗过了，池水清澈，他却忘不了暴雨那晚自己差点溺死的那一幕，恍惚中依稀看到有人在水里扑棱着，双手奋力伸出，像是在向他求救，他下意识地往后退开。

"你还是留在房间休息比较好。"陈一霖说。

陈恕的脸色实在是太差了，感觉比解薇还要虚弱，随时都会晕倒一般，要说看到凶案现场导致惊吓过度，他的反应有点过了。

陈恕摇摇头，问："查到她的身份了吗？"

"还没有，不过被害人死亡时间大约是在三天前，季春也是在三天前失联的，所以尸体是季春的可能性很大。"

"是警察告诉你的？"

"开什么玩笑，警察哪会说这些，是我猜的，以前做调查积累的经验，呵呵。"

陈一霖打马虎眼，陈恕没多想，看着对面的花坛，叹气道："我的纽扣落在现场，肯定又要被警察怀疑了。"

"没关系，如果被害人真是三天前遇害的，剧组有很多人可以当你的时间证人。说起来你还挺厉害的，每次凶案发生，你都有完美的不在场证据，就像是事先设定好似的。"

陈一霖开了句玩笑，陈恕却没捧场，视线投向远方的海面，看出了神。

陈一霖又说："如果真是季春，就证明她给楚陵的是掺了猫儿眼毒品的巧克力。季春是当地人，和凌冰嗑过同一类药物，所以很大的可能是她和凌冰参加过同一个酒会，有人不希望我们从她那里问到真相，就抢先杀人灭口。"

陈恕还是没说话，陈一霖看向他，就听他低低的声音说："紫色的枫叶……"

"你说什么？"

"呃……"陈恕回过神，"没什么，就是这两天断断续续想起了过去的一些事，紫色的枫叶好像是我以前的网名……"

他似乎还沉浸在回忆中，陈一霖没多说，转身要回去，陈恕忽然说："凶手一定就在剧组，所以他才有机会把道具手枪藏到楚陵的房间，让楚陵没办法去废墟探险，如果我们没过去的话，可能很长时间都不会有人发现那里有具尸体。"

"是的。"

"可他为什么要栽赃于我？会不会又是小沅干的？"

"应该不是，第一，小沅没那么大的胆子；第二，这栽赃手法太拙劣了，很多人都能证明你没提前来过岛上，你甚至不认识季春，时间和动机你都没有。"

"那他为什么要这样做？没有利的事他没理由去做！"思绪拉回现实，陈恕有点控制不住自己的情绪，他在泳池前来回走动，气愤地说。

"别多想了，你好好休息，剩下的交给我。"

陈一霖安慰道，头顶传来响动，他抬起头，阳台上有道人影一闪而过，风拂过枝叶，发出寂寞的声响。

被害人身份很快就查清了，正是季春，当地警察针对季春的交友关系进行搜查，又请剧组成员各自提供案发前后的行程。楚陵因为和季春是朋友，被反复询问过多次，要不是经纪人提醒他千万不能发火，依照他的脾气，大概早就拍桌骂人了。

陈一霖第一时间联络了常青，当听说被害人与猫儿眼一案有关，魏炎抽调了鉴证人员过来协助。

鉴证人员检查了别墅的饮用水，尤其是陈恕喝过的矿泉水瓶和那袋巧克力，鉴定结果是巧克力没问题，剧组事先提供的淡水也是正常的，只有矿泉水瓶里查到了与猫儿眼相同的成分，但也只有那一瓶有问题。

在警察的审问下，小沅很快就坦白了下药的事，但她对猫儿眼完全不了解，说下药只是想让陈恕难堪，药是网购的巴豆粉，成分她也不清楚，更没有在大家的饮料里下安眠药。至于用雨衣吓唬陈恕，是她在金焰的"粉丝俱乐部"发泄时有人提到的点子，说可以模仿恐怖电影里的雨夜杀手，她觉得这点子不错，就用了。

陈一霖怀疑其他加了料的矿泉水在出事后都被小沅偷偷扔掉了，靠近海边，做这种事实在是太简单了。不过警察调查了小沅的关系网，她没有嗑药史，也没有这类朋友，更不认识季春，季春遇害当晚她也没离开过酒店，所以把她从嫌疑人中排除了。

这些都是陈一霖通过常青间接了解到的，常青说这只是暂时排除，他们会派人继续暗中调查，如果小沅有所行动，他们会第一时间发现。

此外，常青还调查了凌冰经纪人提到的星远文化传播公司。严宁特意与拍摄海岛宣传片的几位剧组成员见了面，也都没收获。剧组人员与凌冰不熟，除了工作时间外，大家都是分开行动的。

陈一霖听完，猜测小沅可能只是被人利用了。现在季春死了，几条线索都断了，目前他们能做的就是排查季春的关系网，如果季春了解猫儿眼的流通渠道，那她不可能与犯罪团伙完全没有接触点。

可是设计者的目的到底是什么呢？

他在岛上屡次对陈恕下手，是怕他去废墟探险？还是认为他了解真相，想像杀害季春那样杀掉他？或是这一切都与陈恕的记忆逐渐复苏有关？

想来想去，陈一霖觉得最后这个可能性最大，如果是这样，那首要怀疑对象就是刘叔。

说到刘叔，他的消息可真够灵通的，上午发生的事，中午他就都知道了，打电话给陈一霖问情况，又说马上过来。陈一霖拦住了他，说他们已经离开小岛，住进了镇上的酒店，证词也都提供给警方了，让刘叔别担心，自己会尽快带陈恕回去的。

听了陈一霖的再三保证，刘叔总算打消了过来的念头，又反复交代他多注意陈恕的安全，其关心程度让人很难怀疑是他在暗中害陈恕。

可是刘叔与猫儿眼团伙成员有关系,他又带了陈恕十多年,从生活到工作都关怀得无微不至,他这样做总是要有理由的。陈一霖甚至猜测陈恕是不是知道刘叔的一些犯罪行为,刘叔担心他记起以前的事,所以才把他放在身边监视,还推荐他去看精神科医生,开各种药让他吃。

脚下传来响声,陈一霖低头一看,喵喵喵的叫声中,小猫经过他身边,抬头看他,一副求零食的模样。

陈一霖摸摸口袋,这两天只顾着做调查了,忘了带猫零食。

"现在没有,回头给你哟。"

似乎听懂了他的话,小猫摇摇尾巴扬长而去。

看着它一晃一晃的尾巴,陈一霖突然想到了一件事,他冲去陈恕的客房。

陈恕靠在沙发上,手里拿着剧本,陈一霖跑过去,看到旁边桌上还放了一大摞剧本,不过陈恕似乎并没有认真去看,而是盯着本子发呆。

"怎么了?"

"没什么,我想起了一些事,是有关林江川被杀那晚的……"

陈一霖想问是什么,陈恕已经转移了话题,拍拍手里的剧本,说:"这是所有嘉宾的剧本,都被我要过来了,我总觉得这次拍戏顿顿卡卡的,所以想了解下剧情,然后我发现有个人的演出几乎都是即兴发挥。"

"是宋嫣吗?"

陈恕惊讶地看他,"你是我肚子里的蛔虫吗?为什么每次我知道的事你都可以马上知道?"

"前一句请收回,这个殊荣我实在受之有愧,"陈一霖抬手回绝,又问,"你先说说她哪些是即兴发挥?"

"比如她中毒死亡后的剧情剧本里没有,还有把富豪身份改成侦探的部分,剧本本来的设定是富豪从头跟到尾的。这是当然了,宋嫣可是大牌,剧组好不容易请到了她,肯定会物尽其用,怎么会半路把她写死……"

"可是抽签时未必就是宋嫣抽到富豪。"

"你想反了，应该说正因为宋嫣来参加，所以里面所有人设都会跟到最后，哪怕是为了她临时改剧本。"

"如果真相就像你说的这样，那就是宋嫣压根没看剧本，即兴发挥了，只有这样，她才有机会把道具枪放去楚陵的房间，有机会打开你房间的门窗，放杠杠出去，因为设定中她已经死了，她可以自由走动而不会被任何人怀疑。"

"你觉得她有问题？可是她没理由这样做啊。"

"不，任何人做任何事都是有理由的，只是我们不知道而已。"

陈一霖想起他和常青打电话时宋嫣刚好经过，宋嫣对李峥这个名字反应很大，钥匙都掉到了地上，他当时没留意，因为宋嫣的演技太好了，没露出半点惊慌，可惜脖子上的红痘痘出卖了她，方芳的话提醒了他，那其实是对动物毛皮过敏后的反应。

而宋嫣的过敏反应就很厉害，这是他们第一次在公寓遇到时宋嫣亲口对他说的！

别墅里只有杠杠一只猫，除非宋嫣去陈恕的房间，否则她不会过敏到需要用浓妆遮掩的程度，真相大揭秘的晚上宋嫣穿了长袖长裤，也是为了掩饰过敏状况。

几个疑惑的点成功地连接上了，陈一霖转身跑出房间，陈恕想叫他，犹豫了一下又放弃了，拿起手机上网搜索"紫色的枫叶"。

这两天他搜过几次，跳出的都是博客名，十几年前还是博客最流行的时候，他也玩过，"紫色的枫叶"应该是他创建的，可惜设置了不可见，要登录后台才能看到里面的内容，偏偏糟糕的是他把密码给忘了，尝试着输入了几个，网站都提示错误。

那个时候他会用什么当密码呢？

陈恕滑着手机想，手机突然响了起来，他一个没拿稳，手机摔到了地上。

陈恕捡起手机，还好没摔坏，来电显示是江茗，她说："对不起，我这个时候打电话，有没有打扰到你？"

江茗话声温柔，陈恕听着她的声音，情绪放轻松了，说："没有，我在酒店客房呢，警察说不让随意走动。"

"嗯，我都听小陵说了，说岛上出现了尸体，好像他还认识那个被害者，所以一直被警察问，你这边没事吧？"

陈恕感觉出她的声音除了温柔外还带了一点点紧张，便安慰道："我没事，就是受了点惊吓，你也别担心，他们只是认识，没有杀人动机和时间，警察不会为难他的。"

"那就好，我妈都快急死了，硬要坐车过去，被我拦住了。要是有进展，你能跟我说一声吗？我妈问多了，我弟就嫌烦，唉。"

陈恕答应了，江茗道谢后刚要挂电话，他叫住了她，说以前学生玩博客都习惯用什么密码，他想看看自己初中时的博客记录，可是密码怎么都想不起来了。

江茗想了想，说："一般都是用自己喜欢的明星名字，或是好朋友的名字缩写组合，或是直接用博客名的拼音。"

"就这么简单？"

"学生时代本来就很简单啊。"

江茗笑着挂了电话，陈恕照她说的用博客名的拼音输进去，居然一次就过了，可是进入后台，他有点失望，里面除了台头是一片片紫色的枫叶外什么记录都没有。

陈一霖把自己的发现告诉了常青，让他在调查李峥的关系网时，将重点放在宋嫣和刘叔身上。

他想宋嫣主动加入剧组，应该另有目的，可惜季春遇害当晚宋嫣一直没有离开过酒店，这一点很多人都可以作证，所以她可能只是同党。

在配合做完调查后，剧组成员被允许离开，陈一霖陪着陈恕来到酒店门口，刚好宋嫣也在经纪人的陪同下走出来。

宋嫣穿着碎花长袖衬衫，戴着墨镜和宽檐的太阳帽，酒店门口停着保姆车，她正要上车。

"我去试试。"

陈恕说着话走过去，陈一霖一个没拦住，就见他跟宋嬷打了招呼后，直接问："宋嬷姐，在别墅时是你把杠杠放出来的吧？"

陈一霖揉揉额头，心想这家伙平时看着挺冷静的，怎么关键时刻抽起风了？早知道他就不把对宋嬷的怀疑告诉他了。

听了陈恕的话，宋嬷脸色微变，陈恕保持微笑，又指指她的颈部。

"我看你动物毛皮过敏挺严重的，就想你大概是想和小猫玩吧。"

"你搞错了，我这是海鲜过敏。"

宋嬷话声冷淡，说完就匆匆上了车，经纪人关门，陈恕抢在门关上之前说："如果不是那就最好了，你不知道，我家这只是野猫，我收养它后一直没时间给它打针，你要是碰过它，最好还是去看下医生。"

车门关上了，陈恕看着保姆车开走，还一脸笑容地冲着车屁股摇手，叫道："宋嬷姐再见！"

陈一霖走到他身边，陈恕的手臂还在那儿晃个不停，陈一霖说："有没有人跟你说过你很阴险？"

"我觉得这里该用'有智慧'这种形容词。"

"那有智慧先生，你说她会不会去看医生？"

"这种大明星就算看医生也不会让你知道的，我只是想看看她刚才的反应，结果告诉我你没猜错，绝对是她开门放杠杠出去的，你有没有跟警察提宋嬷可能有问题？他们怎么说？"

"他们说会去调查的。"

陈一霖含混过去了，心想就算查到宋嬷因为动物毛皮过敏去看医生，也不能证明什么，只能暗中调查她与季春还有李峥之间的关系。

一辆奔驰开过来，在他们身边停下，车窗打开，却是卢苇。

庄静和楚陵坐在后面，庄静说坐私家车回去比较快，邀请他们上车，陈恕看看楚陵的表情，回绝了。

庄静还要再劝，楚陵催着卢苇开车，车跑远了，隐约听到楚陵在说："跟扫把星坐一起，翻车怎么办？"

陈恕自嘲："可能我真是扫把星吧。"

"你别听他胡说，你没问题，有问题的是背后捣鬼的家伙。"陈一霖安慰道。不知陈恕有没有听进去，只听陈恕说："等回去了，你把日程全部空出来，我想去林江川家看看。"

"你还对那件事耿耿于怀？"

"嗯，这两天我陆陆续续又想起了一些事情，我希望可以全部记起来。"

陈一霖没想到都不用他和刘叔沟通，出了小岛凶案，刘叔就直接把陈恕的工作日程全都取消掉了。

当晚陈恕一回去，刘叔就赶到了他住的公寓，询问节目拍摄过程。陈一霖冷眼旁观，感觉刘叔对宋嬷很在意，几次问到她的情况，可是当陈一霖问起刘叔和宋嬷是否熟悉时，刘叔又否认了。

他看似对陈恕很不放心，说这种旧公寓安全设施做不好，想说服陈恕另外换住所，又说自己名下有栋住宅空着，让他过去住，陈恕用有保镖的借口婉言回绝了。

见说服不了他，刘叔又说帮他预约了新的精神科医生，让他记得去看病，并交代陈一霖盯着，随时向自己汇报。

陈一霖阳奉阴违地听着，在经历了数次意外事件后，他反而觉得陈恕精神正常，只是有人希望他有问题，并不断利用各种手段刺激他。

好不容易把刘叔打发走了，楚卫风和梁悦夫妇又各自打来电话询问陈恕的情况，尤其是梁悦，几乎已经把他当成了准女婿，说订了餐厅要为他接风顺便压惊，然后就挂了电话，完全不给他拒绝的机会。

随后江茗留言过来道歉，说是母亲一厢情愿，如果他不想去，自己可以帮忙回绝。

陈恕确实不想去，可是听到江茗的声音，他又改变了想法，说自己没关系，好久没看到大宝，也挺想他的。

第二天晚上，陈一霖开车载陈恕去了酒店，他刚停好车，就看到一辆宝马以非常快的速度跑进停车场，来了个漂亮的转弯后在对面停下了。

看到楚陵从车上下来，陈一霖有点同情陈恕，"你要是真想和江茗交往，这个小舅子绝对是个绊脚石。"

"我们没交往，"顿了顿，陈恕又说，"可是不知道为什么，每次和她聊天，我都有种亲切感。"

"大概是对了眼缘吧，行了，好好表现，我去附近转转，到时过来接你。"

看着陈恕走进酒店，陈一霖也下了车，去附近的一家小餐馆吃饭，等上菜时他翻看手机，打开凌冰拍的照片。

负责季春一案的警察已经通过常青了解了陈一霖的身份，告诉他说季春的交际圈很广，几乎每天都参加酒会，她自己从来不做记录，所以几个月前的酒会详情无从查起。

所以这条线又断掉了。

陈一霖叹了口气，点开手机里的一段录音。

音频中是个苍老但又温婉的嗓音，讲述着悲伤的过往，却又平静得像是在述说一段故事，他不知道老人是否已从悲伤中走出来了，但毫无疑问，陈恕还困在里面。

录音听到一半，手机响了，是林晓燕的小儿子。

他说大哥在整理母亲的遗物时无意中发现了一把钥匙，家里的锁都对不上，大哥觉得可能与母亲出事有关，想用这个勒索陈恕。他也是才知道的，已经偷偷把钥匙拿出来了，准备寄给陈恕，所以询问他的地址。

陈一霖一听，马上说："不用那么麻烦，我过去拿。"

"不，我并不想见到你们，我出国手续都办好了，这两天就会离开，我有我自己的人生，不想把宝贵的时间浪费在这些事情上。"

他语气坚决，陈一霖便没再勉强，他报了自己家的地址，道谢并挂了电话。

吃完饭，陈一霖从餐厅出来，远处一栋高级公寓映入他眼帘。

那是凌冰和宋嫣曾经住过的公寓，陈一霖这才留意到公寓离陈恕就餐的地方很近。

他看看表，时间还很充裕，便就近取了辆共享单车，一路骑了过去。

也是幸运，陈一霖到了公寓，刚好遇到派出所社区民警在附近训练，他和民警认识，便托他向公寓保安询问宋嫣的租借情况。

正如他所料的，保安说宋嫣在一个月前就搬走了，房间重新清理过，这两天有人来看过房子，不过还没租出去，仍然是空置状态。

陈一霖独自走到公寓后面，就是陈恕差点被丢下来的花盆砸到的地方。

当初因为一直没找到高空抛物的人，陈一霖还曾怀疑过陈恕的精神有问题，现在回头仔细想想，或许是当时在调查中他们把最大的嫌疑人剔除了。

陈一霖抬起头，花盆着陆点垂直往上，刚好对着宋嫣的房间，她独住，那天又拖着旅行箱离开，所以不在调查范围内，叮是如果当时房间还有人呢？

那天她行色匆匆，遇到了乱跑的小猫反应也很激动，她有经纪人，有好几个助理，可是当时却独自拖着个大型旅行箱离开。

去小岛拍摄时，宋嫣随身带的也是个同样大小的旅行箱，却不是之前的那个，如果箱子里放的不是物品，而是人的躯体的话……

陈一霖不太相信这种巧合，可是当时杠杠好像很激动，趴在旅行箱上不肯下来，这种野生小动物对死亡的感知都很强，它会不会是发现了有问题……

想到这个可能性，陈一霖打电话给常青，让他重新调查高空抛物那天进出公寓的人，尤其是李峥。

他想如果李峥的死亡与宋嫣有关，那当时宋嫣的房间可能还有其他人，就是那个"其他人"向陈恕投掷了花盆。

陈一霖说了自己的怀疑，还想提醒说李峥可能做了伪装，被常青打断了，不紧不慢地说："不是他，我们已经查过了，李峥那天坐车去了临市。"

"确定是同一天吗？"

"确定，他有点马虎，路上买礼盒却找不到手机，想现金支付，老板不想收现金，还吵起来了，最后还是他从包里翻到了手机，才解决了问题。有店里的监控录像证明，也有支付记录证明，所以不可能是他。"

陈一霖气到了，"这么重要的事你怎么一早不跟我说？"

"你不是在保护大明星吗？我哪知道你对这个案子这么在意。那是李峥最后一次出现，那之后就搜索不到他的行踪了，我们现在掌握的情报是李峥跟店老板说去拜访市里一个朋友，之后坐高铁南下旅游，不过他有购票记录，却没有乘车。"

不管之后李峥经历了什么，他都不可能在吵完架又返回临市去找宋嫣，后来他的尸体出现在两市邻接的地方，所以最大的嫌疑人是那个朋友。

"你就是专门来打击我的。"陈一霖自嘲道，其实他并没有掌握确凿的证据，只是刑警的直觉告诉他宋嫣有问题，尤其是李峥的失踪、宋嫣拖大旅行箱离开、陈恕差点被砸伤都发生在同一天。

要是这一切都是巧合，那也太巧合了。

"你也有说对的地方，"常青安慰道，"宋嫣和李峥是老乡，在宋嫣还没出名之前他们就认识，关系密切，他们共同的朋友还以为他们会结婚，可后来宋嫣名气越来越大，他们就不怎么来往了，近期也没有他们的通话记录，倒是宋嫣跟一个开发商老板走得很近。"

陈一霖问了开发商老板的名字，常青说了，又加了一句，李峥消失的那几天老板出国了，最近才回来，所以整个事件跟他没关系。

陈一霖挂了电话，查了一圈，最后又回到了原点，他只好自我安慰说可能追错了线，可是心里总觉得有疙瘩，经过保安室走出公寓，半路又转回来，询问保安他是否可以去宋嫣租过的房子看看。

保安已经从民警那儿听说了陈一霖的身份，便爽快答应了。

宋嫣住过的房子面积很大，家具都处理掉了，更显得空旷，陈一霖走到后窗打开往外看看，从这里瞄准陈恕把花盆砸下去并不困难。

"也许并不是想杀他，只是恐吓。"他低声说。

就像雨衣男一样，大多数时候他并没对陈恕造成实质性伤害，而是不断地在他周围出现，幽灵似的纠缠，促发他精神崩溃。

看来解决关键问题的钥匙还是在陈恕身上啊。

保安的手机响了，他跑出屋外接听。陈一霖穿过客厅走进旁边的衣帽间，拉开衣帽间的拉门，里面也是空荡荡的，他关上门正要离开，忽然看到门上方有一道斜长的划痕。

划痕很轻，如果不是刚好光线折射，可能很难发现，他伸手触摸，感觉只是什么东西碰撞后留下的痕迹，位置略比他的头高，上半部分稍重，越往下越浅淡。

如果家里养猫，那出现这种划痕并不稀奇，因为小猫会经常上蹿下跳撞倒东西，可宋嫣没有养猫，甚至其他地方都没有类似的划痕。

陈一霖拍了照，关上照明灯，掏出插在口袋里的笔按开了。

笔的底部装了个微型紫外光灯，光束顺着地板和衣帽间的门慢慢划过，没出现血迹反应，陈一霖又走到客厅查看，也没有找到，听到脚步声传来，他将笔关掉了。

保安接完电话回来，一进来就见屋子黑洞洞的，吓了一跳。陈一霖打开开关，找了个想看看夜景的借口，保安没怀疑，说底下有事，问是不是可以离开了。

陈一霖点头答应，乘电梯下去的时候，他问："家具都被房客带走了吗？"

"没有，好像都让垃圾处理公司处理掉了。"

"应该都还能用吧，留给后面的租客也好啊。"

"瞧您说的，能在这里住的人还在乎那几个家具钱。"

陈一霖心想过了这么久，想要再找到家具恐怕很难，他离开公寓，陈恕的微信恰好也留言过来了，说已经吃完饭了，问他在哪里。

陈一霖说马上就赶过去，让陈恕在大堂等，不要去人少的地方。

他把留言送出，踩着单车赶回去，又一口气跑到酒店大堂，远远就看到陈恕在和大宝玩，江茗坐在对面微笑着看他们，那么其乐融融的画面，不知道的还以为他们是一家子。

见陈一霖来了,陈恕起身告辞,大宝抱着他的腿,一副依依不舍的模样,陈恕和他拉了钩,他这才放开,摇手说再见。

等陈恕走近,陈一霖问:"楚卫风那一家子呢?"
"他们先离开了,只有大宝赖着我不放,我就陪他玩了一会儿,保证说下次带他去游乐园。"
"楚陵没闹事吧?"
"没,就是脸色不好,楚卫风说他小家子气,他还不高兴。你去哪儿了?"
宋嫣的嫌疑还不确定,陈一霖就没提,只说了他在外面吃饭,接到了林晓燕儿子的电话,顺利的话,钥匙明天就能寄到他家了。
陈恕一听眼睛就亮了,兴奋地说明天一早就去林江川的家,下午再去陈一霖家拿快递。
"不,先拿快递,再去林家。"
陈一霖冷静提醒道,陈恕问:"为什么?"
"你有没有想过在过去的十几年中林晓燕都没找过你,如果她早就有证据,要想找你很简单的。"
"你的意思是她是最近才拿到证据的?"
"对,不管她是怎么拿到的,肯定是围绕着林江川发现的,所以先拿钥匙再去林家,或许可以直接找到对应的锁。"
寒意顺着脊背冒出来,陈恕的脚步不自觉地放慢了。
陈一霖的推理无疑是最接近事实的,可是正因为接近事实,才更让人感觉恐惧。
他自嘲道:"你推理能力这么好,能不能告诉我到底是谁想害我?"
陈一霖无从得知,在没有掌握更多的证据之前,任何猜测都是苍白的。
他拍拍陈恕的肩膀,安慰道:"不管怎样,我们都在一点点地接近核心,相信你自己,一切谜团总会水落石出的。"
两人没看到,在停车场一隅,某辆黑色轿车里,有人正冷眼注视着他们，直到背影渐远。

　　黑色雨衣的帽子几乎盖过了大半张脸，仅仅可以看到雨衣人一边略微翘起的嘴角，手里握的照片被点着了，映亮了照片里一簇簇绽放的紫色牵牛花，花前并排站立着三个人，一个已经化成灰烬，剩下两个绽开的笑脸也很快熔进了火焰中。

第十二章
十四年前的疑案

她走进屋子。

外面雨下得正急,她的发丝都被打湿了,跟在后面的男人也是一样,一边掏手绢搓头发一边发出抱怨。

她神情恍惚,随口敷衍着带男人进了客厅,让他随便坐,自己匆匆进了厨房。

冰箱里放了各类饮料,她随手拿出一瓶绿茶。

绿茶比较苦,放了东西也不容易被觉察到——她心里想着,把茶倒进杯子,又从口袋掏出一个小药瓶。

药瓶上什么都没写,她稍微犹豫后拧开盖子,把里面的液体倒进茶中,又晃晃杯子,希望液体和茶尽快溶解。

一切都做好了,她转身正要回客厅,没想到男人竟然就站在厨房门口直勾勾地看着她,她吓得手一晃,差点把杯子丢到地上。

"你怎么了?"

男人走近她,像是觉察到了什么,目光在她脸上和杯子之间来回扫过。

"没、没什么……"

她胡乱应付着,把水杯递过去,男人伸手接了,却没有马上喝,而是打量周围,最后看向窗外。

"今天天气真糟糕啊,不过幸亏下雨,警察一时半会儿找不到这里,你是什么时候安排的计划?还有那辆车。"

雨雾中停了辆黑色轿车,她太紧张了,没想到该怎么回答,急忙喝饮料,借此回避。

男人没得到答案,转头看她,手里拿着饮料却一直没喝,又问:"接下来你准备怎么做?"

"呃……先休息，反正他们短时间内不会出现，我们慢慢说。"她继续敷衍道，盯着男人的手，就见他抬起手，水杯慢慢靠近唇边，她紧张得一颗心几乎都要跳出来了。眼看着他就要喝下，她的大脑突然嗡的一声，她上前一抬手把杯子打落在地。

男人愣住了，她也愣住了，随即涌上悔意——那人说过，这是她最后的机会，男人和孩子只能活一个。

接收到对方投来的狐疑目光，她想找个理由搪塞，男人却忽然反应过来，冲她冷笑。

"我明白了，是你妈设计的，对吧？她以为我死了，就没人能供出她了。"

"不是的！不是的！"

男人朝她逼近，她慌慌张张往后躲，竭力否认，忽然脖颈一紧，被男人伸手掐住，大声喝道："难怪要帮我，原来是打算让我替你们背黑锅，我告诉你，没那么容易，我要把这些全都告诉警察，你们一个都别想逃！"

她被掐得喘不上气来，努力伸手去够流理台，却怎么都碰不到，渐渐的大脑缺氧，眼前开始变得模糊，就在这时，砰的一声传来，紧扣在她脖子上的力量消失了。

她终于缓了过来，靠在墙上大声咳嗽，抬头看去，男人还站在她面前，血从他额头两边流下来，因为疼痛，他面部扭曲，看着分外诡异。

砸中男人的是个玻璃花瓶，随着男人转身，她看到了站在男人身后的人。

那人穿着黑色雨衣，雨衣帽子从头上罩下来，几乎盖住了大半张脸。

不知他是什么时候进来的，幽灵般毫无声息，她像是见了鬼，全身发出剧烈颤抖，哆哆嗦嗦着靠向流理台，只有这样，她才能支撑自己不倒下去。

男人本来都举起了手，在看到攻击者后，他的手僵住了。

"这是你最后的机会。"

嘶哑铿锵的金属音从攻击者口中吐出，这句话就像是魔咒，她哆嗦的手猛然间停下来，目光落在旁边的厨具架上，突然拔出一把刀，朝着男人刺了过去。

第二天上午，陈一霖开车回了自己住的小区。

他独居，每天早出晚归，除了保安室的几位大叔，没人认识他，不过即便这样，他也不想陈恕跟着来，偏偏陈恕说拿了钥匙直接去林家正好顺路，这理由极其充分，他实在找不出借口回绝，只能硬着头皮答应。

到了小区门口，陈一霖让陈恕在车里等，自己一溜小跑冲进了保安室。

值班的保安一抬头看到他，二话没说就把快递袋子递给了他，又说好久不见了，问他最近在忙什么，他回了句"出差"就反身往回跑。

不过还是晚了一步，陈一霖老远就看到陈恕下了车，另一个保安老李正在和他聊天，看表情两人聊得还挺投机。

陈一霖吓得心脏都快跳出来了，几步跑过去，二话不说就打开车门塞陈恕上车。

"原来大明星是你的朋友啊，我说你别急啊，我还想求个签名呢。"老李伸手掏口袋，被陈一霖一把按住了。

"李叔不好意思，我们有急事，下次，下次你想签多少都行。"

他说完，绕去驾驶座坐好，老李堆起一脸的笑朝陈恕摆手，又冲陈一霖说："是不是局里忙啊，再忙也要顾着身体……"

陈一霖已经把车窗关上了，回了他一个完全不走心的笑，启动引擎把车开了出去。

"你怎么了？"陈恕奇怪地看他，"有人抢快递？"

"没有。"

"那你这么急干什么？那位大叔的女儿看过我的剧，我难得遇到个'粉丝'。"

"我们现在不是赶着做调查吗？等问题都解决了，你就是开见面会我都不拦着。"

"估计我的'粉丝'达不到见面会的量。"

陈恕自嘲着撕开了快递袋，里面只有一个小塑封袋，他撕开袋子，钥匙掉了出来。

那是个尺寸较小的钥匙，钥匙孔系了个椭圆形黄色塑料牌，上面印了数字8，陈恕觉得像是寄存柜的钥匙。

这两年随着智能柜的兴起，使用钥匙的寄存柜逐渐变少，不过即便如此，数量也是很可怕的，要是挨个儿去找的话，一定很费心耗力。

他正反转着钥匙，陈一霖借着等红灯拿过来看了看，又还给他，安慰道："至少有新线索了，围绕着钥匙来查，说不定有新发现。"

"你说会不会是林晓燕的儿子想多了，这只是把普通的钥匙？"

"如果是普通钥匙，她大儿子就不会考虑进行讹诈了，而且这钥匙怎么看都不像普通家庭用的。"

陈恕觉得有道理，现在只能寄希望于到了林家，他能想起些什么。

林江川住的小区环境要比林晓燕的好，楼房外观也比较新，不过他家里很陈旧，外面的铁门都掉颜色了，也没上锁，只锁了里面的房门。

陈恕掏出钥匙开了门，陈一霖跟在后面，感叹地说："要再给杠杠记一大功，谁能想到它的玩具会是这里的钥匙啊。"

这把钥匙还是陈恕搬回父母家那晚，小猫从他的卧室翻出来的。陈一霖记得他说不重要，可如果真不重要，他又怎么会一直保存？或许潜意识里他知道这把钥匙还会再用到，所以才会仔细保管吧。

"这是林江川主动给我的，我父母在世时，他为了借钱各种巴结，给我钥匙让我随时过来玩，因为萧萧姐……"陈恕走进房间，随口回道，话说到一半顿住了，脑子恍惚了一下，突然想萧萧姐是谁，他怎么会说出这个名字。

陈一霖问："萧萧姐是谁？"

"是……"

陈恕皱眉，奇怪的是他刚才好像想起来了，可是被陈一霖这么一打岔，他又不敢肯定了，似乎名字和长相近在眼前，却因为当中隔了层薄雾，无法看得更清晰。

脚步茫然向前走着，穿过走廊进入客厅，杂乱狼藉的客厅成功地把他的神志拉了回来。

陈恕转头查看，柜门都是半开的，抽屉也都拉开了，书籍杂志散落了一地，还有个烟灰缸正面朝下翻在椅子腿旁边。

"这就像是被台风扫尾了。"陈一霖跟在后面，叹道。

陈恕走到柜子前，伸手触摸柜子的边缘，轻声说："我就是在这里和林江川动手的，十多年过去了，这里一点都没变。"

陈一霖走近了仔细看，桌椅和窗台都落了厚厚的灰尘，散落的东西却比较干净，所以这应该是近期被翻乱的，他想提醒陈恕，可是看他驻足环视，神情似乎沉浸在了往事中，便没去打扰他。

陈恕拉过柜门重新关上，柜门外侧有一块凹了下去，他的手指按在凹陷的地方，眼前闪过两人争执的场面。

"他力气很大，我头上挨了一拳，他又拿东西砸我，好像是烟灰缸还是什么的。屋里很暗，我没看清，只记得我躲过去了，这里应该就是被东西砸到的，他接着又冲过来想打我，我头很疼，记不清发生了什么，只记得我晕过去了，等我醒来时，他就倒在我对面了。"

陈恕说着话直接躺在了地上，对地板有多脏毫不介意，躺下后又指指前面，陈一霖很配合，趴到地上，照他说的摆出死亡的姿势。

"我害怕极了，想试试他还有没有气，但到最后也没做到，我看到地上有块石头，是我来时在路上捡的，石头上都是血，我想肯定是我做的，就把石头揣进包里跑掉了。"

陈恕仿佛陷入了曾经的记忆中，喃喃说着，随手从地上捡起一个小毛皮玩具塞进口袋，踉跄着往外走。

陈一霖急忙跳起来跟上去。

陈恕走出屋子，在门口忽然停下脚步。

"我在这里听到对面邻居开门，萧萧姐和赵奶奶在说话……对对,我想起萧萧姐是谁了,她是赵奶奶的孙女,和林江川住对门,和我是校友,比我高两届,她画画很好看,长得也好看……"

说到萧萧,陈恕的语气明显变得温柔,陈一霖想他一定很喜欢那个女孩子。

"我趁着萧萧姐没出来,就赶紧下楼,外面下雨了,我在这里骑上自行车就往家里跑。"

陈恕顺着楼梯一路跑下楼,在不远处的车棚前停下。

车棚底下停了两辆自行车,年辰久了,车棚都掉漆了,很多地方锈迹斑斑,陈一霖抬头往上看,棚顶有几处破了洞,下雨天棚子里也会漏雨。

不过十四年前,这里应该还很新。

陈恕像是中了邪,在车棚前稍微停步后,突然加快脚步往前走。他脚步越来越快,最后变成了闷头奔跑,就像行车时的模样。

陈一霖大步跟上,听着他说:"我只想着赶紧回家,我记得这条小路,可以缩短回家的时间。我不知道这样做行不行得通,那时我脑子里一片空白,什么都没想,唯一想的只有我和我的家人,我决不能为了这个人渣坐牢,让他们伤心。"

陈恕跑得更快了,陈一霖紧跟在后面,那条小路可能现在已经没人走了,长满杂草,陈恕仅凭着记忆跑过去,没多久就来到了河边。

河水清澈,反射着阳光,有些晃眼,对面那座桥还在,孤零零地架在河水的两边,桥上也是一个人也没有。

陈恕直接冲进了河里,陈一霖吓了一跳,想拉他,没来得及,眼看着他迅速游向河当中,快得像是要去救人。

阳光正好,可是在陈恕眼中,这就是那晚雨夜,他此刻正奋力游向桥下,河水在他的拨动中开始起伏,水位渐深,几乎要将他吞没。他心情焦急,胡乱地看向周围,却只看到起伏不断的水面,又潜入水中,水被他搅浑了,什么都看不到。他感到了恐惧,仿佛看到因为自己的失误而让一条生命在眼前消逝。

对,是那个小孩子,那个因为车祸而无法发声却很懂事的孩子。

"小石头！小石头！"陈恕浮出水面大声叫道。河水扑来，淹没了他的叫声，小腿传来疼痛，忽然间使不上力气，他挣扎了两下，胳膊被攥住，随即一巴掌拍在了他脸上。

陈恕恍惚了一下，只觉得身体被托住，接着是陈一霖的叫声。

"别乱动！"

陈恕知道是小腿肚抽筋了，他没再挣扎，听凭陈一霖的拖拉。很快他被拖上了岸，陈一霖松开手，陈恕直接平躺到了地上，仰头看天。

"要我帮你控水吗？"

陈一霖弯腰靠近，陈恕见识过他的救人方式，慌忙摆手拒绝。

"没事，我就是呛了几口水。"

"看你这样子，可不像只是呛了几口水。"

陈恕没理会他的吐槽，抹了把脸，把流下来的水珠抹掉了，说："我刚刚发现这条河并不深，可是记忆中那晚的水深得可怕，我差点淹死。"

陈一霖在他旁边坐下，"你是不是又想起什么了？我听你好像在叫石头石头。"

"是'小石头'，一个男孩子的小名，年龄稍微比我小一些，那晚我就是为了救他下河的。"

顿了顿，他又说："也许不该说是为了救他，我可能并不是真想救人，而是觉得如果救了他，他可以做我的时间证人。这也许就是我一直想不起来的原因，潜意识中我不想承认自己是恶人。"

"人性是很复杂的，不能简单用善恶来区分，不管你的出发点是什么，事实是你救了人，并且为了救人差点死掉。假如当时没人经过，你们都活不了。"

"你怎么知道？"

陈恕看过来，陈一霖面不改色道："听刘叔说的，不过我也只是了解个大概。"

陈恕沉默了一会儿，像是信了他的话，说："刘叔这个大嘴巴啊。"

"那具体是怎么回事？"

"小石头好像是被他继父推下河的，他遭遇过交通事故，有语言交流障碍，后来我们同住一家医院，我就是因为这个特地学了手语，不过好多话还是没法顺利沟通。警局魏警官还去找我了解过情况，不过后来也不了了之了，难怪我第一次见魏警官，他看我的眼神就很奇怪，原来他早就认出了我是谁。"

但魏炎完全没跟他提到林江川一案，不知是从一开始就把他从嫌疑人里排除了，还是因为证据不足所以刻意没提。

陈恕眯着眼睛，跟随着复苏的记忆讲述那晚的经历——他怎么救的小石头、怎么从和小石头的沟通中了解到他的情况，还有他们三个人偷偷上山玩。

那时也是夏季，漫山遍野都开满了鲜花，好多漂亮的紫色小花，他把编好的花冠送给了萧萧姐，看着她戴上，阳光下她的笑靥越来越清晰……

"后来呢？小石头怎么样了？"

思绪被拉回，陈恕想了想，说："后来他们家出事了，一家都住进了医院，那天我本来要去医院，可是在坐小姨的车时出了车祸。"

"你是说你和你小姨一起出车祸了？"

"嗯，我在医院昏迷了很久才醒，我小姨就没那么幸运了……那年就好像是被诅咒了……"

陈恕明白了为什么上次卢苇在医院说到诅咒时，他会感觉不适，原来很久以前他说过相同的话，半年里和他最亲的三个人一个个地离开，这不是诅咒又是什么？

"你还好吧？"

陈一霖掏出手绢，手伸过去才发现手绢都湿了，他拧了几下塞过去。

陈恕用手绢擦了脸和头发，说："还好，我也以为记起来会很痛苦，可是现在什么感觉都没有，可能是过去太久了。"

陈恕话语平静，看来并不是在故作坚强，陈一霖看着他，想起那段录音中老人的讲述。

"我家老头子是医生，一辈子都积德行善的，不知道怎么就遇到了这种事。大女儿女婿走了没多久，女婿家那边的人就来闹，要钱要房子，我说全都给他们，眼不见为净，人都没了，谁在意那些身外物啊，可小枫不同意，和他们吵了好几次。

"后来那个叫林江川的突然就死了，我正庆幸不会再被纠缠了，谁知道我家小女儿也出了车祸，傍晚在山路上翻了车，当场死亡。差不多同一个时间小枫从工作室出来，路上也被车撞了，一直昏迷不醒，当时我根本没精力伤心，只想着孩子赶紧醒过来。

"后来他终于醒了，还好没什么大事，就是脑子迷迷糊糊的，把好多事都记岔了，以为他是和小姨一起出的车祸，以为他睡了一个月。我提到林江川被杀了，他也不记得了，就是对他小姨的过世耿耿于怀，一提这事就头疼。我和我家老头子就再不说了，这两个孩子出事前还通过电话，我就想小枫要是还记得，那要多难过啊，所以都忘记是最好的，他还那么小，不该承受那么多苦难。

"处理车祸现场的人对我说是因为车速过快，再加上下雨天路滑导致的，只能说这都是命啊！我和老头子商量后，给小枫改了名叫陈恕，转到我们户口下，这个恕字就是希望他在遇到问题时，能够抱着宽恕的心态。"

这是去小岛之前，陈一霖抽时间去陈恕的祖父母家询问到的情况。

陈一霖买了些水果和保健品过去，说是刘叔让他买的。老人和刘叔很熟，又看了手机里他和陈恕的合照，半点没怀疑，很热情地招待了他。

他婉转问了当年的情况，发现老人知道的也不多，不过他们对刘叔很感激，一直说这些年幸亏有刘叔的帮忙，让陈恕可以轻松在娱乐圈站住脚，逢年过节刘叔也都会给他们送礼，对二老来说刘叔就像是救命菩萨。

陈一霖问老人刘叔为什么对陈恕这么好，老人也说不清楚，只说是对了眼缘，就她所知，不管陈恕说什么，刘叔都特别顺着他，只怕对自己的孩子也不过如此吧。

可这世上不可能有不求回报的付出,所以陈一霖想刘叔会对陈恕好,一定是因为这样做可以获取更多的利益。

"对了,我想起一件事,诺基亚手机不是祖母给我的,是萧萧姐送的,当初我们想让小石头偷偷录下他继父家暴的证据,萧萧姐就把她备用的手机给了小石头。"

"这部手机啊,不是我给小枫的,我也不知道它是从哪里来的。那几天我们老两口都忙着办小女儿的后事,回到病房,就看到小枫枕头下放了这部手机。我问护士,听她说有个孩子来过,估计那孩子放的,护士说了那孩子的长相,小枫没印象,还以为手机是我送他的,我怕说多了加重他的负担,就将错就错了。"

两个人说的几乎都对得上,只有一点,陈恕不是坐小姨的车出的车祸。

出于愧疚或是逃避的心情,这些往事陈恕封存了十四年,直到前不久那场车祸导致他头部受伤,似乎是偶然又似乎是必然,曾经封印的记忆开始复苏。所以陈恕并不是因为大脑受损而产生幻觉。恰恰相反,他是因为受损而让大脑记忆变得清晰了。可是他想起了所有的事,为什么唯独在关键地方出了岔?

正想着,陈恕忽然站起来,掉头往回走。

陈一霖问:"去哪儿?"

"当然是回去换衣服,顺便再去林江川家看看。"

陈恕车里放了两套备用的衣服鞋袜,刚好都用上了。两人换好衣服,又用毛巾擦了头发,顶着半湿的头发上了楼。

林江川家的门还半开着,陈恕穿过走廊进去,先是检查客厅,接着又去其他房间,可惜整个屋子翻了一遍,都没找到与数字8的钥匙配套的锁。

"除了这个号码什么都没有,都不知道该从哪儿查起,还不如传网上问大家,缩小范围,说不定会更快些。"陈恕说。陈一霖点点头,觉得在没有更多线索之前,可以姑且试下这个办法。

两人回到客厅,看到凌乱的房间,陈恕眉头微皱。

陈一霖说:"这应该是近期才被人翻过的,所以灰尘厚薄不一。"

有林江川家的钥匙并且会跑来翻找的只有林晓燕，她无意中发现了某个秘密，想来找到更多相关的证据，好进行讹诈。"

"你觉得她找到了吗？"

"没有。林江川遇害后，所有物品应该都被检查过。如果有，警方不会不跟进，所以我判断林晓燕一无所获。可她又不甘心，想靠着发现的秘密发财，但那不是决定性证据，否则她一早就亮底牌了，而不是几次堵截你，高调地要挟，期待你能迫于面子和压力给钱。谁想你这人油盐不进……你再好好想想，看能不能想到什么？"

陈恕回想那晚的经历，摇摇头。

"没有，我能想到的都告诉你了。"

陈一霖眉头微皱，看向外面，陈恕问："你想说什么？"

陈一霖想说的是假如陈恕说的都是真的，那么在晚上九点的时候，林江川就已经死了，当初警方把陈恕从嫌疑人名单里排除不是因为他见义勇为，而是时间不符。这样反推回去，就是证人赵奶奶撒了谎，可她是有意撒谎还是上了岁数无意中搞错了时间，那就要深入调查了。

有关赵奶奶的资料记录不多，她老伴很早就过世了，大儿子去了国外，小儿子也在外地工作，户头上只有她一个人，直到她过世后销户。

陈一霖看过证词笔录，里面没有提到赵奶奶的孙女，他刚才听了陈恕的讲述，当陈恕提到萧萧与他认识并且关系很好时，直觉告诉陈一霖，那个时间差是人为造成的。

不过在没有证据之前，他没多说，摆摆手示意陈恕离开。

两人出了林家，刚好有人从楼下上来，看到他们站在门口，好奇地探头打量。

那是位五十多岁的大妈，手里提了一捆菜，看来是刚买东西回来。这个年纪的女人最喜欢八卦了，陈一霖没放过这个好机会，走过去打招呼。

女人回应了，又看看他身后的陈恕，说："你们是他的侄子吧？前阵子你妈也来过呢。"

她居然说对了一半,陈恕咳了一声,脸色不太好看。

陈一霖听她话里的意思,她并不知道林晓燕过世,便说:"我们是房产中介的,你说的那位是户主的妹妹林女士,因为这房子一直空着,林女士就请我们过来看看,看能不能租出去。"

"这样啊,"女人信了他的话,神神秘秘地说,"我听说这房子以前出过命案,算凶宅吧,容易租出去吗?"

"您了解这里的情况?"

"没有没有,我是后来才搬进来的,我是听对门老孙说的。"

女人指指赵奶奶曾经住的房子,陈一霖问:"我记得以前住的是位老人家,您说的老孙是他们家亲戚吗?"

"不是,是她买的房子,超便宜买下来的,否则对着凶宅,谁心里不硌硬啊。"

"您知道是谁卖的吗?"

女人误会了他的意思,"应该不是通过中介,就是朋友圈托人问的。前户主的儿子在国外,好像是当教授的,不缺钱,老太太过世后,他就转手卖掉了,前几年他回来过,我还见过呢。"

"您说他来过这里?"

"嗯,楼下有棵桂花树,我听老孙说是老太太生前种的,她儿子大概是过来祭奠吧。老孙就跟我说那是前户主的儿子,保养得可好了,五十多看着就像三十多。"

"您记得他叫什么吗?"

"好几年了,我哪还记得啊,就记得老孙叫他教授,好像是张教授?常教授?还是什么来着……"

"江教授。"陈恕突然说。

陈一霖转回头,走廊光线不好,陈恕整个人都站在阴影里,看不清表情,陈一霖正要过去,女人一拍巴掌,叫起来。

"对对对!我想起来了,就是江教授,你们认识啊?"

陈恕置若罔闻,拔腿冲下了楼梯,陈一霖急忙向女人道了谢,追着陈恕跑下去。

陈恕一口气跑到车旁,他的脸苍白得吓人,要不是靠着车门,陈一霖都怀疑他会不会直接倒向地上。

这次他什么都没问，从车里拿了瓶矿泉水拧开盖，递了过去。

陈恕接矿泉水的手有些抖，拿了后要喝，半路又放下了，抬头看向陈一霖。

"我不知道怎么会说出来的，好像只是种本能。"

"嗯，不留意的话，张教授和江教授确实会听混。"

"可是我们身边只有一个人姓江，她是我学姐，一直在国外生活，而萧萧姐也确实是在高中时就出国了。我想不起萧萧姐的脸，但记忆中我和她还有小石头一起玩的画面都是淡紫色的……"

陈一霖的眉头皱紧了。

陈恕甩甩手，像是矿泉水烫手似的，手举到半空又不知所措地放下，掠过发丝按住了额头，轻声说："我应该没想错吧，江茗就是萧萧姐，也是紫色。她隐瞒了住林江川家对面这个事实，还让我看同学群的各种留言，一直暗示我紫色是另外一个人，她主动接近我不是对我有好感，而是在确认我有没有记起什么。"

随着讲述，陈恕脑海中原本朦胧的影像逐渐变得清晰。

第一次遇到江茗是跟随父亲去林江川家的早上。女生扎着长长的马尾，在楼下给牵牛花浇水，周围都是一片一片的紫色，阳光照亮了少女灿烂的笑颜，那是江茗留给他最深的印象。

他一直不知道江茗的名字，不过他应该听过大人们提过江教授，所以才会本能地叫出来。

那时候大家都跟着赵奶奶叫江茗的小名萧萧，绘画小组的成员们都叫她组长，因为她是组里的副组长。后来萧萧邀请他当模特，他想都不想就同意了，因为那是唯一能接近她的机会。

叫林紫色的女生是完全不同的一个人，只是刚好和江茗起的昵称撞名了，所以萧萧几乎没在现实中用过紫色这个名字，组员们自然也不会记得。那张水彩画陈恕想应该也是萧萧画的，气质像她，但又不像她，因为画中的女生充满了忧郁和伤感，没有人会把她和性格活泼爽直的萧萧联想到一起。

话声冷静，至少陈恕表现得十分冷静，他还有余裕分析出江茗的心态，但他越是冷静，陈恕就越觉得不安。

"你的记忆还很混乱，也许那位教授是姓张，而不是江。"

他试图安慰，陈恕摇头。

"不，第一次见面我就觉得江茗很熟悉，是那种很想亲近的感觉，记忆或许会错，但感觉是骗不了人的。"

江茗肯定在一开始就认出了他，所以才刻意接近，不是真对他抱有好感，而是想了解他还记得多少。

那些笑容、关心，甚至送吻都是做戏，她心里有鬼，她在害怕，也就是说她一定了解那晚发生的事情！

陈恕拿矿泉水的手攥紧了，打开车门坐到驾驶座上，准备启动引擎。

陈一霖动作迅速，一把按住他，喝道："你冷静！"

"我现在很冷静，钥匙给我。"

陈恕抢钥匙，陈一霖一挥手，钥匙凌空划了道弧线，飞去了远处的草丛中。

引擎启动不起来了，陈恕怒瞪陈一霖几秒，跳下车，跑去草丛。

砰的一声重重关门声揭示了他此刻的愤怒。陈一霖跟上去，提醒道："你现在的火气都可以直接炖火锅了，还说自己冷静？"

像是没听到他的话，陈恕弯腰闷头拨拉草，陈一霖又说："如果我是你，就不会在这个时候去质问江茗。"

陈恕动作一停，抬头看他。

"我表现得这么明显吗？"

"比答题卡都清楚。"

陈恕一甩手，恨恨地站起来，陈一霖说："请用你的智商想想看，你有证据吗？没有，有记忆吗？好像也没有，所以她会老老实实回答你吗？"

"我就是用智商想到了这些，所以才生气。"

"你是生气被人骗了？还是生气被喜欢的人骗了？"

陈恕一愣。

可能两者都有，也可能两者都不是，也许比起气恼，更多的是恐惧——江茗知道十四年前雨夜的真相；林晓燕在江茗工作的画廊附近出现过；林晓燕威胁他的那晚，他去质问过江茗，之后林晓燕就出事了；这一切都表明了……

他掏出手机想打给庄静，半路犹豫了一下，又改打给赵青婷。

手机响了两下接通了，对面传来楚陵的声音，很不爽地问："你打我女朋友的手机干什么？"

陈恕叹了口气，心想真是讨厌什么来什么，他纠正道："前女友。"

"你！"

"还有，你知道你为什么会变成前男友吗？因为你不懂得尊重她。"

楚陵嘶了口气，陈恕已经做好准备被他骂了，那边传来说话声，紧接着是赵青婷的声音。

"不好意思啊恕恕，我就走开了一会儿，他就乱动我手机。"

"没关系，我有事想问你，你能避开楚陵吗？"

"好的好的，稍等啊。"

陈恕想象着赵青婷的反应，估计他又要被楚陵误会了。早知道还不如一开始就打给庄静，只是他觉得比起庄静，赵青婷联络江茗的可能性更大。

"好了，可以说了，是不是有关那次车祸的事啊？"

"不是，我想问一下，我们在卢苇工作室聚会那晚，我半路离开，被一个女人堵住闹事，你还记得吗？"

"记得记得。"

"这件事你有没有跟江茗提过？"

"呃……对不起，你一走我就跟江茗姐打电话说了。"误会了他的询问，赵青婷急忙解释说，"你走后，卢苇跟我们说你看了江茗姐的照片，好像很激动，那女人也古古怪怪的，楚陵就认为你有问题，怕江茗姐吃亏，要打电话跟她讲，我怕他乱说话，把事情搞砸，就抢先打了。"

"她当时是什么反应？"

"她好像挺吃惊的，详细问了照片，还问那女人的长相，我怕她误会，说得很详细……我是不是不该说？"

陈恕道了谢，说没事，又交代她不要把自己问她的事告诉别人。赵青婷被他说得很紧张，连声答应下来。

陈恕开了外放，打完电话，他看向陈一霖。

陈一霖表情严肃，事情发展出乎他的意料。

林晓燕背景复杂，她出事后，警察调查了近期所有与她有来往的人，尤其是有矛盾的人，连陈恕都被列为嫌疑人，可是谁能想到关键点落在了一个与林晓燕毫不相关的人身上。

不，她们一定是有联系的，否则林晓燕不会在画廊附近出现，只是这层关系太深了，要一直追溯到十四年前！

陈一霖抬头看陈恕，忽然想到假如江茗就是陈恕口中的萧萧姐的话，那林晓燕很可能就不是特意去堵陈恕，而是她在附近转悠的时候碰巧遇到了陈恕。

林晓燕看到陈恕和江茗一直有联系，还带着她儿子玩，很自然就把陈恕当成了"共犯"，这就是林晓燕提到的"两头赚"的意思！

林晓燕不仅讹诈陈恕，她一定还讹诈过江茗！

"钥匙！"陈一霖叫道。

陈恕转头看草丛，草太多，估计要找到得花点时间。

他说："谁让你乱扔东西来着。"

"我不是要车钥匙，我是要林晓燕的那把钥匙。"

陈恕不明所以，掏出钥匙递给他。陈一霖拿着转身就走，陈恕在后面叫："车钥匙呢？你不找了？"

陈一霖抬起手，车钥匙随着他的手在空中晃了晃，陈恕这才明白被耍了，他追上去，冷笑。

"不扣你这个月的工资都对不起你。"

"扣下个月的吧，这个月的都被扣光了。"

上了车，陈一霖把车开了出去，陈恕扣着安全带，随口说："你好像一点不在意被扣钱。"

陈一霖一惊，立刻说："我在意啊，怎么不在意！"

"可你这反应挺不对劲的。"

陈恕眼睛眯起来,陈一霖觉得他开始怀疑自己了,便反问:"想不想知道我们去哪里?"

陈恕的注意力被转开了,问:"你有线索了?"

"嗯,这个可能是澡堂的更衣柜钥匙,你查查画廊附近有没有澡堂。"

陈恕打开地图一搜,还真有家澡堂,名叫富贵,开了三十多年了,从外观来看真的就是那种很老式的大众浴池。

"哇,现在这个年代还有澡堂啊。"

陈恕有点惊讶,翻着网上的信息,问:"你怎么知道这条街上有澡堂?"

"上次你带着大宝玩,我在后面跟随的时候,看到有两个人跑步,脖子上挂着这个澡堂的毛巾,可能是跑完步顺便去冲凉吧。"

"等等,林晓燕为什么会特意把东西藏在江茗眼皮底下?"

"大概是因为最危险的地方就最安全。"

陈恕翻完有关澡堂的资料,忽然想起自己的博客,说:"我有个博客叫'紫色的枫叶',是我和江茗名字的合写,因为我以前的名字叫林枫,枫就是枫叶的意思。"

陈一霖瞅空看了他一眼,心想你在啰嗦个什么,我总不至于连枫代表什么意思都不知道。

他问:"你怎么没用'枫叶萧萧'?"

"太直接了,怕被大家发现。在小岛上时我想起了这个名字,可是因为忘记了密码,怎么都打不开博客。我还问过江茗学生时代都习惯用什么密码,她说可能会用博客名的拼音。我一试,还真打开了,可是后台什么都没有,我在想会不会是她一早就删除了。"

陈一霖越听越不对劲,气道:"这么重要的事你怎么不早说?"

"在酒店我想说来着,是你忙着去办事,就搁下了,我当时也没想太多。"

陈一霖回想一下,确实是自己的问题,他说:"我找人查,'互联网有记忆'这句话可不是假的,就算后台删除了也可以恢复的。"

"那好，你联络，我来开车。"

陈一霖把车停到了道边，两人交换了座位、陈一霖打电话联络技术科的同事小柯，一是恢复博客后台数据，一是让他调查在林晓燕出事前后江茗的行动轨迹。

富贵澡堂的外观看起来比网上的照片更陈旧，面积也小，里面没有车位，陈恕开着车在附近转了大半天才找到停车的地方。

两人步行走过去，发现这里虽然陈旧，客人却不少，主要都是老大爷，许多人都拿着有澡堂印花的毛巾，估计是赠品。

陈一霖来到柜台前，把钥匙给店员看了，店员马上说这是他们更衣柜的钥匙，老板娘还特意交代过他们不要碰这个更衣柜。

她跑去里面叫老板娘，很快一个胖胖的女人跑出来，拿着钥匙惊讶地问："这是老林的，怎么在你们这儿？"

听她的意思，她还不知道林晓燕出事了，陈一霖问："您是林伯母的朋友？"

"嗯，认识挺久了，她常去附近一家麻将馆打牌，打完了就到我这儿来泡澡，时间长了就熟了。"

老板娘来回看他们，眼神里充满了疑惑。

陈一霖把陈恕推到前面。

"这位是林伯母的侄子，林伯母前段时间出车祸过世了，我们整理遗物时发现了这把钥匙，就过来问问。"

老板娘发出一声很夸张的尖叫，连声说："难怪最近都没见她过来，这也太突然了。"

她感叹了好一会儿，才开始说正题。

"大概是三个多月前吧，老林给了我一百块，说要在我这儿借个柜子存点东西。你们也看到了，来我们这澡堂的都是些大老爷们儿，女更衣室那边的更衣柜一半都是空的。我就想闲着也是闲着，还有钱拿，就同意了，她放的时候我还看了，就一个很薄的信封，应该不是药什么的。"

"您的警惕性真高。"陈一霖恭维道。老板娘笑得眼睛都眯成一条缝了,摆摆手。

"哎呀,干我们这行的,害人之心不可有,防人之心不可无嘛,我猜可能是合同和借据之类的吧,你们说我猜得对不对?"

"对,您都赶上福尔摩斯了。"

陈一霖应和着,请她把东西拿出来。

老板娘跑进去,拿了个信封出来。陈一霖接过来,信封很轻,里面最多只有一张纸。

两人出了澡堂,陈恕脸色不太好,陈一霖说:"我知道你不想再和林家有瓜葛,不过非常时期非常对待嘛。"

"我没在乎那回事,我是在想如果坐在那里,刚好可以看到这条街上的风景。"

陈恕指指澡堂二楼。

二楼有个大阳台,阳台上摆了几把长椅,供客人休憩,从位置来看,坐在阳台上可以眺望风景,包括不远处的公园。

卖冰淇淋的车在公园附近,陈恕想江茗可能常带孩子在附近玩耍。十几年过去了,她变化很大,但依然是漂亮的,如果林晓燕在阳台上休息的话,绝对会注意到。

"信封里放了什么?"他转回视线问。

信封封了口,封口的地方林晓燕还写了个"缄"字,他把信撕开,口朝下倒了倒,一张照片掉了出来。

看到照片,陈一霖一愣,一瞬间他明白了林晓燕肆无忌惮的原因。他立刻把照片翻过去,陈恕没看到,伸手要拿,被他拦住了。

"你最好还是别看。"

"我知道,可是我总不能一直逃避。"

陈恕说着,把照片抽了过去。

江茗整理好手头上的工作,拿起皮包和外衣离开办公室。

今晚家庭聚会,听母亲说弟弟和女友和好了,他们也会来,所以她打算提早一点到。

已近傍晚,客人不多,江茗在二楼栏杆上探头看了一眼,便转去后门走廊上。

"萧萧姐。"

叫声在身后突兀地响起,江茗脚步一顿,本能地转过头。

陈恕站在她面前,他穿着西装,发型梳理整齐,要不是那声称呼,江茗会以为他是来接自己去餐厅的。

指尖不由自主颤了起来,她忙用外衣遮住了,尽量保持平静的表情,问:"你在跟谁说话?"

"跟你,我在叫你。"

陈恕盯着她,径直走近,江茗本能地往后退了一步,挑挑眉,微笑着说:"你出去了几天,学会说笑话了。"

"我都想起来了。"

陈恕话声平静,江茗僵住了,看到站在不远处的陈一霖,她的微笑缓慢收敛,她知道自己一直以来担心的事终于发生了。

"不好意思,我今晚有约,马上要迟到了。"

她看看表,转身要走,陈恕继续说:"我记起了以前的事,记起了我原来的名字叫林枫,记起了你是赵奶奶的孙女,和林江川住对门,记起了林江川被杀那晚你和赵奶奶在门口说话,感谢你伪造证词,为我提供了不在现场的证据。"

"我不知道你在说什么!"江茗转过身,脸色苍白,她喝道。

陈恕提高声量,冷冷说:"你当然知道,因为你就是紫色!"

江茗的脸更白了,楼梯传来脚步声,工作人员听到喧哗跑上来,她摆摆手说没事,让工作人员离开,又对陈恕说:"来我办公室说吧。"

三人进了江茗的办公室,陈一霖站在门口没跟进去。江茗放下皮包和外衣,走到饮水机前,她似乎已经恢复了冷静,倒了两杯水,一杯放到陈恕面前。

"抱歉,我不是故意瞒你的。其实第一次在我继父的公司遇到你的时候我就想说了,可你的反应好像完全不记得我了,我觉得不对劲就没说。后来我才听说了你的事,原来你出了车祸,忘了一些事情,我怕刺激到你,就没再提起。"

"听你的意思好像都是为了我好。"

"当然是这样啊。"

"那为什么你连你是紫色这件事都瞒着？不仅瞒着，还在同学群里误导大家，让所有人都把画里的女生当成是另外一个人。你不希望我记起她，因为你知道一旦我记起了她，自然会记起你，记起你和林江川是邻居。"

江茗想了想，点头承认。

"你说得对，我会那样做，可能也有这方面的原因，血案就发生在我家对面，家里只有我和奶奶两个人，想想就可怕。"

她说着，目光投向陈恕，犹豫着说："而且……我记得当时你和林江川的关系特别差，我想你肯定不想提到那个人，痛苦的回忆只是负担，我希望我们面对的是当下，而不是过去。抱歉，我没想到我这样做对你的伤害这么大。"

她说得真情实意，陈恕注视着她，如果不是手头上有证据，他真会以为这一切都是真的。

他嘲讽道："谢谢你的体谅，哪怕是我偶然在卢苇工作室看到你的照片，跑去向你确认，你都为了我咬紧牙关不承认。"

"因为那时候我已经没有退路了呀。"江茗顿了顿，又说，"以前你喜欢我，我也喜欢你，可那时候我得听从父亲的安排去国外。现在兜兜转转我们又遇到了，我还依旧喜欢你，正因为喜欢，所以才没法说，一开始就错过了坦白的机会，如果后来再说，一定会引起你的反感，我就想反正也不是很重要的事，不如就此忘记吧……"

嗤的一声笑传来，江茗的话顿住了，问："你在嘲笑我吗？"

"你知道你最大的败笔在哪里吗？你不该在一个演了十几年戏的人面前演戏。我已经知道林晓燕讹诈过你了，也知道她讹诈你的证据是什么了。"

江茗脸上露出短暂的惊慌，看到陈恕滑手机，她想阻拦，陈恕闪开了，点开图片。

图片不是她害怕看到的那个，而是一幅水彩画——女生靠在窗前，神情忧郁，就如同那一朵朵紫色的牵牛花。

陈恕说:"画中人这么消沉,一定是遇到了很伤心的事,所以没有人把健康开朗的你和颓废的她联想到一起,她的气质更接近林紫色。或许连你自己也希望忘记,所以你加了牵牛花,遮在了她脸上。你羡慕牵牛花的生机勃勃,同时又想利用它来逃避,因为林江川对你……"

"住嘴!"

"用石头砸死林江川的不是我,是你对不对?你杀了他,把他要挟你的照片全都拿走了,让警察不会怀疑到你身上,这是自然,谁会怀疑对面邻居家一个未成年的小女孩呢?你还拨快了家里的时钟,提前播放录好的电视剧,利用你奶奶做时间证人。可是那天我去找林江川是突发行为,你不可能事先知道并做好准备,所以真相应该是你那晚就打算干掉林江川,只是我早了一步。"

江茗脸上的血色逐渐褪去。

时间太久了,久到她几乎以为自己早已遗忘的程度。然而陈恕的讲述仿佛投影机一般,让那晚可怕的一幕重新投入她的脑海。

残酷而又冷静,恐惧而又兴奋。

一切都发生得太快,仿佛就是场噩梦。

正如陈恕所说的,她一早就部署好了计划,可是事到临头她又很害怕。就在她在走廊上犹豫的时候,听到了厮打声,林江川因为遗产问题和林枫争执了很几次,这里的左邻右舍都知道。她隐约听到了林枫的声音,担心他吃亏,便跑了过去。

林家的门开着,她一进客厅就看到倒在地上的林枫,林江川喝得醉醺醺的,捂着头咒骂,看到她先跑去林枫身旁,上前一脚踹倒她,骂她分不清里外,自己平时都白疼她了,又让她去拿药,让她好好伺候自己,否则就把照片都拿出来给大家欣赏。

正是这句话彻底激怒了她,想到重视声誉的父母看到那些照片,想到林枫流露出的鄙夷,她再没犹豫,摸到地上的石头,看到林江川弯腰捡啤酒罐,她冲上去,握着石头狠狠地砸在了林江川的后脑勺上!

杀人要比想象中简单得多,等她从狂怒中清醒过来,林江川已经趴在地上没气了。她吓傻了，马上丢了石头，掉头跑回了家。

奶奶在厨房忙着熬果酱，她在门口失魂落魄地站了一会儿，忽然想到还没拿到被林江川偷拍的照片，如果警察看到照片，一定会怀疑到她身上！

她转身要回去，奶奶叫住了她。就在她们说话的时候，对面门开了条缝，她看到林枫跌跌撞撞跑出来，估计是醒来发现林江川死了，吓到了，连门都忘了关，一路跑下了楼。

她就趁机回到林江川的家，当看到那块石头不见了，她就知道林枫不会报警，她努力让自己冷静，把林江川偷偷放的照片都拿走了，回家全部烧掉冲进了马桶。

那晚她穿的是件黑色衣服，等警察来做调查时，衣服早就洗干净晾在了阳台上，就算没洗干净也没关系，反正是黑色的，不会有人注意到。

正如她最初设计的，奶奶的证词成功地把警察的注意力放到了林江川的那些狐朋狗友身上。她没想到的是林枫那晚因为救人住了院，也算是因祸得福，警察似乎也没有怀疑他。

出于歉疚，也出于心虚和不安，那段时间她一直去医院陪林枫。还好后来没多久，她的出国手续就办下来了，父亲回国来接她，带她离开了这个可怕的地方。

这些年她也感到不安过，她一直说服自己她杀死的是恶人，是他恶有恶报，而她应该感到幸运。那件像毒蛇般绕在她脖子上的枷锁彻底消失了，随着时间流逝，没人会再记得林江川，更没人记得那个案子。

直到她离婚回国，开始在画廊工作，遇到了林晓燕为止。

她不知道林晓燕手上怎么会有她的裸照，又是怎么找到画廊来的，她只知道林晓燕和林江川一样的贪得无厌。林晓燕说她是杀人凶手，先是拿了那张照片跟她要十万的封口费，接着又是十万，还说她那么有钱，十万不过是个包包的价格，让她别放在心上。

她也考虑过再出国，远远地逃开，却怕林晓燕心一横，把照片传到网上。她已经不是十几岁的孩子了，裸照并不能威胁到她什么，她怕的是林江川被杀的真相曝光，怕连累到儿子。

于是她忍了下来，有段时间林晓燕没再出现，她还以为可以松口气了，谁知弟弟出了车祸，差点闹出人命。当知道车祸受害人陈恕竟然就是少年时代的林枫时，她有种命中注定的绝望感。

这些年她很少和同学来往，也从来没有问过林枫的情况，潜意识中她在逃避杀人的事实。直到通过和陈恕接触，了解了当年他因为车祸失去了部分记忆后，她感到了愧疚。

假如她不杀林江川，或是在杀人后自首，陈恕的命运或许就不是这样了。

但这是事实，她无法改变。

她没想到林晓燕之所以不找自己，是把念头打到了陈恕身上。那晚赵青婷告诉她有个疯女人纠缠陈恕，她就知道那件事必须要做个了断了。

那晚她都准备好了，并设计了完美的谋杀计划。

看到林晓燕的背影，她踩紧油门，几乎都要撞过去了，手机响了，是大宝打来的。

也正是那通电话救了她。

电话提醒她，她是一位母亲，不管出了什么事，她都不可以伤害自己的孩子。可是第二天她却听到了林晓燕被撞死的消息，不得不说当时她的内心是喜悦的、兴奋的。

是那个女人该死，是她罪有应得——就和十四年前一样，她对自己这么说。

想到这里，江茗抬起头，目光炯炯，既不同于职业女性的干练，又不同于约会时的温婉，而是一种极为冷静的气场。

"你打算用那张照片要挟我吗？"

陈恕眯起了眼睛。

他对江茗的态度很失望，来之前他还想过假如江茗道歉，或是求他归还，也许他会那样做的，比起气愤，他更多的是伤感。他想起来的那些记忆都是经过美化加工的，紫色是这样，萧萧姐是这样，曾经的开心、喜悦还有莫名的心跳都是这样。

陈恕没有回答，江茗换了话题，"我知道你没有孩子。"

"我没有。"

"所以你永远不会理解一位母亲的想法。不错，林晓燕是拿了我的裸照来跟我要过钱，而且不止一次。那是个贪得无厌的家伙，可我没杀她，不是因为我不恨她，而是因为我更爱我的儿子，我不会允许自己变成杀人犯，让我儿子一辈子都背负杀人犯之子的枷锁。"

陈恕目不转睛地看着她，江茗说："该说的我都说了，你们可以走了。"

"你杀了林江川。"

"呵呵，你有证据吗？"

陈恕没说话，江茗说："如果没证据，那么就请注意你的措辞，我可以告你诽谤。"

她抬起手，做出送客的手势，陈恕看看站在门口的陈一霖，陈一霖什么都没说，伸手拉开门。

陈恕起身离开，走到门口时，身后传来江茗的叹息。

"你知不知道你很自私？"

陈恕皱眉回头，江茗自嘲道："失忆真是个狡猾的选择，最害怕最恐惧的事都忘记了，只留下开心的事，不像我，我恨林江川，恨我的父母，恨他们离婚后谁都不管我，如果不是他们把我一个人丢在奶奶家，也许那些事都不会发生。"

她这么说就是承认了林江川对她做的事，陈恕说："不，如果真可以选择，我会选择不忘记，因为那还有自首的机会，希望你会这样做。"

他走了出去，陈一霖跟在后面，一路上两人都没说话，直到上车。

陈一霖系上安全带，见陈恕坐在那儿一动不动，他把手伸过去。

陈恕掏出装照片的信封，陈一霖要拿，他又把手缩了回去，问："你说她会自首吗？"

"不会。"

陈一霖做警察很多年了，他从一开始就知道像江茗这样的女人哪怕是证据摆在眼前，她也会想方设法否认，更别说自首了。不过陈恕提出想先尝试说服江茗，如果不行再报警。

陈一霖在征得魏炎的意见后同意了。有关林晓燕出事前后江茗的行动情况警方还在调查中，在掌握确凿的证据之前还不能逮捕江茗。魏炎让他配合陈恕的行动先敲山震虎一下，看看江茗的反应。

陈一霖看看信封，陈恕把它攥得死紧，手指关节都泛白了。他问："反悔了？"

"这件事如果你不说我不说，就没人知道。"

"她知道的，并且一辈子都忘不了。"

陈恕叹了口气，不说话了。

陈一霖又说："我以前遇到过一个人，他十七岁那年在村里杀了人，后来逃跑，改名换姓结了婚还有了两个孩子，被抓到的时候看着像五十多岁，实际上才四十。他被抓后说的第一句话就是终于可以睡个安稳觉了。"

陈恕瞥他，"你怎么会认识杀人犯？"

"喂，你重点抓错了吧？"

陈一霖笑，看看陈恕的表情，他收起笑容，说："说来也是凑巧。我去参加朋友的婚礼，那个人的老婆是新娘娘家那边的亲戚，其实警察都埋伏好了，就等着抓他，我可是目睹了全过程……不说我了，我的意思是江茗过得并不好，否则她就不会说羡慕你失忆了。如果你真的喜欢她，那就该帮她面对自己的过错，而不是逃避。"

这次陈恕没再坚持，把信封交给了陈一霖。

陈一霖收好信封，把车开了出去，陈恕问："当初警察应该搜查过现场，为什么会漏掉这张照片？"

"照片带了股旧书的味道，我猜当初林江川把照片夹在了书或是杂志里，后来又被林晓燕拿走了。林江川在发现之前就被杀了，林晓燕也没注意到那张照片，直到十四年后的今天。"

这个推想大概最接近真相，陈恕不由得看看陈一霖，"你连照片有味道都注意到了，这么敏锐不当警察真是太可惜了。"

陈一霖心里咯噔一下，觉得陈恕的直觉这么敏锐，不当警察也挺可惜的。

还好陈恕没有继续这个话题,感叹道:"记起那些事也不知道是好还是坏,要是我什么都不记得,也许就不用这么烦恼的。"

"没什么好坏,但很多事不是你不记得了就不存在了。"

"林晓燕不是萧萧姐杀的,如果我有个大宝那样可爱的儿子,我也不会冒险杀人,我相信她的话,她不是在演戏。"

陈一霖也觉得在提到林江川和林晓燕时,江茗在否认后者时的态度更激烈,不过在没掌握证据之前他什么都没说。

"你说当初萧萧姐利用奶奶提供错误的死亡时间,是为了让自己脱离危险,还是觉得对我感到歉疚,不想让我被怀疑。"

"如果后者可以让你感觉好受点,那就选择后者,"陈一霖说完,觉得太直接了,又加了一句,"可能两种感情都有,连她自己都不确定吧。"

第十三章
罗生门

刚回到家，陈一霖的手机就响了，当看到常青留言说宋嫣被捕了，他差点把手机掉到地上。

"怎么了？"

"朋友说有点麻烦，让我过去一趟。"

陈一霖觉得自己找的这个理由很烂，幸好陈恕心情低落，没多问。

陈一霖给小猫准备了晚饭，临走时又交代他说："别出门，有什么事随时联络我。"

陈恕靠在沙发上撸猫，点点头，陈一霖不放心，又追加道："就算刘叔让你出门也要拒绝，快递放保安室。"

"我们都没网购，哪来的快递？"

"比如伪装快递，还有，电话也别接，按门铃当听不到，总之我不在的时候，任何人都别见。"

"知道了，爸。"

叮嘱到这份上，陈一霖也觉得自己就像老父亲，他感叹着出了门，开车来到警局。

常青在微信上没多说，陈一霖不了解情况，一路跑进刑侦科。常青在对面打手势，让他去隔壁审讯室。

陈一霖进了审讯室，透过单面玻璃，他看到宋嫣坐在里面，向她询问情况的是严宁。宋嫣的精神状态很不稳定，时而安静时而暴躁，反复强调等自己的律师来。

常青紧跟着走进来，陈一霖问："怎么人这么少？"

"一半去查江茗，一半去查宋嫣。"

陈一霖把装了江茗裸照的信封递给他，他打开看了一眼，摇摇头。

"要是没这张照片,谁能想到林晓燕出事会和十几年前的案子扯上关系。"

陈一霖比较在意怎么会查到宋嫣身上,正要问,常青先开口解释了。

原来路进的同伙被抓到了,缉毒科的同事根据这条线追踪到一家叫长夜的清吧,这家清吧二十四小时营业,是猫儿眼毒品的流通地点之一。

宋嫣就是在和酒吧店员进行交易时被抓获的。她坚持说没嗑药,不知道购买的薄荷糖有问题,她只是看到货架上放了零食,想买而已。

她言辞凿凿,可惜毛发检测验出她在这三个月内吸食过毒品。

"这次就算律师来也救不了她了。"陈一霖冷冷说道,又看看常青,"受打击了?"

"受啥打击啊,房子塌了重新盖,换个偶像不就成了,你知道偶像为什么叫STAR吗?就是因为STAR满天都是啊。"常青说完,又感叹道,"就是觉得挺可惜的,明明眼前是一条阳关大道,她却偏偏往死胡同里挤。"

不过就算是吸毒也只是违法行为,不构成犯罪,陈一霖心想这女人演技好,她一定会想办法让大家都注意到这次事件,而忽略李峥被杀一案。

他绝对不会如她所愿。

"李峥那边查得怎么样?"

"我就知道你会问这个,都在这儿呢。"

常青把手中的资料夹递给他。

陈一霖打开,里面详细记录了宋嫣和李峥的关系及联络记录。他们有过交往,不过分手后来往就很少了,李峥死亡前双方也没有电话或微信联络,假如李峥的袜子上没有含了猫儿眼成分的巧克力,宋嫣和他的联系点就更少了。

李峥在和宋嫣分手后,有过几任女友,根据她们提供的证词,李峥是PUA（精神操控）惯犯，很会演戏，交往初期借口自己有哮喘吸引异性关注，等关系亲密了，态度就慢慢改变，开始鄙夷贬低对方，顺便软饭硬吃，直到确定榨不出钱后就提分手，给几个女生都造成了很大的心理伤害。

资料上附了李峥的照片，瘦削，个头不高，长得还不错，但是比他优秀的大有人在，真不知道当初宋嫣怎么会看上他。

不过李峥有哮喘这事倒是真的，在他对几位女友说的事情中，大概只有这一点是真的。

"真是个人渣。"

看着资料，陈一霖心想这种人怎么甘心放掉手上的大鱼，对他来说，宋嫣就是座金山，他恨不得榨干了才对。

再往下看，李峥死亡当日的拜访对象一直没查到，他在与店老板争吵后就失去了行踪。陈一霖怀疑那之后不久李峥就遇害了，然而宋嫣当时却在另一个城市。

"头儿让我们分开追踪几名嫌疑人。我负责宋嫣这条线，你提到的宋嫣用过的大旅行箱我也问过了，据她的助理说箱子的轮子掉了，箱盖也有几个地方碎了，宋嫣说是落在地上摔坏的，让她丢掉，时间就在李峥失踪后的那几天。"

"她丢了吗？"

"很遗憾，她丢了。"

陈一霖揉揉额头，常青说："从时间来看这太巧合了，我怀疑宋嫣有同党，他们的计划原本是同党在临市杀害李峥，宋嫣送箱子过去，方便搬运，可惜被你撞到了，箱子就没法再用了，便当废品处理掉。"

"如果是为了运尸，在哪里都可以买箱子，宋嫣特意送过去不是更显眼吗？"

"那箱子很大，临时买的话，事后被查到就很难解释了，而且宋嫣和同伙可能只是相互利用，同伙不是一定需要宋嫣的箱子，而是让她沾手，别想事后脱身。"

常青这个解释也有道理，不过陈一霖回想那天与宋嫣在电梯前遇到，看宋嫣拖旅行箱的样子，箱子明显很重，那到底是她在做戏还是放了什么重物在里面？

"小沅和李峥有没有关系？"

"查了，没有，小沅咬死说不知道猫儿眼是什么，她买的是巴豆粉。我们暂时也没查到她嗑药，所以宋嫣和小沅合谋这个设想不成立。"

"看来这个案子还有得查啊。"

"不管怎么说，我们可以先借这个机会搜查宋嫣所有的住所，也许会有收获，有消息我再跟你说。"

陈一霖回到家，一进门就看到走廊上两道绿莹莹的光芒，他过去抱起小猫走进客厅，小声说："大晚上的你不在窝里睡觉，又乱跑什么？"

他过去打开灯，一转头，就见沙发上直挺挺地躺着一个人，一张雪白的脸，当中顶着两个黑漆漆的眼珠子，正一动不动地盯着他。

陈一霖没防备，差点把猫给丢出去，再仔细一看，却是陈恕，那白乎乎的应该是面膜，平时常看他涂一些类似的东西，没想到半夜看到会这么惊悚。

"面膜好像不是这么用的吧？"

陈一霖不无怀疑地想这家伙不会是接连遭受打击，大脑不正常了吧。

"喔……这种就是睡觉时涂的，反正睡不着，就多抹了一层。"

陈恕坐起来，去洗手间洗脸，陈一霖放下小猫，小声说："你猫爸好像被刺激得不轻。"

小猫叫了一声，跑去了自己的窝。陈恕回来，手里提了个篮子，里面都是各种护肤精华。他坐到沙发上，对着镜子开始补水。陈一霖瞅瞅他，问："你还好吧？"

"不会比十四年前更糟了。"

"虽然被喜欢的女人欺骗是很难释怀的，不过时间珍贵，浪费在这上面太可惜了。"

"你不用说大道理，我真没事。"

陈恕补完水又接着涂精华液，手掌用力拍脸。陈一霖听着啪啪啪的打脸声，很想说你这反应看着真不像是没事。

"那你好好的卧室不睡，干吗睡客厅？"

"你以为我想睡这里吗？"陈恕抬起头看看他，又拿起一瓶陈一霖看不懂写了什么的大罐子，挖了一些在手心上，又拍到脸上，边拍边自嘲，"大概老天爷也觉得我的时间挺宝贵的，连休息时间也帮我充分利用上了。"

陈一霖没听懂，不过很快就有人给了他答案。

走廊传来脚步声，当看到竟然是穿着睡衣的赵青婷时，陈一霖再次惊到了，立刻看向陈恕，后者冷静道："不管你现在脑子里在想什么，都不是你想的那种。"

"不好意思，打扰到你们了。"

赵青婷看起来很没精神，好像哭过，声音嘶哑，眼睛也红红的，走进客厅，在沙发一角规规矩矩地坐好。

陈一霖看她穿的睡衣袖子和裤腿都挽了好几圈，那是陈恕的，他越发想不通发生了什么事。

陈恕把那一篮子护肤品推到一边，问："是不是声音太大，吵到你们了？"

"没有，我压根没睡，出了那么大的事，哪儿睡得着啊！"

赵青婷说话有气无力的，陈恕起身帮她倒水，陈一霖急忙跟过去想问情况，走廊那边又传来脚步声，他转过头，这次出现的人是庄静。

庄静的状态更糟糕，左边嘴角破了，紫了一大块，她也穿着陈恕的睡衣，长出来的部分也没挽，颈部系着一条黑皮绒颈带，和睡衣搭得不伦不类的。

陈一霖看向陈恕，"应该不会再有第三个人了吧？"

陈恕摇头，陈一霖一把把他拽到旁边，压低声音没好气地说："我不是说了我不在的时候任何人的电话都别接吗？"

"我没接，因为这两位连电话都没打就直接过来了。"

"啊？"

"你看看这两位姑奶奶的样子，都到门口了，我能当看不到吗？"

陈一霖转头看看她们，庄静走进客厅，先是往赵青婷那边走，半路顿住，又转去了离她最远的沙发上。赵青婷似乎也很抵触，把头别开了，两个人的目光完全没有交流。

"她们来的时候就这样了？"陈一霖小声问。

陈恕点头，一脸沉重，用更小的声音叹道："这就是交朋友的坏处，越亲密就越自由，打电话提前报备什么的是不存在的。"

想象着深夜两个女生连招呼都不打，突然登门借宿，陈一霖有点同情陈恕，忽然心中一动，他想到一个可能性——李峥和宋嫣没有电话和邮件往来，也许并不是没联络，而是李峥想见宋嫣的话，直接去她家就行了。宋嫣独住，李峥找她也不必担心和她的富商男友撞上。

林江川用裸照威胁江茗顺从自己，李峥应该也是做了类似的事，恶棍的手法都是相同的，宋嫣有钱有名气，李峥怎么可能轻易放过她。

"抱歉，打扰到你们休息。"

庄静主动打招呼，陈一霖急忙摆手表示没事。陈恕又倒了一杯水，给两个女生一人一杯。

两人道了谢就没声了，客厅又重新陷入寂静，陈一霖特意用轻松的语调问："你们这是吵架了吗？还……动了手？"

没人回应，陈一霖觉得再问会更尴尬，他最不擅长哄女孩子，正准备逃回自己房间，庄静回答说："不是。"

她指指自己的嘴角，说："这是卢苇打的。"

陈一霖表情绷紧了，马上说："这是严重的伤害行为，要报警处理。"

"不用，也是我活该。"

"怎么能这么说？任何时候动手伤人都不对……"

"我和楚陵上床了。"

陈一霖看向陈恕，陈恕摇头表示自己也不知情。

刚才庄静和赵青婷突然过来，两个人都哭丧着脸，问他能不能借宿一晚，原因没说，他也不方便多问，就把两个卧室让给了她们，他万万没想到真相如此震撼。

陈一霖又看看赵青婷，赵青婷开始抽抽搭搭，他说："楚陵和卢苇……关系好像还不错？"

"嗯，他们认识好几年了，算是死党……"

陈一霖一直觉得庄静这女生很开放，但是和男朋友的死党上床这种事还是太过分了，也难怪连城府颇深的卢苇都动了手，这事换了谁恐怕都咽不下这口气。不过这种感情纠纷，作为外人，他也不好说什么，自己也去倒了杯水，喝水压惊。

庄静摸摸口袋，掏出一盒烟，她刚抽出一支，陈恕就上前把整盒烟都夺了下来。庄静有些惊讶，看看他，却什么都没说。

"是……是什么时候发生的？"赵青婷问。她应该也还没从震惊中缓过来，声音轻飘飘的。

庄静稍微踌躇后，说："有几个月了吧，我不是故意的……可能你听着像是借口，不过真是这样。虽然我很爱玩，可也不会连好朋友的男友也抢。那天楚陵在别墅开酒会，我忘了为什么你没来了，大家玩得太嗨，都喝醉了，我真的不知道是怎么回事，一觉醒来，就发现我和楚陵在他房间里……"

"别说了！"赵青婷带着哭腔叫起来，她太激动了，陈恕给陈一霖使了个眼色，陈一霖拿起纸巾盒放到她面前。

庄静张张嘴，最后还是说："就那一次，真的，那次之后我们再没有过，我都尽量避开和他单独接触……"

"一次还不够，你还想要几次？"

赵青婷一边哭一边抽纸巾抹眼泪。庄静一脸懊恼，低下头不说话。赵青婷忍不住，又哭着问："为什么他还拍了照？是想让大家都知道你们之间的关系吗？"

"我哪知道啊，我一直觉得我酒量很好的。那天不知道为什么，我完全不记得发生了什么，就记得特别特别嗨，等醒来时一切都过去了。谁能想到楚陵那么变态，和女朋友的闺蜜上了床还特意拍照，他要是不拍照，不那么大意，也不会被卢苇看到。"

"不要把责任都推到他身上，你就没错吗?!"

"我有错，对不起。"庄静也哭了，呜咽着说，"谢谢你婷婷，要不是你帮忙拉着，我大概真会被卢苇干掉……你还帮我找地方住，可我却做了对不起你的事，呜呜……"

"我、我才不是帮你，是我自己没地方可去。"

两个女生哭成一团。陈恕听着，大致明白了前因后果，看赵青婷的反应，她对楚陵应该还有感情，原本都要复合了，谁知道半路闹出这种事，也难怪她崩溃，至于庄静……

他看看庄静。

相对于赵青婷的优柔寡断，庄静的个性则是直接干脆的。不管是被嫉妒的人推下楼，还是在小岛上误喝了有问题的水，她都能冷静乐观地处理。这是陈恕头一次看到她像个小女生一样哭得这么无助，还毫不在意形象，睫毛液被眼泪浸湿，成了一对熊猫眼，再被她乱抹一通，搞得脸颊上也是一块一块的黑，看着又可怜又滑稽。

他抽了纸巾递给庄静，庄静小声说了声谢，又用力擦眼睛。

陈恕提醒道："别那么用力，哭肿了还怎么上台?"

"不上台了，我不想再做模特儿了。"

陈恕还想再劝，赵青婷骂道："说什么任性的话，那不是你最喜欢的工作吗?你做错了事，不想着怎么补救，还净想着逃避，有没有点担当?"

"可是已经做错了，还能怎么办呢?"

"做错了就改过来啊，去认认真真给卢苇道歉!"

庄静被她的气势镇住了，轻轻点点头，又小心翼翼地问："那你会原谅我吗?"

"我不知道，但就算我不原谅，你也要给我道歉，这是你必须要做的!"

陈恕对赵青婷有点刮目相看了，庄静走到赵青婷面前正要开口道歉，陈一霖抬手拦住了。

"那晚你们喝了多少?"

屋里三个人一起看向他，庄静问："喝多少很重要吗?"

陈一霖点头，表情郑重，陈恕忽然明白他为什么这么问了，他提醒庄静道："那种感觉像不像我们在小岛上喝了水后的反应？精神特别亢奋，好像还有幻视幻听？"

庄静用力点头，陈恕紧跟着又问："那晚你们都吃了什么？"

"你问我几个月前晚饭吃了什么？"

庄静瞪大眼睛看他，一副"你还好吧"的表情，她眼睛和鼻头都红红的。陈恕被盯着，居然觉得她这模样还挺可爱的。

陈一霖问："那那晚其他人也都是那样吗？你记不记得有人的眼瞳缩成一条缝，就像是猫儿眼？"

仿佛应和他似的，脚下突然传来喵的一声叫，庄静没留意，吓得哇的一声跳起来，低头见是小猫蹲在面前，她松了口气。

"好像有，又好像没有……过去太久了，那晚之后我特别后悔，只想着怎么解决问题，压根没考虑别的，不像出车祸还有小岛上那两次记忆深刻……对不起啊，我真想不起来了……"

庄静眼泪汪汪的，像是做错了事等待被责罚的小女生。陈恕摆摆手，安慰道："没事没事，我们就是随便问问。"

赵青婷在一旁听出不对劲了，目光在三人之间循环，问："什么意思？"

"我们在岛上拍摄时，饮用水可能被下了药，我怀疑那晚庄静和楚陵……咳咳，很可能也是被下药了，所以那些不算是他们的自主行为。"

赵青婷愕然，看看庄静，又问陈恕："是谁下的药？为什么要这么做？"

季春的事还在调查中，陈恕不想多说，含糊道："暂时还不清楚，不过你知道楚陵的脾气，他得罪过不少人……"

赵青婷点点头，接受了陈恕的解释，虽然对闺蜜和男友的行为还无法释怀，但至少不像一开始那么生气了，幽幽地说："他很喜欢交朋友，每次酒会都有好多人，偏偏又嘴贱，得罪了人也不知道。"

"时间不早了，你们先去休息吧，明天……"

"明天我回宿舍住几天，静静……"

赵青婷看向庄静，陈恕说："庄静也是回宿舍吧，到时我一起送你们。"

两个女生都笑了，僵硬的气氛缓和了不少，赵青婷纠正说："静静早就不住宿舍了，娃娃脸就是占便宜，好多人都以为她和我是一届的。"

陈恕也配合着尴尬地笑了笑，心里想这都怪陈冬，那家伙白干侦探这么多年了，资料都给不详细。

"不用了，"庄静说，"希望明天能消肿。我回家，我爸妈那么忙，应该不会注意到。"

赵青婷伸手轻轻碰碰她的唇角，"今晚吓死我了，从来没看到卢苇发那么大的火，幸好我和楚陵在，否则……"

"否则我就变尸体了。"

"喂！"

赵青婷瞪庄静，看得出这女生在了解真相后已经冷静下来了，还反过来担心庄静。

陈恕在一旁看着，忍不住想年轻果然好啊，不管多大的风雨很快就能翻篇。他问："虽然我挺想看到楚陵栽跟头，不过还是想问一句，你们都走了，卢苇不会把他怎么样吧？"

"不会，楚陵是跟我们一起离开的，卢苇就揍了他一拳，我感觉他更生静静的气，觉得是静静勾引了他的朋友……"

说到这里，赵青婷看向庄静，庄静自嘲说："我交过好多男朋友，也难怪他会这么想，我感觉得出来他其实并不希望我和异性来往，只是装作不在意，这次只是压倒骆驼的最后一根稻草而已。"

赵青婷说："可这也太夸张了，平时看着温文尔雅的，突然之间就像是变了个人，幸好桌子上没刀，否则……"

想起当时的情况，她抖了抖，又对陈恕说："其实我当时是想回家的，可又怕卢苇再找静静的麻烦，就带她过来了，你有保镖，万一有事，也可以保护我们。"

"哟，想得还挺周到的，有危险拿我来挡刀。"

陈一霖开玩笑缓和气氛，见两个女生都捧场笑了，他问庄静：

"真的没事？"

庄静的手下意识地抬起，似乎想摸脖颈，马上又放下了。陈一霖注意到她的颈带，精致的黑色颈带和睡衣格格不入，再联想到赵青婷的解释，他心里有底了，故意问："这是什么装饰品吗？专门配睡衣的？"

"什么配睡衣？这都是为了遮伤的。"

赵青婷心直口快，庄静想拦她，已经来不及了。看着陈恕和陈一霖盯着自己，赵青婷也直打手势催促，庄静没办法，把颈带解了下来。

她脖子上有一道很明显的勒痕，颈带颇宽，刚好盖住勒痕，看勒痕的颜色，明天一定变得更严重，也难怪她不想回家了。

赵青婷呀地叫起来，"颜色这么深了啊，要不要冰敷一下？"

她要去拿冰块，被庄静叫住了，说有颈带盖着没事，陈一霖却皱起了眉。

庄静的伤比他想的要严重，他询问细节，庄静不想说，还是赵青婷说了。

卢苇当时喝了点酒，情绪很激动，先是揍了楚陵一拳，庄静过去劝，结果火上浇油，被他推到隔壁房间，还反手锁了门。

还好楚陵反应快，砸坏了门把手冲进去，当时庄静被卢苇掐着脖子顶在墙上，气都喘不过来了，楚陵和赵青婷费了好大的劲才把他拉开。现在回想起来她还心有余悸，讲述的时候手指又不由自主地颤抖起来。

陈一霖听完，对庄静说："卢苇的精神状态太不正常了，你最好还是报警处理，否则万一他再来纠缠……"

"不用，真的不用！"

庄静突然很激动，打断陈一霖的话，丢了句"想休息"就跑回了卧室。

赵青婷叹了口气，"如果报警，可能会惊动父母和签约公司，她肯定不想闹大。"

陈一霖理解庄静的顾虑，说："那先观察下情况，如果卢苇再来闹事，你随时联络我。"

赵青婷答应了，也回了房间。等客厅只剩了两个男人后，陈恕说："你好像很习惯报警这种操作啊。"

他盯着陈一霖，眼神大有深意。陈一霖早有准备，堂堂正正地说："因为我看不得男人仗着有点力气就动用暴力，只有报警才能起到震慑的作用。"

"震慑也不过是罚款拘留，不痛不痒的，可被害人所遭受的心理创伤却可能是永久的，就没有更好的办法吗？"

陈一霖摇摇头，说到这个，他也觉得很无力，抬手摸摸脖颈，心想假如不是楚陵和赵青婷及时阻止，庄静或许就没命了，她虽然也有不妥的地方，但罪不至死，更不应该由卢苇来执行惩罚……

眼前灵光一闪，陈一霖摸脖颈的动作停了下来。

庄静用颈带遮盖勒痕的做法让他想到了宋嫣。

他还记得第一次和宋嫣在电梯门前遇到的那一幕，宋嫣穿着白色连衣裙，脖子上围了条绿色丝带，好像还是绕了两圈系住的。

那天天很热，他当时没多想是因为宋嫣搭配得很漂亮，而且她是大明星，冬天穿超短裙夏天围丝巾也没有违和感，可是假若她那样装扮不是因为时尚，而是另有目的呢？

一个意外的念头涌了上来，陈恕看陈一霖眼神飘忽，表情郑重，不知他在想什么，问："怎么了？"

"我有事出去一下，你好好休息，没事别出门。"

陈一霖说完就跑了出去，小猫跳起来想追，被陈恕一把按住抱起来。

他一下下摸着小猫的脊背，目光变得深沉，听着陈一霖的脚步声远去，卧室那边也没动静了，他拿起手机打了出去。

手机响了好半天才接通了，对面一个声音很不耐烦地问："这位先生，你知道现在几点钟吗？"

无视他的不快，陈恕问："陈一霖是什么人？"

陈一霖给常青打了电话，问他宋嫣的新住所，说自己有发现，要马上过去。

常青说她家都搜过了，没找到与猫儿眼有关的线索，他报了地址，说自己也过去，回头在公寓下面会合。

宋嫣的新家也是在高级公寓小区里，陈一霖赶到的时候常青已经到了，看到他，跳下车，把钥匙递给他。

"你说的新发现是什么？"

"先上去看看。"

两人进了宋嫣的家，房子三室一厅，家居干净得像是样品房。陈一霖看了一圈，房间有一些男士用品，量不多，证明宋嫣的男朋友会来过夜，却不是常住，她一个人住这么大的房子，显得很冷清。

陈一霖戴上手套，走进衣帽间，这里的衣帽间比她上一个家的还要大，里面放满了衣物鞋帽，房间一角还并排放着三个不同大小的旅行箱。

常青说："她大概对特大号箱子有心理阴影了，没再买那种。"

陈一霖没看箱子，目光落在对面的木架上。

架子上摆放着各种皮包，陈一霖随手拿了一个，皮包底座镶了铆钉，他摸了摸，接着又查看其他的皮包。

大部分皮包底座都有铆钉，陈一霖又打开在宋嫣旧屋里拍的照片两相对照，推测旧房子门上的划痕很可能是皮包铆钉碰撞留下的，铆钉圆滑，所以撞痕的接触面也比较平滑。

他把皮包放回去，又去找宋嫣那天穿过的白裙子和绿丝带，衣帽间里没有，他找了两遍都没找到，倒是找到了一条深蓝色领带。

领带挂在女士西装当中，上面有一些细小的褶皱，陈一霖取下来，看看另一边挂的服装。

那边是男士西装，只有三套，领带一共五条，都是名牌，陈一霖再看自己手上拿的领带，只是普通的中档品牌。

他问常青有没有塑封袋，常青掏出来递给他，看着他把领带折好放进塑封袋，忍不住又问："你到底发现什么了？"

"我们可能犯了先入为主的错误，所以调查都放在宋嫣设计杀害李峥的重点上，假如反过来呢？"

"反过来？"

"假如是李峥设计谋杀宋嫣呢？"

常青瞪大眼睛，一时间没能顺利吸收这个假设。

陈一霖说："假设是李峥提前计划了一切，那就解释了为什么他会因为没法移动支付和店家吵架；为什么在吵架后人间蒸发；为什么我们始终找不到他要拜访的朋友，因为他要设计宋嫣被杀时他的不在场证据。实际上李峥在和店家争吵后就做了变装，利用别人的名字返回市里，去了宋嫣的家。他想用这条领带勒死宋嫣，却被宋嫣挣扎逃脱了，衣帽间的门上有一道新的撞痕，可能就是宋嫣在用皮包反击时留下的。你查下花盆掉落那天附近道路的监控录像，李峥可以避开公寓里的监控，却没法完全避开道路监控。"

他把放在塑封袋里的领带交给常青。

"如果可以在这上面检测出李峥和宋嫣的DNA，那就是可以指证宋嫣的决定性证据了。"

清晨，陈一霖开车往回走。

忙了一整夜，总算有所收获，事情比预想的要顺利，领带转去技术科进行检测，不过当宋嫣看到领带照片时，她就全部都交代了。

"从一开始李峥就是有目的地和我交往，那时候还不流行PUA这个词，我也是好多年之后才懂得那是PUA，可当时我被他打压得完全失去了正常的判断力，哪怕是分了手，哪怕当了主角拿了奖，我也无法逃掉被控制的枷锁。不管我搬去哪里，都一定要给他一把备用钥匙，我家就是他家，他从来没把我当人来看待。

"你们一定奇怪我为什么要服从他，我也不知道，也许是长期被洗脑了吧。他让我拍裸照我就拍，他让我吃巧克力我就吃，我知道那东西有问题，可我拒绝不了，直到有一天我照镜子，发现自己居然老了那么多。我和他认识了十年，就被他控制了十年，像个牵线木偶一样没有尊严没有人格，我不想再那样活下去了，我和他摊牌要和他彻底分开。

"他一开始一直威胁我，说爆我的裸照，爆料我吸毒，这是他的一贯伎俩，可是这次我铁了心不退缩，最后他终于松口了，说好聚好散。我真的信了，没想到他居然是想杀我，他用领带从后面勒住我，我拼命挣扎，皮包砸在了他头上，他松开了手，我怕他追过来，跑去厨房拿刀，可他没有追来，我想跑出去求救，就听到他发出很重的喘息声，就是那个喘息声让我改变主意，我又回去了。

"他那么偏执，一定不会放过我，就算我报警求救，警察也不会把他怎样，要想一劳永逸就只有一个办法。我过去一看，他果然是哮喘发作了，他平常用的气雾剂小瓶在刚才我们扭打时甩出去了。他以为我还会像以前那么顺从，命令我过去拿，我过去了，不过拿的不是气雾剂，而是他手里的领带，我把领带绕在他的脖子上，就像刚才他绕住我的那样，我勒了很久，直到他断了气。

"剩下的你们都知道了，我把能证明他身份的东西全都拿出来，把尸体塞进了旅行箱，准备连同箱子一起丢掉，却半路遇到了'粉丝'，我不得不改变计划。还好我别的住所里有轮椅，是我以前演残疾人时为了抓感觉买的，没想到派上了用场。

"我深夜把车开到了水塘边上，用轮椅把他推过去，掀进了水塘。他是自由职业者，又自私自利，没朋友没家人，我以为很久都不会有人发现他失踪，没想到他的袜子上踩到了加了药的巧克力，早知道我应该把他的衣服鞋袜都脱光了……"

"你主动参加《我是谁》的拍摄，与你杀害李峥有关系吗？"

"有的，我接到了匿名电话，那个人居然知道李峥是我杀的。他让我配合他，否则就全部曝光，临时改剧本也是他要求的。后来出了季春的案子我才反应过来，他那么做大概是想让我把大家的注意力都吸引到别墅里面，好让尸体不被发现。"

"是你调换了下药的饮用水吗？"

"没有，不是我，我除了改剧本和放那只猫出来外，什么都没做。"

"那个打匿名电话的人是谁你心里有底吗？"

"不知道，他用了变声器，但我感觉他就在我身边，因为他对我的行动了如指掌，甚至了解我杀李峥的详细过程。我问过他是谁，有什么目的，他什么都没说。"

最后常青问了一个他最无法理解的问题，那就是所有东西都销毁了，为什么单单留下了最重要的杀人物证。

"也许对你们来说那仅仅是物证，可对我来说那是战利品，每天看到它，我都会感到安心，它提醒我那个混蛋已经被我干掉了，他再也没办法给我洗脑了。"

陈一霖还记得在听了这话后常青看自己的眼神，像是在问——你怎么知道宋嫣不会丢掉领带？

这大概就是作为警察的经验和直觉吧。

李峥做了周密的计划，这样的人在杀人时一定会戴手套，不过为了能顺利拿起掉落的气雾剂，他拽下手套的可能性很大。

当被领带勒住时，出于本能，他会用力抓挠领带，也就是说领带上既留下了李峥的DNA，也留下了宋嫣的DNA。陈一霖不知道宋嫣有没有想到这一点，不过他想即使宋嫣想到了，也还是会留下领带，就像很多罪犯喜欢重返犯罪现场一样。他们也会因为各种理由保存好凶器，或为了收藏、或出于自满、或是宋嫣这种只为了一次次品味抹杀掉憎恨之人的快感。

快到陈恕的家了，陈一霖甩甩头，把充斥了满脑子的案件都甩了出去。不管怎么说，事情总算有进展了，无名尸一案也水落石出了，接下来就是继续追踪打匿名电话的人。

这个人既然了解宋嫣详细的犯罪经过，那他不是在宋嫣房间装了窃听器，就是案发当时他就在宋嫣的屋子里。或许后者的可能性更大，这就和高空投掷花盆事件相对应了。

陈恕和他去凌冰公寓这事是临时决定的，所以不存在那个人提前埋伏好这个可能，他去宋嫣家是另有目的的。

难道是与凌冰被杀有关？

想到这里，陈一霖把车停到道边，掏出纸笔，依次写下凌冰、宋嫣、季春、包峰，还有一个一直隐藏在黑暗中的X。

写到X时，他的笔停了一下，将X划掉，改成雨衣男。

目光依次掠过纸上的名字，现在已经知道包峰是杀害凌冰的凶手。包峰既要设计凌冰自然死亡的假象，又要不被怀疑，最好的办法是事先就住进公寓，实施监听。

宋嫣经常不在家，她家是最好的潜伏地。为了确切了解宋嫣的行动日程，那些人应该在更早之前就在她家安装了窃听器材。

包峰离开公寓时没有顺便走宋嫣屋子里的窃听器，可能是因为他不是安装的人，不精通这些操作；也可能是出于贪婪，觉得既然没被发现，就没必要特意收走窃听器，说不定可以偷听到女明星的隐私，以此进行讹诈。

但是雨衣男并没这么想，他是个心思缜密的人，直到凌冰死亡一个月后才去回收，却没想到碰上宋嫣临时回家，紧接着李峥出现了，于是他目睹了整个犯罪过程。

宋嫣交代了她沉迷猫儿眼是被李峥引诱的，不过她只是买家，她不认识季春，也不认识凌冰自拍里的那些人，她杀害李峥是突发事件，与猫儿眼一案没有关系。

后来雨衣男听说了陈恕要去海岛参加拍摄，他做贼心虚，以为他们查到了一些线索，便抢先干掉季春，并利用宋嫣引开大家的注意，希望延长季春的尸体被发现的时间，所以在整件事里这个雨衣男才是关键人物。

假若小沅没撒谎，不是她在水里下了猫儿眼，也不是她用电击器电晕陈恕的话……

寒气顺着脊背冒了上来，陈一霖在纸上乱画的笔停住了。他发现把那几个嫌疑人都排除掉的话，结果只有一个——当时雨衣男就在小岛上，甚至可能就在摄制组里，并且他对陈恕的执念很深！

为什么？明明整个猫儿眼事件和陈恕一点关系都没有。

纸上的几个名字之间画满了直线，当中是很大的三个红字"雨衣男"，陈一霖又在红字下面写下陈恕的名字，用箭头把它们连接起来。

也许陈恕和猫儿眼是有关系的，只是暂时他还没找到联系点。

不知为什么，陈一霖想到了陈恕提过的猫儿眼药草，他点开百度，上面跳出了一堆绿色药草照片。

正看着，手机响了，是赵青婷的来电，陈一霖有种不太好的预感。

他一接通就问:"是不是陈恕出事了?"

大概是问得太直接,赵青婷卡顿了一下才说:"还没出事,是正在出事的路上。"

"什么意思?"

"刚才卢苇打电话约静静出去谈谈,恕恕不放心,就陪她去了,让我在家照顾杠杠。他们约在咖啡屋,我想应该没事,但还是怕万一卢苇又突然动手……"

她啰啰嗦嗦了半天,陈一霖抓住重点,问:"是哪家咖啡屋?"

"叫美美咖啡屋,我们常去的那家。"

赵青婷报了地址,陈一霖要挂电话,她又说:"要不我也过去吧,我们是朋友,帮着说一说,卢苇也能听进去。"

"不用,"陈一霖说完,怕她坚持,便说,"这两天我们都不在家,家里有点乱,陈恕特喜欢干净,能麻烦你帮忙打扫下吗?"

"好的好的,没问题,交给我!"

陈一霖收了线,立刻开车直奔美美咖啡屋。

陈恕在美美咖啡屋停下车,庄静指指对面的奔驰,说:"那是卢苇的车,他应该到了。"

两人进了咖啡屋,陈恕要陪她过去,被她拦住了,说这是他们两人的事,陈恕出面不太好。

陈恕想想也有道理,"那我在别的座位等你,要是有事我再过去。"

庄静点点头,走过去。

卢苇坐在最里面,他点了杯咖啡,表情不愠不喜,半垂着眼帘靠在椅背上。庄静坐到他对面,卢苇抬起眼帘,他刮了胡子,换了服装,看起来精神还不错。

庄静没有和他对望,低着头小声说:"对不起。"

卢苇嗤了一声,"我以为这种事对你来说是常态了。"

庄静不说话,卢苇看看她的颈带,问:"伤得厉害吗?"

庄静摇摇头。

陈恕点了杯咖啡在离他们较远的地方坐下，看卢苇的精神状态还算稳定，他喝着咖啡，准备慢慢等。

一对小情侣经过，嬉笑着推搡，女生手里的咖啡杯一晃，咖啡溅出来，有几滴溅到了陈恕的衣服上。两人急忙道歉，陈恕怕惊动对面的人，摆摆手说没事，起身去了洗手间。

污渍不大，陈恕用浸湿的手绢随便擦了两下就出来了，探头看对面，两人还在聊，看起来都很冷静。他松了口气，正要回座位，肩膀被拍了拍。

陈恕转过头，一个高个子男人站在他面前，手里拿了杯冰咖啡，男人穿了身黑红色高档西装，头发金黄，还戴了个几乎遮住大半张脸的墨镜。突然之间，陈恕没认出他是谁。

看他发愣，男人摘下墨镜，居然是张大厨。

在岛上参加拍摄时，张大厨一直都穿宽大的休闲衫，显得胖胖的，陈恕都看习惯了，没想到他身材居然不错，可能最近健身了，穿起西装来还挺精神的。

张大厨咧嘴笑了，"你的反应是对我这个造型最大的称赞。"

他一开口，型男形象完全消失无踪，陈恕说："真巧啊。"

"我老婆的娘家就住这附近，家里小孩太吵，我溜出来找找灵感。"

"是要换形象吗？"

"不不不，这才是我正常的穿着，可惜这穿法不够讨喜，"张大厨感叹地摇摇头，又说，"你知道咱们拍的那个节目可能播不了了吗？"

陈恕一愣，张大厨看他这个样子就明白了，把他拽到角落，小声说："咱们就在这儿说吧，昨晚宋嫣嗑药被抓了，那个人命案还没破呢，嘉宾又出了事，你说可能播吗？"

"宋嫣嗑药？消息确实吗？"

"啧，小看我不是？我跟你说，最晚今天下午通告就会出来了。"

张大厨很会做人，认了一大堆的哥哥姐姐，他说得这么肯定，陈恕想这消息大概是八九不离十了。

说到嗑药，他就想到了猫儿眼，再联想到昨晚陈一霖匆匆离开，他心里有底了，附和说道："真看不出来啊。"

"要是轻松就看出来，那还要警察干吗？"张大厨说完，看看陈恕，"你没事吧？"

"我？"

"其实在岛上……"

最里面传来拍桌子的响声，打断了对话，陈恕转过头，卢苇怒气冲冲地走过来，张大厨一看到他，说了声"回见"就跑掉了。

陈恕迎上前，卢苇脸上的怒气转为冷笑，说："是你陪她来的？"

陈恕点点头，看着庄静跟着过来，她刚哭过，眼睛红红的。卢苇往后瞥了一眼，他似乎冷静下来了，推推眼镜框，皮笑肉不笑地对陈恕说："好自为之。"

卢苇离开了。陈恕看到庄静的手指还在发颤，问："他又威胁你了吗？"

"没有，他跟我道歉了，还说想复合，可是我拒绝了，他就生气了，骂我不知廉耻，我想他应该不会再来找我了。"

坐在里面的一对情侣看向他们，估计听到了卢苇骂人的话，把他们当成是三角恋了。陈恕拉着庄静出了咖啡屋，说："短期内还是尽量避开和他接触吧，有些人看着很绅士，实际上有潜在的暴力倾向。"

庄静嗯了一声，两人出来，她说要回家，陈恕正想说送她，对面传来车喇叭声，陈一霖从车里探出头来。

庄静笑了，"他来得可真快，不愧是你的保镖助理。"

陈恕的表情绷紧了，庄静觉察到了，收起笑容，说："我没事的，卢苇有事业有声誉，他不会死缠烂打的，大概就是一时想不开。我走了，谢谢你。"

"你要是……"

陈恕刚转过头，脸颊一热，被庄静重重亲了一下。看到他发呆，庄静扑哧笑了，取过他手里的钥匙，朝他摆摆手离开了。

陈恕回到车上，陈一霖都看到了，感叹道："你最近桃花运很旺啊。"

陈恕绷着脸不说话，陈一霖问："心情不好？谁惹你了？"

"呵呵，除了我的助理还有第二个人吗？"

"抱歉，我也没想到会拖这么久，耽误你用车了，要不你扣我下下个月的薪水吧。"

"就怕这么扣下去，你要喝西北风了。"

陈一霖转头看他，欲言又止，陈恕说："你想说什么，尽管说吧。"

"没有，就是你比我想的要坚强得多，我以为出了江茗的事，你会消沉一阵子。"

"不，我是打算攒着，等事情解决了慢慢消沉。"

看着助理吃瘪，陈恕恶作剧地笑了。

其实他是没时间消沉。

昨晚赵青婷突然上门对他来说是一种拯救，假如没有那一连串的鸡飞狗跳，可能他会喝个烂醉，到现在还躺在床上起不来吧。

也许从雨夜车祸开始，他的人生就开始逆转了。他认识了陈一霖，想起了很多往事，所以从另一种意义上来说，那场车祸是他的救星。

发觉自己的思绪飞远了，陈恕很快调整好情绪，问："你一晚上跑哪儿去了？"

"朋友有点急事，让我去帮个忙……赵青婷都跟我说了，卢苇找庄静干什么？"

"他想复合，被拒绝后又恼羞成怒。"

"庄静没提自己被下药那事？"

"我坐得远，不知道他们说了什么，应该是没提，我觉得比起解释理由，庄静更在意自己被打。"

"那不叫被打，是差点被掐死，是个人都会有心理阴影了。"

"可是我看卢苇也没那么喜欢庄静，他就是被绿了不甘心而已，只能他绿人，不能人绿他，典型的双标。"

陈恕的声线比平时重很多，难得的情绪外露。陈一霖忍不住看看他，猜测他是联想到了自身。

果然，陈恕说："我不明白有问题为什么不能好好解决，一定要动手，什么因为太生气没忍住，那换个拳击手试试，看他忍不忍得住？"

"你没劝庄静报警？"

"没有，我知道她不会报警的。"

说到现实问题，陈恕叹了口气，不管家暴是不是触犯了法律，在世俗眼光中，卢苇动手是对的，小石头的继父对他动手也是对的，都是家庭内纷争，与外人无关，这才是让陈恕感到最无力的地方。

他说："要是能查到庄静是被下药的就好了。楚陵和季春认识，他和庄静发生关系后又偷拍照片，你说药会不会是他自己下的？"

其实在岛上时陈一霖就怀疑过楚陵，可是他带的巧克力没问题，和季春的交往也不是太密切，作为警察，他不能像陈恕这样信口开河，便说："我会找人盯着他的，要是查到什么再跟你说。"

"刚才我还遇到张大厨了，听他说宋嫣被抓了，我以为是跟季春被杀有关，结果她是因为嗑药。"

前方红灯，陈一霖踩踏板的脚一用力，来了个急刹车。陈恕往前一晃，惊讶地看他。

陈一霖问："他听谁说的？"

"我没问，不过这种事只要一个人知道，朋友圈所有人就都知道了，像我什么都不知道的反而不正常。"

陈一霖知道陈恕为人挺奇葩的，不过昨晚宋嫣刚被抓，今早消息就散出来了，还是出乎他的意料，估计要不是被谁先压住了，可能已经上热搜头条了。

"可怕。"他叹道。

"是挺可怕的，"陈恕瞥了他一眼，淡淡地说，"知人知面不知心啊。"

第十四章
对峙

两人回到家,刚打开门,小猫就扑了上来,接着是手拿吸尘器一脸笑容的赵青婷。她穿着碎花围裙,头上戴着同样花色的头巾,一手叉腰,打扫卫生的气势十足。

陈恕吓了一跳,"你这是打算长住吗?"

"是啊,免费做家事的那种,欢迎吗?"

"我更欢迎你不长住。"

赵青婷脸上的笑容一垮,"开个玩笑,你还当真了,这身行头是我从爷爷家拿来的,就算是打扫也要有仪式感嘛。"

她昨晚哭的声音最响,陈恕本来还担心她受双重打击缓不过来,没想到这女生比他想的要坚强得多。

赵青婷不仅打扫了房间,还把大家的衣服也洗了。她晾着衣服,听陈恕讲了庄静和卢苇见面的经过,说:"静静是对的,不管是不是下药,闹成这样,就算和好心里也有疙瘩,不如一别两宽吧,楚陵给我打电话,我也是这样回他的。"

"他联络你了?"

"嗯,他打了好多通,我问他……"

说到这儿,赵青婷顿了一下,不知想到了什么,脸色变得难看,把衣服匆匆晾好,又接着说:"我问他是不是给静静下药了,他一直说没有,还说那照片不是他拍的,他是被陷害的。还说可能是卢苇,因为卢苇私底下跟他吐槽过好几次,说静静不给他面子,这女人只有吃点苦头才能长记性……一边解释一边撒谎,我懒得再听,就拉黑他了。"

陈恕刚喝进一口水,差点呛到,问:"他真这么说?"

"是啊,他这人就是这样,出了事就把问题都推到别人身上,满嘴跑火车,我再也不信他了。"

陈一霖走过来,说:"他说的也可能是真的。"

"他要是一点问题都没有,那和他交往了两年多的女朋友怎么会分手?还拉黑他,看吧,和我现在的操作一样一样的。"

陈恕曾托陈冬调查过楚陵等人的情报,他隐约记得资料里提过这位前女友。听赵青婷的口气,除了被背叛的失望外,还有几分意难平。

女人的心思真是难懂啊。

他感叹着,说:"看来卢苇没怎么打楚陵,他还有精神联络你。"

"听声音是挺精神的,所以我就更生气。其实我心里也挺矛盾的,既觉得卢苇可怜,又有点怕他,觉得这人心思捉摸不透。他看上去有很多朋友,但真正交心的没几个,我更觉得他是为了掩饰孤独,才常常在家里开酒会。"

陈恕说:"我记得他父母好像都过世了。"

"嗯,应该说是养父母,在他大学时就都过世了,家里又没什么亲戚,幸好上了保险,总算熬过来了,所以我也能理解他发现被朋友背叛后的愤怒。"

听着赵青婷和陈恕的对话,陈一霖心一动,说:"可是他那么生气,却没对楚陵下狠手,而是针对庄静。"

"大概是真把楚陵当朋友吧,就像我,昨晚虽然很生气,但也没法把静静一个人丢在那儿不管。"

赵青婷心粗,陈恕却捕捉到了陈一霖微妙的语感,他给陈一霖使了个眼色,起身要去阳台,这时手机响了。

是个没见过的号码,陈恕刚接听,吼叫声就直冲耳膜,他急忙把手机从耳旁移开。

"我知道婷婷在你那儿,把手机给她,让她听电话!"

居然是楚陵,陈恕马上明白他是从江茗那儿打听到自己的手机号的,他打开外放,问:"这是你的手机?"

"是啊!"

"好的,我马上拉黑。"

陈恕要点触屏，楚陵的口气立马缓和了。

"别别别，我真有话要跟婷婷说，麻烦你转给她好不好？三分钟……不，一分钟就好。"

陈恕看向赵青婷，赵青婷用力摇头拒接，陈恕说："她说她不想听。"

大概怕被挂机，楚陵大叫："就算是罪犯，也要上了法庭定罪吧。婷婷，你至少要给我个解释的机会……"

"我给你了，你说实话了吗?!"

"我说了啊，发生关系我认，可我真的没下药，更没拍照，我就算再混蛋，也不会搞好朋友的女人！"

隔着手机，两人你一言我一语吵了起来，声音越来越大。感觉他们还有得吵，陈恕干脆把手机给了赵青婷，决定先去隔壁坐会儿。

陈一霖跟他想法一样，谁知两人刚走出客厅，就听赵青婷问："那凌冰是怎么回事？静静你说是意外，那凌冰也是意外吗？"

两人同时停下脚步，楚陵在对面气急败坏地叫："我都说不认识她了，你怎么就是不信？"

"凌冰就是那个去世的女明星，你怎么可能不认识？"

"我知道她是谁，我是说我和她没来往，我们压根就没接触过，我怎么就跟她有关系了？"

"她去镇上你也去镇上，你们不就是偷偷旅游约会去的吗？"

"啥？"

陈恕快步走过去，拿过手机，说："我有事要问赵青婷，短时间内别打过来，否则我就真拉黑了。"

他说完就挂了电话，楚陵应该是听进去了，果然没再打过来。

陈恕问赵青婷，"你们怎么会提凌冰？"

赵青婷一副做了坏事被捉包的表情，结结巴巴地说："对、对不起，我不是故意要查探你的隐私，是我打扫卫生的时候，杠杠跑进了你的卧室，我想把它抓出来，就看到了墙上全贴着凌冰的照片……你还喜欢她，对不对？"

陈恕想起和赵青婷在凌冰公寓碰到的那次，难怪她知道凌冰的公寓地址，原来是把凌冰当假想敌了，所以在谈到她时，语气中透着嘲讽。

他面无表情看向陈一霖，陈一霖仰头看天置身事外。

赵青婷说的卧室其实是陈一霖的，陈一霖把凌冰在酒会上的自拍照放大了很多张贴在墙上，以便随时看到，找出照片中的古怪。昨晚陈恕让两个女生睡主卧和自己的卧室，就是怕她们看到照片后胡思乱想，谁知最后还是被看到了。

"有关这个问题，我觉得我有必要解释一下。"

陈恕清清嗓子，可还没等他开口，陈一霖就拉着赵青婷跑去了卧室。

卧室前后两面墙壁上贴了足有十几张相同的照片，照片尺寸又颇大，一进去就是满满的凌冰的笑颜，也难怪赵青婷误会了。三个人一只猫站在卧室当中，一齐抬头看照片，陈恕揉揉额头，决定放弃解释。

陈一霖问赵青婷："你怎么肯定楚陵和凌冰有关系？"

"这个别墅楚陵带他前女友去过，我觉得只有在意的人，他才会带过去，可他死不承认。"

"你知道这照片是在哪里拍的？"两位男士同时高声问道。

赵青婷吓了一跳，愣愣地点头，陈恕马上又问："是哪里？"

"就是石浦镇啊，这是楚家在镇上的房子，日期我还记得很清楚。楚陵说有事过去，我也喜欢海边，想让他带我一起去，被他拒绝了，大概他还是忘不了前女友吧。"赵青婷看着照片边角上的日期，声音低沉。

陈恕恍然大悟，难怪刚才赵青婷向他数落楚陵时欲言又止，还很突兀地提到前女友，原来她心里一直都有疙瘩。

陈一霖问："你是怎么看出来的？"

"因为房间壁纸啊，这个壁纸很特别，我在楚陵和他前女友的合照中见过，因为这个我们还大吵了一架，现在想想，我可真够傻的。"

赵青婷打开手机，很熟练地从众多照片中选出一张，放大给他们看。

照片里是楚陵和一个女生,女生很漂亮,不同于赵青婷的青春靓丽,女生的气质偏向温婉大方,两人靠得很亲密,一看就是处于热恋中的情侣。

他们坐在沙发上,后面的墙壁壁纸和凌冰那张的完全一样。

赵青婷说:"刚才也是巧了,我刚好看到这些照片,楚陵就打电话过来,我一生气就问了,他死活不承认。"

陈一霖问:"你没问他当时去镇上干什么?"

"问了,他一开始支支吾吾不说,被逼急了,就说是去散心,因为和我吵架了,才一个人去的。哈,你们信吗?反正我是不信。"

赵青婷冷笑,一只手轻抚下巴,"恋爱中的女人个个都是福尔摩斯"的气场十足。

陈一霖觉得信不信还是其次,重点在于这个时间点太巧合了。不过楚陵不是个胆大又有心机的人,他参与杀害凌冰的可能性非常低。

既然这是楚家的房子,如果排除了楚陵,那最大的嫌疑人就是楚卫风了。

想到之前陈恕的几次危险遭遇,陈一霖更坚定了自己的想法。他看向陈恕,刚好陈恕也在看他,从表情中陈一霖就知道他也想到了相同的问题。

赵青婷还在气不平,没留意到他们的反应。陈一霖拍拍她的肩膀,示意她随自己出了卧室,说陈恕有点累想休息。赵青婷误会了,以为自己的话触到了陈恕的伤心事,不用陈一霖多说就告辞离开了。

陈一霖送她出门,顺便要了楚陵和前女友的合照,看着赵青婷进了电梯,他掏出手机联络魏炎。

魏炎一直没有接听电话,陈一霖把合照和凌冰的照片传给他,留言说了自己刚了解到的情报,请他派人调查核对。

他点击送出,回到卧室,陈恕还坐在那儿,像是想什么想出了神,一动不动,听到脚步声,才回过神,说:"我想道具匕首被换掉那事还是楚卫风做的,他怕我看出照片的秘密,想杀人灭口。"

陈一霖最早把楚卫风从嫌疑人中排除掉是因为他没动机，可现在有了，看着墙上凌冰放大的笑脸，他感到背心发凉。

楚卫风的城府不一样，身份和社会地位更不一样，假如他与猫儿眼毒品流通有关，那背后一定有一个很大的产业链存在。

他不想陈恕再卷进危险中，故意说："这种壁纸可能其他人也在用，先别急着下结论。"

"如果警察能搜查楚卫风的家就好了，说不定他就把犯罪证据藏在家里。"

陈一霖心想说得简单，没有证据，他们上哪儿弄搜查令，没有搜查令，一切都是空谈。

下午，宋嫣吸毒的新闻传遍了整个网络，原本微博热搜是一个当红女星的隐婚事件，宋嫣的新闻一出来，直接把她的盖过去了。

陈恕因为前不久和宋嫣一起录制过节目，也不小心"中了一枪"，他的手机就没停过，一直有人来打听内情。陈恕心里正烦着，直接关了机，导致刘叔的电话打到了陈一霖的手机上。

刘叔的电话来得很晚，陈一霖觉得以他对陈恕的在意和对消息的掌控，他应该在丑闻爆出来之前就联络陈恕。

他把手机给了陈恕，凑近了一起听，刘叔的状况似乎不太好，嗓子都哑了，反复询问陈恕和宋嫣的关系，问他有没有碰毒品，如果碰了一定要告诉自己，他会想办法处理。

陈恕全部否决了，听到手机那头杂音很重，问刘叔在哪里，刘叔支吾着"在忙"就把电话给挂了。

陈恕放下手机，叹道："看来《你是谁?》是彻底黄了。"

比起这个，陈一霖更在意刘叔，听声音他很疲惫，像是被什么事搞得焦头烂额，在宋嫣出事之后，他这个反应太可疑了。

陈一霖找了个去打听消息的借口从家里出来，直奔哈斯娱乐公司。

果然，他去刘叔的办公室一问，才知道刘叔昨晚接了通电话就匆匆离开了，今早打电话过来说家里有些事要处理，最近就不来公司了,至于是什么事他也没提。

陈一霖又去了保安室,借陈恕的名义说联络不上刘叔,怕他出事,想看看他离开时的监控。

"今天这儿可真够热闹的,一拨赶着一拨。"

保安嘟囔着调出视频,陈一霖看着视频,随口问:"还有其他人来看监控?"

"是啊,你来之前警察刚走,有一位艺人从楼梯上摔下来了,磕到了头,送去医院了。"

陈一霖按鼠标的手一停,问:"谁啊?"

"叫什么来着?"

保安叫不上名字,转头看同事,同事也不知道,说:"就长得挺好一孩子,好像刚刚红起来,可千万别破相。"

出于职业警觉性,陈一霖向保安要了视频,不过视频只有艺人经过走廊的部分。那是个中等个头的男人,穿着暗红色西装,染了一头金发,外貌偏中性,是时下颇受小女生欢迎的那种类型,不过陈一霖也叫不上他的名字,因为这类艺人实在是太多了。

艺人打着电话走去楼梯拐弯处,可惜那边没有摄像头,光是看视频无法了解他是怎么摔下去的。陈一霖见与刘叔的事无关,便暂时放下,继续看刘叔的视频。

监控显示在晚上七点左右,正好是宋嫣被抓之前,刘叔从公司后门匆匆出来,他一直在打电话,直到开车离开。

陈一霖从保安室出来,联络小柯,他报了刘叔的手机号,让他查通话记录。

记录很快就出来了,刘叔是打给妻子的。陈一霖照着电话号码打过去,他说自己是陈恕的助理,杜撰了个借口找刘叔。刘妻没怀疑,说刘叔临时有事出差,大概要一星期后回来。

陈一霖猜想这只是借口,他还想让小柯跟着车牌号追踪,可小柯说车在开出公司后,一直停在附近的停车场没动过。

这么做很明显是为了甩掉跟踪他的人,陈一霖不由得感叹这只老狐狸的狡猾。他正打算返回刘叔的办公室再问问他离开前的情况,手机响了，魏炎终于来找他了。

"头儿，你最近是不是很忙？我感觉你都忘了还有我这么个属下了。"

电话一接通陈一霖就抱怨，魏炎啧啧两声。

"忙，忙得都快升天了。"

魏炎的嗓子哑了，看来最近他没能正常休息过。陈一霖不开玩笑了，正想提醒他注意身体，魏炎郑重地问："你是怎么查到楚卫风这条线的？"

"我们本来是在查他儿子。"

陈一霖说了事情经过，魏炎一直没打断他，直到他说完，才说："这都能被你查到，也不知道是你走运还是陈恕那小子走运。"

"必须是我，陈恕啊，我觉得'倒霉'都不足以形容他眼下的状况。"

"看来他的事你都了解了。"

"嗯。"

陈一霖想说说自己的看法，魏炎却把话题又拉回去了。

"我也是刚从缉毒科那边听说的，还是热气腾腾的内部机密——猫儿眼是在几个小镇上的工厂制作的，已经抓到两批了。操作工都是智力较低的残疾人，又是流水作业，他们不知道那些所谓的巧克力、糖块、钙片里都含有毒品。

"猫儿眼制作完成后再流通到各地，一切过程很可能都是楚卫风在幕后操纵。可惜这家伙太狡猾，一点把柄都不留，工厂法人代表也是别人的名字。路进可以指控他，现在却一直行踪不明，很可能已经遇害了。你提供的别墅地址我们请当地的同事调查了，房产证也是别人的，所以现在还不能轻举妄动，大鱼一旦逃掉，就很难再抓到了。"

"那刘叔呢？就是刘善斌？"

"除了他和路进有过接触外，暂时还没搜集到他涉及毒品的情报。"

也就是说楚卫风这条线他们没抓错，关键是怎么找到物证将他绳之以法。

陈一霖正想着,魏炎又说:"还有两件事要跟你说。"

声音严肃,陈一霖心脏跳了跳,直觉那不是什么好事。

果然,魏炎说:"前段时间你不是让常青联络江小鱼吗?她很有可能已经遇害了。"

江小鱼就是剧务小鱼,突然听魏炎提到这个名字,陈一霖的心咯噔一下。

"她手机联络了房东退房,之后就再没出现过。老家的父母一直以为她还在这边工作,因为她工作很忙,父母为了不妨碍她,不会主动打电话给她,直到我们去问,他们才发现女儿联络不上了。"

从小鱼被辞退到现在有半个多月了,照经验来看,陈一霖知道她凶多吉少,拿手机的手情不自禁地攥紧了。

他还记得第一次去片场,小鱼抱着一大箱东西带他进去,女孩个头不高却充满了精神气儿,阳光下她一脸灿烂的笑,说"女人当男人用,男人当畜生用,这就是剧务"。

"一定要找到她。"他轻声说。

哪怕是人不在了,也要找到尸体,不能让她不明不白地人间蒸发。

"会的,大家都在尽全力寻找。还有一件事是林晓燕的车祸与江茗无关,虽然监控拍到了车祸前江茗的车在现场附近出现过,不过那辆车没有撞过的痕迹。江茗名下其他的车也都调查了,都没问题。我的推测是江茗可能有过杀人冲动,不过最后还是及时控制住了,杀害林晓燕的另有其人。"

陈一霖首先想到的是楚卫风,随即又觉得一个穷凶极恶的犯罪分子不可能为继女做这种事,除非其中有利害关系。

"唉,看来林晓燕的案子又要从头再查起了。"听了这个结果,陈一霖有些遗憾,但同时又觉得庆幸。他想陈恕听到这个消息应该很开心,因为至少这一次江茗没有对他撒谎。

和魏炎通完电话,陈一霖回到家。

屋里很暗,他以为陈恕在休息,悄悄推开他的卧室门,里面没人，再去另外两个房间，也没人，打陈恕的电话，手机关机，陈一霖又查GPS定位，居然在郊区。

都跟他说最近不太安全，让他没事别出门，他还一天跑出去两次。

陈一霖感到了头痛，回到客厅，忽然发现屋里太静了，少了丁零零踩猫步的声音。

陈恕不会是外出还带着他的宠物猫吧。陈一霖气极反笑，不过有杠杠在就更好了，小猫项圈上的追踪器精确度更高，更容易找人。

陈一霖点开APP，就见在郊外的某条道路上，一个红点在不断闪动。

奇怪，陈恕去郊外干什么？

陈恕从车上下来，走进墓园。

天色还没有完全暗下来，墓园里已经亮起了灯光，傍晚几乎没人，风吹过，只听到远处阵阵松涛声。

陈恕踩着小径一路走到父母的墓前，墓碑周围很干净，一束花放在碑下。看到花，他脚步微微一顿。小猫从宠物包里跳出来，跑到花前，抬起爪子好玩似的拨弄。

陈恕走过去蹲下，只见花瓣还很新，应该是最近几天才放的。他起初以为是祖父母来过，转念一想，昨天刚和祖母聊过天，老太太知道杠杠喜欢玩香囊荷包，这次又做了好几个寄过来，电话里叮嘱了好几遍，让他也随身带一个提神醒脑。如果她来扫墓，一定会提到这件事的。

陈恕站起来左右看看，不远处有位管理员经过，他跑过去询问。管理员说是前两天一位女士过来放的，那位女士另外付了管理费，请他定期换花。除了那个墓地外，还有一个是陈晓晓的墓地。

管理员之所以记得这么清楚是因为女士很漂亮，看气质和举止像是从国外来的，还说短期内无法再过来，请他务必费心。

陈恕马上想到是江茗，他调出江茗的照片给管理员看。管理员点头说是，他以为江茗是陈恕的女朋友，连声称赞她长得漂亮，出手又大方，言语中透露出江茗应该给他塞了不小的红包。

陈恕转回父母的墓碑前，蹲下来想拿开花束，小猫一抬爪子按住了。

"你不想让我丢吗？"

"喵。"

小猫很应景地叫了一声，陈恕叹了口气，看向墓碑上的照片。

父母过世时还很年轻，照片里的两个人笑容灿烂。以前陈恕每次来看到都会哭，总觉得老天不公平，一些奇葩亲戚活得风生水起，而父母那么好的人却走得那么早，久而久之祖父母就不带他来了。

这大概就是为什么祖父会给他改名为陈恕，宽恕别人同时也是在放过自己。祖父希望他放下过去，任何事都以平常心来对待。他一直以为自己做到了，现在才明白他只是擅长克制和伪装罢了。

在知道了林江川的死亡真相后，他很气恼，可要说有多痛恨江茗，似乎也没有。初恋是虚无的不稳定的，但同时又是最真诚的，或许正因为这种脆弱性，才更弥足珍贵。

他气的不是江茗，而是气恼曾经最无法忘怀的初恋都是假象。

"原来你一早就打算离开了。"触摸着花瓣，他轻声说。

江茗可能从来就没忘记那件可怕的事，所以才积极接触他，在发现他慢慢记起过往后，就起了出国的念头，来墓前上花大概也是出于愧疚的心理。

这样一想，陈恕就没那么气了，反而觉得她有点可怜。因为江茗没有一个可以坦诚相待的亲人和朋友，反而身边藏匿着可怕的罪犯。楚卫风是怎么起家的陈恕不清楚，但肯定不干净，说不定江茗母女都是他利用的棋子。既然楚卫风可以不动声色地杀害凌冰和季春，那也会为了利益随时放弃她们。

除了楚卫风，还有那个神出鬼没的雨衣男，谁也不知道他和楚卫风是什么关系，他的下一个目标又是谁，所以江茗选择出国从某种意义上说也算是远离了危险。

脸颊一凉，天空居然飘起了雨点。

陈恕抬起头，墓园里即使亮着灯，他还是感觉很阴暗。他现在一看到下雨就开始坐立不安，看看周围，怀疑雨衣男随时会从黑暗中跳出来攻击他。

他向父母道了别，抱起小猫塞进宠物包，快步往里走。

小姨陈晓晓的墓碑立在里面，陈恕走过去，远远就看到墓前也放了一束花，想起少年时代和小姨相处的时光，他脸上浮起笑容。可是随着走近，陈恕的笑僵住了，随即脚步也停下了，昏黄灯光下，他清楚地看到墓前放的不是花，而是一束草。心脏不受控制地跳动着，寒意顺着脊背涌上来，他稍微停顿后跑了过去，拿起那束草。

他没看错，那是猫儿眼草，搁置的时间长了，叶子都枯了，再被雨滴打到，带了种湿漉漉的滑腻感。

陈恕手一哆嗦，把猫儿眼草甩了出去，仿佛拿的是条毒蛇。

猫儿眼甩到了不远处的小花坛里，发出簌簌响声。陈恕惊魂未定，用力揉搓手，转头看向四周。

周围好像更黑了，一个人都没有，先前那个管理员也不见了踪影，更远处则是松海，黑压压的一片，让人没来由的恐慌。衣服被扒拉了两下，将陈恕从惊恐中拉了回来，却是小猫感觉到了他的不安，隔着宠物包在拍他。

陈恕长长喘了口气，拍拍宠物包，安抚着小猫，同时也在安抚自己。等情绪稍微冷静下来，他观察着周围的状况，确信不会有人突然冲出来，这才跑去花坛，把猫儿眼草拿了起来。

草被橡皮筋扎住，扎得很随便，陈恕来回看了看，草束里还零碎夹了一些桔梗花，都已枯萎了，泛出诡异的黑紫色。

陈恕看向小姨的墓碑。

管理员刚才说江茗两边都放了花，可是现在花束不见了，被替换成了猫儿眼草和桔梗。

是谁做的？为什么是猫儿眼草，为什么草没放在他父母的墓前，而是选择小姨的墓碑？

一个个疑问像走马灯似的划过陈恕的脑海，他拿着那束草回到小姨的墓前。

墓碑照片里的小姨绽放着笑脸看向他，陈恕注视着她的笑颜，疑问追逐着记忆在眼前闪动，直到他感觉眩晕，走马灯忽然停了下来。

不认识他父母却认识小姨的、知道他家住址的、了解猫儿眼和桔梗、特意替换了江茗放的花，这一切都指向一个人……

记忆终于定格在了一张脸上，那张年幼的纯真得早已模糊在了记忆中的脸……

陈恕向后趔趄了一下，回过神，只觉得全身冰冷，慌忙重新看周围。

他没有看到雨衣男，四周冷寂，可以清楚听到自己的心脏跳动的声音。脸颊被雨水打湿了，他抹了把脸，不敢再待下去，步履匆匆跑出了墓园。

陈恕上了车，启动引擎驶向回家的方向，眼前却不时划过萧萧姐和小石头的影子。时隔多年，他没法把萧萧姐和江茗联想到一起，更记不清小石头的模样，只记得他很瘦小，个性内向，有点怕见生人，他唯一主动接触自己是为了求救。

是啊，那个孩子为了活下来拼尽了全力，把他视为最好的朋友，可他却在对方最需要帮助的时候把他遗忘了。江茗说他自私，也许没说错，他用遗忘来保护自己，不是自私是什么？

想到这里，陈恕再也忍不住了，调转车头朝着楚卫风的家开去。

楚家到了。

陈恕之前受梁悦的邀请来过一次，用人认识他，很热情地带他来到客厅，陈恕询问楚卫风在不在，用人说还没回来，不过江茗在。

陈恕没想到江茗会在父母家，这倒省了他不少麻烦，用人说要去叫，他制止了。

对面传来钢琴声，是大宝在练钢琴。陈恕顺着钢琴声走过去，快到钢琴房时，江茗从对面匆匆跑过来，拦住了他。

江茗穿了件深蓝色长裙，长发盘起，不知道是没休息好还是衣着的关系，她看起来比以往憔悴，盯着陈恕，目光透露出警觉。

陈恕回望过去，只不过才一天没见，在陈恕眼中，他们却像是十几年没见过了，不管是萧萧姐还是江茗，都已变成了陌生人。

"我们没什么好说的，请你马上离开。"江茗冷冷说道。

陈恕感觉到了强烈的抗拒气场，他想江茗是担心自己在这里提起林江川和林晓燕，便说："我去过父母的墓地了，看到你送的花，你早就打算离开了对吗？"

江茗脸色一白，马上回道："与你无关。"

她说完要走，陈恕问："你已经逃避一次了，还要再逃避第二次吗？"

江茗不回答，脚步却顿住了，陈恕转到她面前，说："这是你的人生，如果你认为这是最好的选择，我不会阻拦你。"

稍微停顿后，他又说："我知道林晓燕的死与你无关。"

似乎没想到他会这样说，江茗惊讶地看向他。

房间里的钢琴声停了下来，随即又重新响起，乐声传向走廊。

陈恕学过一段时间的钢琴，*Tears* 就是其中的一首，这首乐曲悲伤又恬静，讲述了情侣离别后又重逢时的心境，就像此刻的他和江茗。

他想大概音乐老师失恋了，所以无意中选了这个曲子，可是孩子没法体会其中的意境，他弹奏得流畅熟练，却没有感情。

江茗却似乎被琴声触动了，眼神有些恍惚，陈恕说："我相信你说的，作为母亲，你不会做伤害大宝的事，我也一样。"

"你特意跑过来就是为了跟我说这些吗？"

江茗的语气放缓和了，不像最初那么抱有戒心。陈恕正要说出自己的目的，脚步声响起，楚陵跑了过来，身旁还跟着卢苇。

看到卢苇，陈恕的身体本能地绷紧了，他没想到他们上午才见过面，这么快就又再见到了，而且是在楚家。他更没想到的是出了那种事，卢苇不仅没和楚陵翻脸，反而看起来相处融洽。

楚陵一张脸都是黑的，走到陈恕面前，毫不客气地问："你来干什么？"

"我……"

陈恕看看江茗，江茗说："他是来找我的。"

"姐，你可别被他给骗了，他表面上和你交往，背地里却和婷婷搞暧昧，在婷婷面前说我的坏话，害得婷婷拉黑我。"

"呵呵，赵青婷拉黑你难道不是因为你撒谎吗？"

"我、我撒什么谎了？"

"你明明带凌冰去别墅玩，却说和她不认识。"

"没有，我压根不认识什么凌冰，你胡说……"

"赵青婷是你的女朋友，你不带自己的女朋友玩，却私底下邀请别的女人出去旅行，她不拉黑你还留着过清明吗？"

"你……你才过清明……"

"你还和女朋友的闺蜜不清不楚，趁着女朋友不在身边就开PARTY嗑药，那药叫什么来着？猫眼？狗眼？兔子眼？"

"你他×的给我闭嘴！"

楚陵脾气不好，打架他还行，可是论口才他就差陈恕太远了，被陈恕堵得一句话都说不完整，终于忍不住了，挥拳头就打。

陈恕早有防备，往后一闪躲过去了，楚陵还要再打，被卢苇及时拦住。

江茗吃惊地问楚陵："你嗑药？"

"我没有！姐，你别听这小子胡说八道！"

"我胡说？"陈恕微笑问，"要不要把赵青婷和庄静叫来问问？"

楚陵一听就蔫儿了，江茗看他的反应，更生气了，说："你怎么干这种事，你……"

"不是，姐，我是被陷害的。"

"幸好那时候我们还不认识，否则你一定会说是我栽赃嫁祸你的。"

陈恕及时火上浇油，江茗的脸色更难看了，楚陵缩缩脖子一句话也不敢说。

陈恕借着刺激楚陵观察卢苇的反应，他发现从一开始提到凌冰，卢苇的脸色就变了，但他掩饰得很好，托托眼镜框，恢复了正常的表情。

之后说到嗑药开PARTY还有出轨闺蜜，卢苇又继续托眼镜框，陈恕注意到他的手指抖了抖，他在掩饰和克制不快，所以这个人一点都不像他自己说的那么大度，他只是善于伪装罢了。

正争吵着，琴声停下了，音乐老师走出来，委婉地提醒他们说话声音有点大，影响孩子练琴。

楚陵立刻闭了嘴，江茗也向老师道歉，大宝跑了出来，看到陈恕，眼睛亮了，叫道："哥哥！哥哥！"

陈恕蹲下来，打开宠物包，小猫早被关烦了，随着拉链拉开，它身子一跃，跳到了地板上。

陈恕抱住它，对大宝说："看，我带了谁来。"

"哇，好可爱。"

大宝伸手摸它，楚陵叫道："把你家脏猫拿开，我外甥还要练琴呢。"

"今天的课程结束了。"

老师看到大宝接过小猫，喜欢得不得了，便对江茗说："适当的休息也是必要的，有喜欢的事做，他才会更加努力。"

江茗向老师道了谢，想送她出门，又怕自己一离开，弟弟和陈恕又吵起来。

看出她的犹豫，卢苇主动提出送老师。陈恕看过去，卢苇一身高档西装，身形颀长，让他很难把他和记忆中那个瘦弱的小孩联想到一起。

"妈妈，妈妈，"大宝抱着小猫仰头问江茗，"我可以和猫猫玩一会儿吗？"

陈恕及时提示："它叫杠杠。"

大宝重新问："可以和杠杠玩吗？"

楚陵冲陈恕冷笑："来别人家还带猫，你是有备而来的吧？"

陈恕还真不是，都怪他出门时一直被小猫缠，才不得不带它出来，小猫可以在关键时刻派上用场他也是始料不及啊。

他微笑对楚陵说："因为我和某人不一样，像我这种好人很受孩子和小动物喜欢的。"

楚陵气极反笑，还想找话反击，陈恕又追加一句："你好像已经被赵青婷拉黑了,你不想再被拉黑一次吧?"

他晃了晃自己的手机,楚陵骂人的话都到嘴边了,又硬生生咽了回去,只是气愤地瞪他。

这边江茗已经答应大宝和猫玩了,小猫来到新环境,大宝刚把它放下,它就撒着欢地跑走了,大宝追了两步,又转头叫陈恕一起。

这正合陈恕心意,他对江茗说:"我陪小不点玩一会儿吧,我家那只猫最不听话了,我在才能镇得住它。"

江茗答应了,又有点担心,问:"它不会抓人吧?"

"不会,它分得清轻重,可懂事了,"陈恕看了楚陵一眼,"比人都懂事。"

楚陵一听又急了,张嘴要骂人,陈恕已经追着大宝跑远了,江茗无奈地说:"你呀,干吗总惹他?"

"是我惹他的吗?你都看到了,明明就是他欺负我,还特别上门来欺负,姐你可千万别被他骗了,要分手,趁早!"

江茗苦笑,心想谈什么分手,他们从来就没有开始过啊。

卢苇回来,江茗向他道谢,卢苇摆摆手,又转头看看,问:"陈恕呢?"

"拿他家那只破猫逗我外甥玩呢,啧,"楚陵越想越不爽,又说,"卢苇,我说我姐不信,你来说,陈恕是不是就是个心机男,表面装好人,实际上就是找备胎。"

"这个……我是外人,不好说。"

"怎么叫外人?咱们是一起认识陈恕的,从一开始他就装孙子,让婷婷和庄静以为他是好人,昨晚还跑去他家留宿,我姐还在呢,他也不想着避嫌。"

江茗问:"她们为什么去陈恕家留宿?"

"因为……"

话到嘴边,楚陵马上想到这要一说起来,他出轨女友闺蜜的事也要曝光,忙改口说:"不就是因为……那个……嗯……"

卢苇及时把话接过去,"因为一些事情和我们吵架了。"

楚陵用力点头,江茗心里有事,没多想,说了句"照顾下对方的心情，别总是由着性子来"后就离开了。

顺利蒙混过关，楚陵松了口气，向卢苇道谢，卢苇说："朋友之间客气什么，那件事我冷静下来又仔细想了一遍，你不是那种人，所以肯定不是你下的药，你可能是得罪了人才会被算计。"

"你真不在意？"

"嗯，其实我早就有心理准备了，静静……庄静的性观念很淡薄，老实说今天不是你也会是别人。"

"那我一定要找出那个害我的人！"楚陵说完，又不好意思地对卢苇说，"一开始我还以为下药的是你呢。"

"呃，为什么你会这么想？"

"因为那天的饮料酒水都是你帮忙准备的，再说知道我手机密码的也就身边几个人，所以我就……"

"你想多了，我那样做有什么好处吗？这件事别再提了，传出去对庄静影响也不好，虽然我们已经分手了，但我也不想她难堪。"

卢苇拍拍楚陵的肩膀，两人边走边说，没注意到走廊一边的某个房间门开着，陈恕盘腿坐在地上，把对话听了个七七八八。

这人真会演戏，他不当演员可多屈才啊，陈恕冷笑着想，在这儿装体贴装大度，早知道真该拍下他和庄静见面时的那副嘴脸。

大宝在旁边一下一下地摸着小猫的脊背，有陈恕给他的冻干，他顺利和小猫混熟了，半天不见陈恕说话，抬头看看他，问："哥哥你在想什么？"

"在想拼演技的时候到了。"

"啊？"

小孩听不懂，陈恕探头看看外面，压低声音说："带我去爷爷放书的地方，好不好？"

"不能去不能去，爷爷会骂人的。"

"不会的，因为我是大人。"

"可我是小孩子呀。"

大宝可能上次被骂怕了，低头摸猫，就是不动弹，陈恕说："要不你告诉我是哪个房间也行，要骂也是骂我。"

"可是……"

"下次还让杠杠陪你玩，要是你不帮忙，就没下次了。"

这句话起到了关键性作用，孩子立刻抱起猫跑出去。陈恕跟着他穿过走廊上了二楼，孩子一溜小跑，在楼上最里面的房间前停下，伸出小手指了指。

"就是这里？"

"嗯！"大宝用力点头，"可是你不能告诉别人是我带你来的。"

"好，你也不能说，这是我们俩的秘密。"

陈恕推推门，门居然没锁，大概这是楚卫风装的所谓"夫妻之间无秘密"的样子，倒是给陈恕提供了方便。

他走进去，大宝嘴上说怕，脚下却一溜烟地跑到对面书架前，指着架子说他就是碰了这里被骂的。

陈恕扫了一圈，书架上摆放的都是经济学和金融商业类的书籍，他说："你翻这里干什么？你又看不懂。"

"咦，上次有奶奶和妈妈的照片，不见了。"

陈恕抱起大宝，让他告诉自己放照片的地方。大宝说完，追着小猫跑走了。他关上门，拿开放在那里的书籍，又仔细触摸架子，却并没找到类似开关之类的东西。

看来是他想多了，那些机关暗门什么的只存在于影视剧里。

陈恕翻了下那一格的书籍，和其他格子相比，这一格的书排列得很松，刚好可以空出一本书的位置。他想可能是楚卫风发现大宝乱翻，就把原本放在这里的书抽走了。

可以放在架子上的书，应该不会有什么特别机密的内容，楚卫风会发火大概是因为属于自己的领地被侵犯了。

陈恕想着，重新仔细看了书架，除了商业工具书外还有一小部分文学书籍，这和楚卫风的公司办公室的摆设一样，陈恕看了一遍没有发现，又把目光投向其他地方。

书房摆设简约，有配套的书桌椅和沙发、音响，墙角放了高尔夫球包，旁边是室内高尔夫练习垫，书桌左下角还有个保险箱。

陈恕挨个翻了一遍，如一早预料的，办公桌抽屉都上了锁，保险箱就更不用说了，所以陈恕直接略过了。

"你在干什么？"

声音突然从身后传来，陈恕没听到开门声和脚步声，他吃了一惊，却不动声色，很自然地蹲到地上，打开手机照明。

"我在找猫，我的猫乱跑，刚才看到它跑进来了。"

他一边说着，一边用灯照保险箱和墙壁之间的缝隙，做出找猫的架势，灯光在缝隙里晃了晃，他看到有个东西反射出光亮。

没等陈恕仔细看，脚步声已近在眼前了，他匆忙站起来，不由吓了一跳——楚卫风就站在他面前，脸色阴沉，手里还握着一根高尔夫球杆。

一瞬间，陈恕清楚感觉到了来自他身上的杀气。

"对不起，楚先生，这是你的房间吗？抱歉，我一着急就跑进来了……"

陈恕一脸诚恳地解释，又转头看周围，做出这才注意到这里是楚卫风书房的模样，连声说对不起。

"找到了么？"楚卫风声音冰冷，向他慢慢逼近。

楚卫风比陈恕矮了半个头，可是论气场，他现在完全盖过了陈恕。随着逼近，陈恕看到高尔夫球杆上反射的冷光，后背有些发凉，他提起警觉，尽量保持平静的语调，说："没找到，可能是我看错了吧，楚先生你今天回来得很早啊。"

"可能你不知道，我通常都是这个时间回来的。"

"是吗，呵呵。"

"小茗在厨房准备晚饭，就是楼下最左边的那个房间。"

书房在楼上最右边，也就是说即使这里发出响声，楼下也听不见。

陈恕关了手机照明，说："那我下去帮她，楚陵和卢苇也在，不过他们应该帮不上什么忙。"

"他们都出去了，说想兜兜风，"楚卫风拍拍手里的高尔夫球杆，"反正有时间，来打一局吧。"

他脸上堆起了笑，最初的压迫性气场戏剧化般的消失无踪，陈恕却不敢大意，说："我还要找猫，要不等吃了晚饭，我再陪楚先生打。"

"别担心，家里门窗都关着，猫出不去。"

楚卫风又把球杆往陈恕面前递了递，这次陈恕没法拒绝了，正思索着对策，敲门声传来，紧接着门被推开，当看到冲进来的是陈一霖时，陈恕愣住了。

陈一霖先跟楚卫风打了招呼，又对陈恕说："恕哥你是不是又喝糊涂了？好不容易才约上陈导，这时间都快过了，你还想不想接那个剧了？"

陈恕看了下手表，"哎呀"叫起来，陈一霖又跟楚卫风说："我们恕哥看着挺精明的，其实做事特别不靠谱，今晚这个约很重要，要是陈导不高兴了，以后他再想接好剧本就难了，楚先生您千万别见怪。"

他堆着笑，一口气说完，已经把陈恕拽到了门口，不给楚卫风阻拦的机会。

陈恕会意，跟楚卫风说了再见，出去后又提高声音说："我还没找到杠杠呢，不能把它丢下。"

"它就在楼下，放心吧，少了谁都少不了你的猫。"陈一霖用同样的音量回答，他拉着陈恕跑下楼，刚好江茗带着大宝过来，大宝怀里还抱着小猫，一副不想归还的表情。

"下次再让杠杠陪你玩。"

陈恕摸摸孩子的头，又看向江茗，江茗把眼神移开了。

陈一霖把猫塞进宠物包，把自己的车钥匙给了江茗，说叫了代驾，等代驾来了麻烦转交给他。

江茗接了钥匙，陈恕向她道谢。她表情平静，只是轻轻点了下头，关上了房门。

门外两个人你看看我我看看你，最后陈一霖一摆下巴，示意陈恕上车。

陈恕跟在他身后上了车，系着安全带，自嘲地说："我的助理越越来越大牌了。"

"你应该庆幸遇到的是现在的我，要是换了过去，我早上拳头了！"

陈一霖窝了一肚子火，他一路上紧赶慢赶，就怕来晚了陈恕会出事，现在一颗心总算放肚子里了，随之而来的是后怕。

他转方向盘把车开出去，气道："你知不知道刚才有多危险？别以为在家里他就不敢动手。我告诉你，那种沾了毒品的人都是亡命之徒，做事不会考虑后果的！"

回想刚才楚卫风的眼神，还有高尔夫球杆上闪动的冷光，陈恕不寒而栗。他想陈一霖不是危言耸听，如果有机会，楚卫风真会那么做的。

他只是想试探下楚卫风，但楚卫风的可怕超乎了他的想象。

他问陈一霖："听你的意思，已经确定他是凶手了？"

"呃，我是说万一，万一他有问题，你这不是自投罗网吗？"

"不是万一，我确定楚卫风就是凶手。"

陈恕语气肯定，陈一霖瞥了他一眼，陈恕说："有件事我没跟你提，因为当时我以为是小不点夸大其词，现在想想，幸好他还小，理解力不足，否则难保楚卫风不会对他动手。"

他说了大宝因为翻动楚卫风的东西被他责骂的事，陈一霖问："所以你就贸然跑去调查吗？如果楚卫风真有问题，书房很可能装了监控，他会马上发现你怀疑他了。"

"我知道，我就是希望他看到。"

陈一霖听了这话都无语了，陈恕说："我被暗算了好几次，可能接下来还会有无数次，与其战战兢兢担心随时会出现的危险，不如主动出击。"

"什么？"

"我记得你说过没有证据，警察就申请不了搜查令，现在只要他一动手，肯定会露出破绽，到时物证有了，警察就可以搜查他家了。"

"你拿自己当诱饵？"

陈一霖踩刹车,把车停到了道边,陈恕问:"干什么?"

"我在努力说服自己冷静。"

陈恕的心情他理解,换了是他,随时处于危险状态下,他也会变得神经质,但这样做太冒险了,陈恕只是个普通人,他不该承担这么大的风险。

这番话在胸腔盘旋了几圈,最终还是没说出来,陈一霖说:"我想想看,看怎么把这件事圆回来。"

"我已经决定这么做了。"

"你!"

陈一霖气得看他,陈恕和他对望,说:"直觉告诉我,你现在很想揍我。"

陈一霖被逗乐了,"你怎么不把这么好的直觉用在对付楚卫风上?"

"我这样做不单纯是为了我自己,还有凌冰和江茗。当初凌冰说和我发生关系怀了孕,我一直当她在撒谎,直到我听说了猫儿眼。我想她可能没撒谎,而是在嗑药后产生了幻觉,把别人当成是我,也就是说提供毒品的人还借机侵犯了她。"

陈恕差不多说中了真相。陈一霖沉默了,伸手掏口袋,却只掏到了打火机,他又去翻抽屉,终于找到了一包烟,抽出一根想点,看看陈恕,最后又放回去了。

陈恕说:"你好像一点都不吃惊,是不是也想到了?"

陈一霖当然想到了,可他是警察,在没有物证做基础之前,他不会扩大怀疑,更不会乱说。所以他没有回答这个问题,而是反问:"这件事与江茗又有什么关系?"

"去楚家之前我去了墓园,好久没去看父母和小姨了,有点想他们,然后我就在小姨墓前发现了这个。"

陈恕探身拿过放在后座上的那束枯萎的草,陈一霖接过来看了看,说:"这好像是猫儿眼?"

"是的,有人把江茗放在墓前的花丢掉了,换成了猫儿眼草。"

陈一霖转动着手里的枯草,听完陈恕的讲述,说:"你怀疑在墓前放猫儿眼草的人和楚卫风是一伙的?"

"对,正常情况下,如果放猫儿眼草来警告的话,应该放在我父母的墓地,而不是小姨那里,他这么做说明他是认识我小姨的。你不是一直很在意为什么我们临时搬家,却在当晚就被雨衣男盯上了吗?你不可能没发现跟踪,也不可能是赵青婷说的,那就只有一个解释,是小石头,因为他和萧萧姐都去过我家。

"认识我小姨、知道我家地址、从我这里听过猫儿眼草这种植物的只有两个人——江茗和小石头。如果排除江茗,那就只剩下小石头了,从岁数来计算,好像就是卢苇这个年纪。"

他用了"好像"这个词,语气却无比肯定。

陈一霖沉吟不语,陈恕又说:"你想想看,我出车祸后卢苇马上就出现了;接着是赵青婷、庄静、楚陵陆续出事;我们去岛上参加拍摄,卢苇也从头至尾跟着剧组,但他又不是工作人员,他可以随时离开却不会被怀疑;还有,你还记得季春遇害那晚,卢苇因为赶工很晚才到酒店吗?他有充足的作案时间,最重要的是他出身收养家庭,可以改名换姓!"

为了让陈一霖相信,陈恕还转述了刚才听到的卢苇和楚陵的对话,说:"他早上还约庄静想和她和好,晚上就在楚陵面前各种贬低她,如果没有目的,他为什么要这么做?"

"听起来卢苇的嫌疑很大。"

"正常人都会这样认为。"

"说到改名换姓,他原来叫什么?"

陈恕一怔,周围的人都叫他小石头,他也是这样叫,他从来没想过小石头姓什么。如果小姨还活着,说不定记得他的父母……

陈一霖又问:"小石头好像不会说话?"

"他只是因为车祸受到惊吓影响了说话,并不是真的有发声障碍,只要心结解开了,应该就可以说话了。"

"那他这么做的目的是什么?"

"大概……大概是恨我在他最需要帮助的时候离开了他,他想报复吧,所以比起直接杀我,他更喜欢玩恐吓,想刺激我,让我一点点地崩溃。"

陈一霖心一惊，他终于明白了一直萦绕心头的违和感是什么了——陈恕几次遭遇袭击都有惊无险，唯一一次最接近死亡的是包峰开车撞他，但那不久包峰就出车祸死了。最初他以为是幕后者也就是雨衣男为了灭口，但如果雨衣男和陈恕一早就认识的话，那动机就要完全推翻了。

同理，林晓燕被杀与包峰被杀的动机是一样的。只有这样，才能解释为什么林晓燕必须死。江茗虽然有作案动机，却没有作案时间。

也许小鱼的失踪理由也和林晓燕、包峰一样。陈一霖背心发凉，他一直对找到小鱼抱了一丝希望，直到想通了凶手的动机。

那是个不折不扣的疯子，他轻声叹气，心里很清楚小鱼已经不在人世了。

"我想，他那么做不是为了报复你，"他低声说，"恰恰相反，他认为他是在帮你。"

那种感情远远比复仇更可怕。他几次设计害过陈恕，可是在面对其他威胁到陈恕的人时他又无比凶残，因为他把陈恕视为自己的所属物——没有人可以决定所属物的生死，除了他。

陈一霖不知道小石头与楚卫风之间是什么关系，不过至少在对待陈恕的问题上，他们立场不同。

陈恕没听清，问他说了什么，陈一霖换了话题，问："你觉得卢苇的脸上有小石头以前的模样吗？"

"我不知道，我没法把他们俩联系起来，就像我没法把江茗和萧萧姐联系起来一样，我的记忆断掉太多了。不过卢苇一定是有意接近江茗的，他还特意拍了江茗和牵牛花的照片。那晚我就是在他的工作室看了照片才会突然想起以前的事。我和你打手语时他还特意问我是什么意思呢，明知故问，呵呵……"

一旦事情串联起来，陈恕才发现原来卢苇无意中暴露了很多疑点，包括卢苇对庄静的态度、卢苇在岛上和他的搭讪、他一直在暗示他引导他，想像控制楚陵那样控制他。

陈恕恍惚想着，忽然感觉车子动起来，陈一霖把车重新开进车道，说："不管怎么说，这些都是我们凭空想象的。你别急，如果小石头真是雨衣男，他和江茗认识比你早，他要对付江茗也早就下手了，不会等到现在。"

"那你能查下……我是说能托你那些朋友查下小石头的情况吗？"

陈一霖心想你连小石头的名字都不知道，这神仙也查不到啊。不过当初小石头被继父推下河，还住过院，应该有记录，也许头儿知道。

他说："小石头的资料太少，先查卢苇这边吧，就可以马上知道他是不是小石头了。"

"那我明天去趟小石头的家，我知道他家住哪里。"

陈一霖想说你刚刺激过楚卫风，现在一定被盯上了，最好还是少到处跑，又一想就算提醒了，陈恕也不会听，便改为："我跟你一起去。"

"说起来你是怎么找到我的？我明明关手机了啊。"

不说这事陈一霖还不生气，心想谁说关机就没法定位了，再说不还有小猫吗？

他竖起拇指指指后面，陈恕明白了，"你还没把杠杠身上的追踪器去掉啊。"

"去掉？我恨不得再在你身上装俩。"

陈恕心虚了，为了避免再"踩雷"，他没反驳，点开刘叔的微信跟他感叹了两句，可是过了好久都不见刘叔回复。

奇怪，平时刘叔都是立即回复的，不会是被宋嫣的事牵连到了吧。

陈恕有些担心，打电话过去，手机居然关机，这更不对劲了，他问陈一霖："你知道刘叔去哪儿了？"

"不知道，我去找他，助理说他今天没到公司。"

陈一霖说完，看看陈恕的表情，又说："我跟助理说了，要是刘叔来消息，让他马上通知我。你自己的麻烦就够多了，好好在家待着，有事我来处理。"

第十五章
追踪新线索

卢苇的调查结果出来得很快,第二天陈一霖开车去小石头家的路上,小柯就把资料传过来了。

陈一霖找了个地方停下车,看了资料。

资料上说卢苇原名李小苇,十岁前住在一个叫彩虹之家的福利机构,里面住的大都是有先天残疾的儿童。后来他又转去了另一家叫枫叶的福利院。卢苇的养父母曾有个儿子,因为先天性心脏病过世了,他们便领养了卢苇。

卢苇上大学后,身体一直不好的养母先过世了。大三时养父也因为抑郁症自杀,卢家只剩下卢苇一人。

由于彩虹之家是私人经营,又在多年前已倒闭,当初他是怎么被送进福利机构的暂时不详,需要继续调查。

陈恕偏着头看完,他不太相信,把手机拿过去又重新看了一遍。

陈一霖说:"虽然没查到卢苇小时候的资料,不过时间和岁数都对不上,小石头应该不是他。"

"不可能,除了他没别人,"陈恕摇头否定,"你看其他的都对应得上,而且时间和岁数可以造假,毕竟福利院都倒闭了。"

陈一霖心想小柯可是他们的调查王牌,如果造假,他怎么可能发现不了?

不过这话不能随便说,毕竟凡事总有意外。

为了让陈一霖信服,陈恕又说:"而且卢苇的身高和雨衣男也一样。"

陈一霖一次都没见过雨衣男,所以他没表态。

陈恕盯着他,像是在审视犯人,然后说:"侦探和警察应该很熟吧,你能不能问问魏炎,当初就是魏警官负责林江川的案子的,他还向我打听过小石头的情况，他肯定有记录。"

这个问题陈一霖昨晚就想到了，并且去问了，可惜魏炎告诉他小石头那件事他是在给陈恕记录口供时顺便了解的。小石头有沟通障碍，很怕与生人接触，所以他只和小石头的母亲聊过，她说孩子不听话，骂了他两句他就跑去了桥上，导致失足落水。

在交谈中魏炎无意中发现女人胳膊上有瘀青，他考虑到家暴问题，还留了自己的名片，说如果有问题她可以随时找自己。女人很感激，向他连声道谢。

当时除了林江川的案子外还出了一件抢劫杀人案，警力都集中在那两件案子上。后来抢劫杀人案告破没多久，魏炎就调去了外地，直到他离开，也没接到那个女人的电话。

当时小石头的病床没有插床头卡，所以魏炎唯一记得的是那位母亲姓李。

陈一霖回想他和魏炎的对话，说："先看看小石头这边是什么情况吧。"

小石头的家在城中村，再往里走道路变窄，两人下了车，步行进去。

陈恕十多年没来，以为自己会忘记路，等走进去他才发现可以清楚记得每个胡同每个拐弯。原来十四岁那年的记忆从来都没有被遗忘过，它只是被暂时封存在了罐头里，随着他走进巷子，罐头盖被一点点揭开，曾经的记忆和眼前的景物重叠到了一起，完整而又鲜明地呈现在他面前。

小石头住的房子还在，外观很新，看来是被翻修过，头上方跟以前一样拉满了各种线路。陈恕站在路口看向对面，那个咖啡屋已经没了，换成了超市。

有个中年女人在楼下晾衣服，看到他们，好奇地张望。陈恕走过去打招呼，起先女人不想搭理他，直到他摘下墨镜，女人才态度一转，激动地问："你是不是明星啊？好像在哪个电视剧里见过你。"

大多数人都记得他的脸却记不住他的名字，陈恕对这样的招呼已经习以为常了，微笑着说："好多人都这么说，大概我长得像哪个明星吧。"

"原来你不是啊。"

女人一脸惋惜，陈恕趁机向她询问小石头一家人，说自己是那家孩子的朋友，女人看看他指的那个房子，摇头说："你说的可能是以前的住户，现在住的是对小夫妻加个婴儿，整天在家里吵吵闹闹，烦死了。"

陈恕又问她认不认识以前那家人，她说她住的年数不长，不认识，不过可以帮他打听下，后面有一家在这里住了十几年，应该知道。

女人晾完衣服，主动带陈恕去那户人家，态度特别热情。陈一霖跟在后面，摇头叹道："这个看脸的时代啊。"

后面住了位老婆婆，三人过去的时候，她正坐在门口和几个老人聊天，听陈恕描述了小石头家的情况，她拍拍大腿，说："我记得他们，一家四口，挺可怜的，那家的邻居也可怜，这种事只能说是命，怪不得谁啊。"

陈恕没听懂，问："邻居怎么了？"

"好像是邻居采了山菜和蘑菇，送了一些给小石头家，结果里面混了毒蘑菇，两家人都中毒了。"

陈恕一怔，带陈恕过来的女人也来了兴趣，立刻问是怎么回事，其他人也七嘴八舌地插话，害得老人好半天才把事情讲完。

两户人家都中了毒，先后进了医院，一开始据说病情很轻，洗胃后很快就出了院，可是隔了几天又进了医院。老人听到的消息是毒性没有清除，导致后期又发作了，邻居家死了一个，小石头家两个大人也都死了，只留下两个孩子。

那个大的应该就是陈恕说的小石头，老人还记得他，说他乖巧懂事，说到这里连连叹气，又说总算亲戚还靠谱，似乎领养了孩子。邻居家过后也搬走了，再之后的事她就不清楚了。

陈恕听着老人的讲述，眼前隐约闪过一些画面，好多身影在走廊上奔走，有人推着急救床，有人在叫救命，还有小石头兄弟俩的哭声，他抓住小姨的手，紧张得喘不过气，想跑过去仔细看，却被小姨死死拉住。

衣服被拉了拉,陈恕回了神,耳边只听到一帮人长吁短叹的同情声。陈一霖的目光投过来,像是在问他还好吗。

陈恕揉揉额头,按捺住悸动的心脏,向老人询问小石头父母的名字。

老人说记不太清,隐约记得男人叫张德什么,女人姓李,两个孩子叫小石头和小弟,大名她不知道。陈恕又去附近的一些老住户家打听,问了一圈,得到的消息还不如老人说的多。

随后两人又去了居委会,居委会以前的负责人已经退休了,现在的工作人员说需要保护住户隐私,拒绝帮他们查。

从居委会出来,陈恕让陈一霖开车去安和医院,小姨陈晓晓曾在这家医院的药房工作,他抱着侥幸的心理去碰碰运气。

安和医院在几年前搬了新地址,整栋楼都是新的,陈恕找了半天才找到药房。他运气好,过去时刚好一个姓沈的主管药师从药房出来。沈药师是陈晓晓以前的同事,他比以前胖了很多,还好容貌变化不大,陈恕一眼就认出来了。

不过人家完全不认识他了,陈恕上前报了小姨的名字,又攀谈了好久,沈药师才想起来,上下打量着陈恕,说:"你是小轩啊,好多年没见了,自从小陈出……咳咳,你都长这么高了,认不出来了。"

自从小姨过世,陈恕就再没来过安和医院,他在潜意识中避开这里,避开让自己不开心的地方,此刻突然听沈药师提起,不由得一晃神。

"我想打听一件事,你能帮我查一下吗?"

陈恕说了十四年前初秋发生的食物中毒事件,其中姓张的那家人的大儿子是自己的朋友,现在联系不到了,他想医院的病历档案上可能有张家人的联系方式。

听了陈恕的话,沈药师面露难色,说现在强调隐私保护,他没办法随便查病人的情况,更何况是多年以前的,让陈恕留个联络方式,他会找个时间问问同事。

陈恕道了谢，两人互加了好友，沈药师提到当年的事，颇为感叹地说："那时候小陈最疼你了，每次大家一聊自己的小孩，她就会说起你，我现在想想，要是那天把她留下来加班就好了，唉……"

"因为我约了小姨。"

那天陈恕去一家很远的公司录音，小姨说傍晚会下雨，坐公车不方便，自己去接他，到时一起吃饭。他答应了，假如他们不约好，也许小姨就不会出车祸了。

一想起这件事，陈恕心里就不是滋味，沈药师听了他的话，有些惊讶，脱口而出："原来是约了你啊，我还以为她交男朋友了……"

他说完觉得不妥，假咳了两声告辞离开了。

趁着陈恕和沈药师聊天，陈一霖留言给常青，简单说了他们这边的情况，让常青来医院查下十四年前两家食物中毒者的病历，其中一对夫妇一个姓李一个叫张德×的，还有他们家两个孩子的后续收养情况。常青一听可能与猫儿眼毒品团伙的成员有关，马上答应下来。

中午两人在外面随便找了个地方吃饭，看陈恕心不在焉，一碗饭吃了半天都不见少，陈一霖安慰道："你别急，做调查就是这样的，不可能一查就什么都出来了。"

"我知道，我只是想到了小姨。"陈恕放下筷子，说，"邻居奶奶说起小石头一家中毒的时候，我看到了好多回闪，里面就有我小姨，原来还有我没记起来的事情。"

陈一霖犹豫了一下，没把真相说出来。

陈恕似乎到现在都以为他是和小姨一起出的车祸。可能陈恕的祖父母怕刺激到他，也没有纠正，一直拖到现在，搞得陈一霖也不敢说，他不了解当时的情况，怕说得不对误导陈恕，改写了他真正的记忆。

他劝道："别太勉强自己，你可以慢慢地想。"

"我不能慢，雨衣男一定还会再杀人的，放在墓前的猫儿眼草就是警告。如果我能全部想起来，就可以知道他接下来要做什么。"

"那要不你问问家里的老人，也许他们能帮你重拾记忆？"

"不，我不想把他们卷进来，万一雨衣男看到我和祖父母联络，去对付他们怎么办？"

陈恕的担心不无可能，陈一霖点点头，谁知他突然看过来，问："警察不能监视卢苇的行动吗？"

"这个……恐怕不能，除非有证据证明他与几桩命案有关联。"

其实刑侦科的同事已经在着手调查卢苇了，但是到目前为止还没有新发现。在这种情况下，魏炎不可能抽出有限的警力去监视他。

听了这话，陈恕哼了一声，说："我就知道警察靠不住。"

"不是这样的，凡事都要讲求证据嘛。"

"那你帮忙说一声也不行吗？"顿了顿，陈恕又说，"你应该认识不少关系户，去疏通一下让他们帮个忙总行吧？"

陈一霖想都不想就摇头否决，陈恕气得瞪他。就在陈一霖以为他又要警告扣自己工资时，陈恕的手机响了。

他拿起来看了看，眉头微皱，不过还是接听了，却一直不说话，只是嗯嗯点头，最后说了句"知道了"挂了电话。

"谁的电话？"

"嗯，赵青婷的，说楚陵跑去她家骚扰她，问能不能去我家避一避，我答应了。"

"呃，我以为你会拒绝的。"

陈恕再怎么说也是个明星，天天有女生往他家跑，万一被拍到了，说不定就是个被对手利用的口实，陈一霖说："要不我带她去我家好了。"

"没事，正好让她帮忙照看杠杠。"

陈恕提出回家，陈一霖转念一想，这么干等着也不是办法，正好趁着陈恕在家留守，他可以单独出去做调查。

他送陈恕回了家，又找了个去找朋友帮忙的借口，离开时叮嘱陈恕别出门，如果有事出去一定要跟他打招呼。

陈恕低头逗弄着猫，说："你干脆录个音吧，反正每天出门前都要说一遍。"

"下次录。"陈一霖随口说，出了陈家，开车直奔城中村辖区的派出所。

他出示了警察证件，说想查一下十四年前的居民信息，派出所的同事根据张家夫妇的姓氏和住址来查，很快就找到了。

丈夫叫张德金，妻子叫李薇，不过他们户籍下只有一个孩子，叫张敬，十四年前张家夫妇死亡时，张敬六岁，明显不是小石头，而是他弟弟。

张家夫妇的户口注销后，张敬的户口迁去了张德金的堂弟张德明的户籍下，再查张德明，他们一家在四年前搬去了广州。

陈一霖把资料打印下来，看着纸上的信息，心想李薇前夫已过世，小石头的户口既然不在李薇的名下，很可能是落在了她前夫的父母或亲戚家，可惜派出所的系统查不到李薇前夫的资料，要想找到小石头还得先查他父亲。

不过至少现在有了张德金夫妇的名字，医院方面的调查就简单多了，小石头说话有障碍，可能上的是聋哑学校，可以从这方面来入手。

陈一霖从派出所出来，刚好常青的电话打进来，说有路进的消息了，大家都被调去协助追捕，他也得过去，医院去不了了。

正好陈一霖腾出时间了，他便直接去医院，自己来查。

院方负责人听了陈一霖的请求，倒是很配合，带他到病案科调出了当时的记录——那场食物中毒中有五人中毒，其中三人死亡，除了张德金夫妇外还有邻居家的长子，长子当时十七岁，因食用了蘑菇煮的方便面而导致中毒。

从病历来看，三人先后出现恶心呕吐、腹痛腹泻等症状，医生根据家人提供的菇类以及患者的病状特征，判断是误食臭黄菇导致的中毒，三人经过治疗，病症缓解后出院，然而四天后三个人又再次昏迷住院，并出现了肝衰竭等表现，最后治疗无效死亡。

陈一霖看完病历，问："臭黄菇的毒性这么强吗？"

"不，臭黄菇的致死率很低，后期我们医生根据病人的病状表现，怀疑蘑菇里还混了鹅膏菌之类的菌类，这种菌因潜伏期长并且有假性愈合期的表现，所以很容易被忽略。"

"那其他两个中毒的患者没有出现肝衰竭吗？"

"没有，另外两个人只是普通的食物中毒，应该是没有吃到鹅膏菌。这种因误食自己采的毒蘑菇而导致中毒的案例特别多，我们每年都呼吁不要食用山里的蘑菇，可是每年这种死亡事件都层出不穷，唉……"

陈一霖本来只想通过调查张德金夫妇了解更多有关小石头的信息，没想到当年的中毒事件这么严重。

他又根据陈恕的住院日期，请负责人查询同一天住院的未成年病号的信息，病号有二十多个，排除女性和长期住院的患者，剩下的有八人，陈一霖拿了这八个人的资料，心想小石头应该就在这里面。

再详细的调查就要靠技术科的同事们了。陈一霖正想打电话给小柯，小柯的电话先打了进来，原来他查到三天前卢苇去过郊外墓园，附近的交通监控拍到了他的车。

陈一霖道了谢，又小心翼翼拜托小柯调查八位病患还有李薇前夫的信息，他生怕被骂，把病号资料传过去后就马上挂了电话。

随后陈一霖来到墓园，出示证件请管理员提供三天前的监控录像，果然看到晚上六点多，卢苇背着包独自走进墓园。十五分钟后又匆匆出来，可惜墓园里面没有设置监控，无法知道他进去做了什么。

卢苇的行动证实了陈一霖的怀疑，虽然暂时还无法知道卢苇是用什么手段修改了自己的履历，但是到目前为止这个人的嫌疑最大是毋庸置疑的。陈一霖立刻联络魏炎，把调查到的情况做了汇报。

魏炎说他马上处理，又交代陈一霖保护好陈恕的安全，结束通话，陈一霖打给陈恕，准备告诉他有关卢苇的事，没想到陈恕的手机居然又是关机状态。

陈一霖查陈恕的手机定位，显示在家里，再查小猫的追踪位置，同样显示在家。

在家为什么要关机？

陈一霖担心卢苇过去找陈恕的麻烦,转打给卢苇。

所幸卢苇的手机很快就接通了,还没等陈一霖发问,就听楚陵在对面问:"陈恕是吧,你又想干什么?"

"我是陈一霖,你们在哪里?"

"是陈恕让你打的?呵呵,你告诉我婷婷在哪里,我就告诉你我们在哪儿。"

楚陵说完就挂断了,陈一霖很想揍他,不过有他在,至少表示卢苇没机会对陈恕做出伤害性行为。他又打给赵青婷,向她询问陈恕的情况。

赵青婷说她在同学家,因为不想被楚陵找到,这两天都留宿在同学家里。

陈一霖一听,隐隐感觉不妙,忙问她有没有联络陈恕。果然赵青婷说没有,因为不好意思总打扰他。

陈一霖放下手机,他明白了,中午陈恕接的那通电话不是赵青婷打来的,而是其他人。那家伙的演技还真好,一瞬间表情转换自然,他完全没想到他在撒谎。

所以,那通电话是谁打来的?

陈恕没几个朋友,能让他不顾危险出门的大概只有江茗和刘叔。不过如果是江茗,他没有理由骗自己,陈一霖想了想,觉得刘叔的可能性更大。

他打给小柯,铃声响了一下就接通了,吼叫声从对面传来。

"你是把我当工具人是吧?是吧?我跟你讲,工具人也是要保养维修的,工具人也不是你一个人的东西,你想怎么来就怎么来,你知道我现在要查多少资料吗?查资料要花多少时间吗?怎么不说话了?说啊!"

陈一霖哪敢说话,把手机放得远远的,等小柯发泄得差不多了,他才说:"其他的你先放放,这个十万火急,先查这个。"

他报了陈恕的手机号,问十二点左右给这部手机打电话的机主是谁。

小柯发脾气归发脾气,却不耽误搜索,很快就查到了手机号,显示在与陈恕通话完后就关机了，机主叫刘辉，本市人。

和刘叔一个姓，陈一霖又让小柯查了刘辉和刘叔的关系，查询结果是他们是叔侄。

陈一霖心里有底了，问了小柯手机的定位，却是在郊外山上。小柯说那一片有不少别墅，陈一霖立即启动引擎把车开了出去。

小柯有点担心，在对面叫道："出了什么事？要不要我转给魏科，让他抽调人手帮你啊？"

"不用。"

刑侦科的同事们都忙得火烧眉毛了，在还不了解情况之前，陈一霖不想增添他们的负担，说："你盯着我的定位就好，要是信号没了再跟头儿说。"

他挂了电话，加快车速一路飞奔到郊外，上山后，顺着弯曲山路开到半山腰，很快就找到了小柯说的地方——一栋两层楼的别墅。

陈一霖把车停在附近，步行走过去。别墅前面的停车场很大，停了五辆车，外加一辆保姆车。陈一霖在远处绕了一圈，一楼全部拉着窗帘，透过二楼一个没拉窗帘的窗户，他看到有两个人在来回踱步，身形高大，类似保镖或打手。

别墅一侧有个小阳台，大概是为了通风，门半开着，这给陈一霖提供了机会。他避开摄像头靠近阳台下方，借着一楼窗台外沿轻松攀上二楼，再穿过半开的阳台门进去。

里面出了门就是走廊，一个高个儿黑衣男人刚好走过来，和陈一霖打了个照面，男人腰间别着警棍，看到陈一霖，二话不说就抽出警棍。

陈一霖没给他出手的机会，上前一脚把警棍踹飞了，再一记手刀砍在他脖颈上，轻松把他打晕。

男人倒在了地上，其战斗力之弱出乎陈一霖意料，正怀疑自己是不是下力太重了，其他人闻声赶过来，都穿着相同的衣服，两个拿警棍，一个居然手持电击枪。

那两人看到陈一霖，挥起警棍就打，陈一霖闪身避开，直奔那个拿电击枪的。他速度太快，那人还在犹豫要不要开枪，就眼前一花，被他一脚撂倒了，电击枪落地滑到一边。陈一霖顺手捡起先前落在地上的警棍，一边打一个，把余下两个人也打倒了。

大概被他的气势震到了，那两人跌倒后就不敢再动了。陈一霖扔掉警棍，落地声又把他们吓得一抖，看起来他们只是普通的保安，只是长得块头大点而已。

陈一霖没为难他们，问："刘善斌在哪里？"

"你问刘、刘叔？在、在右拐最里面的房间……"其中一个老实回答。

陈一霖走过去，看到电击枪，他捡起来拿到手中。

别墅内部很大，陈一霖和保镖们的对打没惊动其他人。他靠近尽头的房间，门开着，刘叔的声音传出来，带了几分狰狞的语调。

"再好好考虑下，命只有一条，拒绝了你就再没机会了！"

"不，我放弃！"

这次是陈恕的声音，和平时懒散温和的声音不同，充满了坚毅的味道，接着刘叔爆发出嘿嘿的笑声。

"那就不要怪我了。"

陈一霖悄声走近，对面窗户上映出里面的光景——陈恕坐在藤椅上，刘叔站起身，手持水果刀靠近他。

关键时刻，陈一霖不及细想，冲进去举起电击枪对准刘叔，喝道："不许动！"

刘叔手都抬起来了，突然看到陈一霖，他吓了一跳，首先的反应是——

"你怎么来了？"

陈一霖没回答，持枪逼近，沉声喝道："丢下刀，往后退开三步！"

"退什么退啊，你小子戏精上身了？"

刘叔往陈恕那边伸过手去，陈一霖再次喝道："警察，退开！"

他气势太强，刘叔还真被镇住了，定在那里不动了。陈恕倒是镇定，目光在他们两人之间转了转，对刘叔说："他真会开枪的，你最好还是照做。"

他的话起到了关键性作用，刘叔把刀扔开了，后退三步。陈一霖上前踢开刀，看到刘叔的目光还往陈恕身上瞟，他又喝道："举手！"

这次刘叔没坚持，老老实实举起了手。

陈一霖这才放下枪，问陈恕："你没事吧？"

"没事啊，"陈恕靠在藤椅上，仰头笑眯眯地看他，"有事的好像是你，你掉马甲了你知道吗？"

"嗯？"

陈一霖没听懂，陈恕好心解释道："就是说你暴露身份了，陈警官。"

陈一霖上下打量他，陈恕衣着发型整齐，气场沉稳，怎么看也不像是被绑架威胁了，再看刘叔，刘叔还举着手，脸上写满了疑问。

他问："他刚才不是在拿刀威胁你么？"

陈恕扑哧笑了，那好整以暇的模样像极了电影里的男主角，刘叔不满地在后面叫："谁威胁他了？我那是要削苹果给他吃，拜托他看看剧本就被他支使来支使去的，啧……"

他指指茶几。陈一霖看到了盘子里的苹果，旁边还有本打开的剧本，他拿起来一看，最上面的台词正是刚才两人说过的话，不由愣住了。

"你……不是刘叔胁迫你，让你瞒着我和他见面的？"

陈恕朝刘叔摆摆手，示意他可以放下手了，又对陈一霖说："他是让我偷偷过来，不要告诉任何人，不过不是威胁，是请求。"

"为什么要你偷偷过来？"

"这还用问么？当然是为了保护艺人隐私啊。"

门口传来脚步声，一个中年女人跑进来，着急地问："是不是狗仔队来了？是一群人吗？我看小杨他们都被打倒了，会不会拍到我们敏敏？刘叔，刘叔，怎么办啊？"

女人胖乎乎的脸有点面熟，陈一霖记得他在娱乐公司见过，好像也是助理之类的。

女人同时看到了他，立刻闭了嘴。刘叔走过去，安慰说不是狗仔队,又让她小点声,别吵着孩子。正说着,不知从哪儿传来婴儿的啼哭,刘叔便拉着女助理跑了出去。

陈一霖彻底蒙了,转头看陈恕。

"这是怎么回事?"

"刘叔手下一个挺红的女明星未婚生子,跑去国外躲了几个月,以为没事了,谁知刚回来就被盯上了,刘叔就把她藏在别墅。刘叔怕自己也被发现,这两天也躲在这里,今天他是急着要文件,别人他不放心,就让我送过来——这个解释你还满意吗?"

陈一霖被说得讪讪的,反驳说:"那你也该跟我说一声啊,现在什么状况你又不是不知道,你突然不见了,就不怕我着急?"

"我为什么不说,你难道不明白吗?"

陈恕的声线还是像平时一样清透,可是陈一霖听出了内里的冷意。他看过去,陈恕也在注视他,四目相对,陈恕脸上的笑慢慢收敛了,轻声说:"你果然是警察。"

"那个……你误会了,我刚才那么说只是……"

"不用找借口解释了,你的身份我早就知道了。"

陈一霖一怔,陈恕哼了一声,说:"其实去小岛拍摄之前我就觉得你不对劲了,后来我听祖父母说你向他们打听我,可你却没跟我提过,我就去问了陈冬。"

混侦探社的家伙果然都靠不住。

陈一霖皱起眉,陈恕说:"你也不用怪他,我还去了你住的小区,刚好上次跟我聊天的老保安也在,他都说了。"

"原来你都知道了。"

陈一霖苦笑,他和陈恕整天在一起,可陈恕是什么时候做的调查他还真不知道。陈恕是个机警的人,陈一霖很早就深有体会,却没想到他心机这么重,在了解了自己的身份后还不动声色地和自己相处。

"你可以直接问我的,"陈一霖说,"你如果问我,我不会隐瞒的。"

"然而事实上就在刚才,你还试图蒙混过关。"

陈恕站起来，走到陈一霖面前，盯着他，慢慢说："我一直很信任你，一直等着你主动讲出来，可是你没有。"

"抱歉，我不是故意要骗你。"

嘴角传来疼痛，陈恕一拳头挥过来，打断了他的话。

陈一霖向后趔趄了一下，电击枪落地，他的嘴角也破了，传来铁锈的味道。

陈恕的个性一向大大咧咧，楚陵多次挑衅他，他也从来没当回事。这还是陈一霖头一次看到他这么生气，陈恕攥紧了拳头，像是恨不得再来一拳。

陈恕说："我知道，你在执行任务，因为你们怀疑我跟凌冰的死有关，跟猫儿眼毒品有关，你怀疑我，怀疑刘叔！"

"但是刘叔他真的有问题！"

"那为什么不抓他？"

陈一霖语塞，陈恕冷笑："你没有证据，只是因为他的行为古怪，就把他当嫌疑犯，就像你觉得我有问题就把我当嫌疑犯一样！"

"可你不觉得奇怪吗？你不是大明星，他对你却比对其他艺人都要好；你明明精神没问题，他却敦促你看精神科医生；他打点好你的一切，与其说是关爱，倒更像是把你放在身边以便随时监视，你冷静下来好好想想，那个人究竟值不值得你信任！"

"那又怎样？"陈恕冷笑反问，"也许你说的都有道理，可你不过和我才认识了几个月，刘叔却是陪伴了我十几年的人，我凭什么信你不信他？！"

"可是他……"

"陈警官，既然你的身份已经暴露了，那就请你马上离开。还有，如果你没有证据，就不要再尾随监视我们，否则我会投诉你们警察滥用职权！"

陈恕说得斩钉截铁，陈一霖看他的反应，知道他现在正在气头上，自己多说多错，只好选择离开。

脚步声渐远，陈恕恢复了平静，目光落在地上那柄电击枪上，他捡起来走出去。

刘叔站在走廊拐角，他应该是都听到了，表情难得一见的严肃。

陈恕走过去，刘叔眼神闪烁，似乎不敢和他对上，瞥向了一边。

陈恕觉得他有话要说，却欲言又止。大概是不知道该如何开口吧，陈恕掂掂手中的电击枪，故作轻松地说："刘叔你可真厉害，为了保护隐私，连电击枪都给配了。"

他的话缓和了僵硬的气氛，刘叔像是松了口气，脸上露出笑容，说："就这么一把，是朋友送的，拿来吓唬吓唬人而已。"

"那送我吧。"

"啊？"

刘叔看向他，那眼神像是在说你要这玩意儿干什么。

陈恕笑道："我只摸过道具枪，拿着玩两天，回头还你。"

"拿去玩吧，不过别乱开啊，这个高压脉冲很厉害的。"

陈恕答应了，他从别墅出来走到自己的车位，有人叫住了他，转头一看，正是陈一霖。

这家伙居然还没走。

陈恕皱起了眉，陈一霖看到他的反应，马上说："有件事忘了跟你说。"

"是什么？"

"我们查到了卢苇去过郊外墓园，虽然还无法控制他的行动，但可以向他取证。"

"他就是小石头，如果你们的调查再用点心，完全可以查出他的真实身份。"陈恕揶揄道，陈一霖没跟他争辩，说："我们会努力的。还有，我一直跟在你身边，不是怀疑你，而是为了保护。"

"呵呵，谢谢你的体贴。"

"不谢，还请转告刘叔，电击枪属于违禁物品，让他尽快处理掉。"

陈恕心想那个所谓的违禁物现在就在他身上呢，他随口应了一声，坐上车扬长而去。

那是娱乐公司的车，应该是刘叔怕被狗仔盯上，特意让陈恕开公司的车。陈一霖看着车跑远，又转头看向别墅。

有人正站在别墅二楼注视他们,像是刘叔,见被发现了,身影立刻闪开了。

就算刘叔与猫儿眼一案无关,他也一定隐瞒了一些事情,而且这些事情与陈恕有着莫大关系——直觉这样告诉陈一霖。

他步行走回停车的地方,启动引擎,远远跟随着陈恕的车回到了他们住的小区。

陈恕回了家就再没出来。陈一霖没去讨嫌,叫了个外卖,准备今晚就耗在车上了。

饭吃到一半,手机响了,他拿起来,是常青的留言,报了个好消息,说路进被抓到了,他是猫儿眼一案的重要人证,只要拿到他的口供,此案相关人员都别想逃脱法网,也包括楚卫风。

陈一霖问了他最在意的问题——刘叔有没有涉案。常青说暂时还不确定,不过从路进交代的情况来看,刘叔涉案的可能性不大,他只是路进父母生前的好友,所以路进在跑路时才会向他借钱。因为他们平时没有来往,路进这样做既不会被团伙发现,也可以摆脱警察的追踪。

陈一霖看完放下手机,又抬头看向对面楼栋。陈恕家亮着灯,让他忍不住想到了雨衣男,每次雨衣男都站在楼下窥视他们,究竟出于怎样的心态?

陈恕煮了碗方便面当晚餐,小猫跑过来绕着他脚踝跑,像是要吃的,陈恕倒了猫罐头给它。

一人一猫吃完了饭,陈恕拿起碗筷去厨房,经过窗边,他掀开窗帘探头往下看。

外面很暗,看不太清楚,只看到自己的车,他猜陈一霖一定在车里蹲点,哼了一声把窗帘放下了。

已经习惯了被监视,这种程度对陈恕来说都是小儿科。他去洗了澡,正吹着头发,手机响了,他瞥了一眼,是个不认识的号码。

陈恕不想理,继续吹头发,谁知手机响个不停,最后他放弃较劲,叹着气接通了,说:"刘叔你这个经纪人怎么搞得跟间谍似的,说吧，这次又要让我送什么……"

"陈恕。"

类似金属音的说话声打断了陈恕，他的表情绷紧了，关了吹风机，问："你是谁？"

对方没回答他，接着说："赵青婷在我们手上，马上带东西来别墅换人。"

东西？别墅？

陈恕有些蒙，那边又继续说："她身上绑了炸弹，如果让我发现你报警，我会在第一时间引爆，所以现在她的死活在你手里。"

"我都照做，不过我要先听到她的声音。"

对面喷了一声，好像很不耐烦，不过还是同意了。很快陈恕就听到了赵青婷抽抽搭搭的哭泣声，叫了声"恕恕"就开始放声大哭，叫："你别过来，他们想……啊……"

她发出痛呼，像是被粗暴地拉开了，陈恕忙叫道："别伤害她，我马上过去，是哪个别墅？"

"楚家的，你不是知道吗？还有，不许带手机，别存侥幸心理，我们可以追踪到你的手机信号，你要是敢捣鬼，她就没命了。"

对面传来忙音，电话挂断了，陈恕还保持着听手机的状态，因为事情发生得太突然，他都没反应过来。

打电话的是谁？因为加了变声器无法辨别，东西？他皱眉想了想，跑去卧室翻出诺基亚手机。

最初他被盯上就是因为这部手机。他打开手机，凌冰的自拍照已经恢复了，还做了清晰处理，但即使这样也无法确定凌冰身后的人是不是楚卫风，就算确定是他也不能说明什么，因为凌冰遇害是几个月后的事了。

可这是陈恕唯一想得到的值得交换的东西。

陈恕又跑进陈一霖的卧室。

陈一霖的卧室墙上贴了很多放大的照片，陈恕又仔细看了一遍，还是没找出哪里值得楚卫风冒险绑架人。他又想到对方指的会不会是江茗的裸照，但怎么想都觉得太牵强。

最后陈恕还是决定赌一把，用诺基亚手机来试试看。不过听绑架者和赵青婷的话，别墅里不止一个人，他会的那点拳脚都是为了拍戏临时练的，真要动起手来那简直就是肉包子打狗。

陈恕走到窗前往下看，陈一霖的车还停在那里，估计他现在还在车里，只要跟他打声招呼就行。

陈恕没什么英雄主义情怀，为了朋友舍身饲虎这种事他还是要考虑一下后果的，可是如果求助陈一霖，陈一霖是警察，出于职责，他很可能会通知同事，人一多就容易暴露，万一被绑架者发现，引爆炸药……

赵青婷是无辜的，她只是不小心被卷进了这场纷争，而且陈恕自己也想知道让楚卫风如此在意的东西究竟是什么。

凌冰、包峰、林晓燕、季春这些人的死都与楚卫风有关，这件事这么重要，说不定雨衣男也在别墅。这正是和他正面对峙的好机会，究竟雨衣男是不是卢苇，等他去了就知道了。

看来，不管风险有多大，他都得亲自走一趟。

下定了决心，陈恕反而不像最初那么担心了，他去取了电击枪，在手心掂了掂，心想原本觉得没了保镖，可以用这个防身，谁知这么快就用上了。

他揣好电击枪，又走到没开灯的房间往楼下看，有陈一霖在，他绝对不会让自己独自去冒险的。

陈恕观察着下面，打电话给庄静，电话响了半天才接通，庄静说："喂。"

她说话带了点鼻音，有些低沉，陈恕把要拜托的话临时咽了回去，问："你感冒了吗？"

"喔没事，就是跟爸妈吵架了，他们好像听说了一些事，回来骂我。"

庄静的语调很快变轻快了，问："突然打电话来，是不是有什么事啊？"

"是有点事想请你帮忙。"

"好啊好啊，我马上过去，正好我闷在家里也烦。"

陈恕急忙拦住她。

"不用出门，就是麻烦你打个电话给我的助理，就是陈一霖，就说……"他想了想，说，"说我喝了酒，跑去你那儿闹腾，我喝得太醉，你不知道该怎么办，让他马上过去。"

"没问题，不过为什么要这么做？"

"我们吵架了，我想找个台阶下嘛。"

"欸，男人还吵架啊，"庄静完全没怀疑，说，"那我马上打给他。"

"对了，你们每次去楚陵家的别墅坑，具体的位置能跟我说下吗？"

"为什么问别墅？"

"呃……我想约江茗吃饭，想提前布置一下，给她个惊喜。"

陈恕觉得自己找的借口很烂，不知道庄静是觉得不方便多问还是真信了，把地址和路线图都传给了他。

陈恕结束通话没多久，就看到陈一霖的车驶出车位开走了，他肯定认为自己是趁他不注意溜出去了，而不会想到那是调虎离山之计。

等陈一霖离开，陈恕穿上外套，把诺基亚手机和电击枪都放好，准备出门，喵的一声传来，小猫蹿到了他前面，仰头看他。

"我有急事去办，你乖乖在家里等我回来。"

陈恕想摸冻干把小猫骗走，小猫又叫了一声，这声更响亮，一副决不让路的架势。

看着威风凛凛的小猫，陈恕摸摸下巴，他想到了一个好计划。

第十六章
疑凶

陈恕照着庄静给的路线图，驾车来到楚家别墅。

别墅坐落在幽暗山林当中，周围既没有其他住家，也没有照明灯光，黑漆漆的一片，当真是个藏身的好场所。别墅里面也看不到灯光，应该是用厚重窗帘掩盖住了。陈恕下车走过去，推门进去时他看了一眼头上方的监控摄像头，摄像头没反应，看来是被关掉了。

不过里面的人发觉了陈恕的到来，他一进去肩膀就被按住了，这是个人高马大的中年男人。

"一直朝前走。"男人粗声粗气地说。

陈恕照做了，顺走廊走到里面，有个房间的门开着，灯光从里面透出来。他为了看清房间布局，特意放慢脚步，却被男人从后面一推，骂道："没吃饭吗？快点！"

陈恕被推得往前跟跄了几步，进了房间。

屋里很大，应该是用来举办小型酒会的，里面有七八个人，个个都长得五大三粗，或站或坐。陈恕没看到穿雨衣的男人，有点失望，目光扫了一圈，最后落在坐在单人沙发上的男人身上。

他三十多岁，头发略长，在后面扎起来，他比其他人年轻，气势却是当中最强的，陈恕猜想他应该是这帮人的头头。

男人摆摆手，有人上前要搜陈恕的口袋，陈恕急忙往后退，又主动把口袋都扯出来，还故意晃动手中的诺基亚。那人的注意力果然被他引开了，对男人说："老大，这小子耍诈。"

"不是，这是你们想要的东西，你看这么老的机子，我要是想耍诈会用它吗？"

陈恕摊开手掌，让老大看机型。旁边那人想拿，陈恕重新握紧，说："东西我带来了，赵青婷呢，我要看到她人再交货。"

几个人同时笑了起来,看向老大,老大摆了下头,有人走出去,很快就把赵青婷推了进来。

因为挣扎和推搡,赵青婷的长发都乱了,妆也糊了,还好手脚没被绑。大概歹徒觉得自己人多,没把这个小姑娘放在眼里。

赵青婷差点摔倒,陈恕及时扶住她,看她的衣着不像是绑了炸弹,忙问:"炸弹呢?他们装在哪里?"

赵青婷眼睛红红的,用力摇头。陈恕明白了,所谓炸弹是歹徒骗他上钩的诱饵。他松了口气,护着赵青婷慢慢往墙角退。周围的笑声更响亮了,歹徒们也不阻拦,一个个的表情就像是戏弄老鼠的猫。

老大说:"人给你了,东西。"

陈恕把手机丢了过去,继续往后退,一只手探到后腰上,握住了插在腰上的电击枪——要感谢歹徒的轻敌,否则这家伙第一时间就被收走了。

老大翻开手机盖,点了两下就不耐烦了,冲陈恕瞪眼骂道:"这啥玩意儿,让你带东西来,你就拿这个来糊弄?"

"这不就是楚卫风想要的东西吗?里面的照片都在呢,我没复印,只此一份。"

"谁要照片?我要的是……"

老大说到一半,不知想起了什么,突然打住了。陈恕有点愣神,感觉这帮人不是想要照片,可他手上除了这个没别的了。

老大掏出手机走去一边打电话,眼神不时瞟向他们,他几乎没说话。不过陈恕读解到了对方眼中的杀气,有种感觉,他们可能不想要东西了,而是直接灭口。

果然老大用下巴示意手下,几个大汉立刻向陈恕围过来。危急关头,没时间让陈恕多考虑了,他拔出电击枪冲着离自己最近的歹徒扣下扳机。

那人怪叫起来,全身发出剧烈抽搐,其他人没想到陈恕会反击,同时一愣。陈恕正想趁机往外冲,谁知手腕一紧,被赵青婷往后拽。

他们后面有一扇装饰门,门上没把手,而是个按钮,很容易被忽略。以往楚陵常在酒会上做即兴节目时会用到,所以赵青婷很了解。她按了按钮后,抓住陈恕就往外跑,门在两人的撞击下向外打开了。

歹徒们这才反应过来,想冲过去截住他们。陈恕先他们一步,出去后立刻把门关上,赵青婷配合默契,握住装潢成古董式样的门闩,插进插销。

里面响起拳头砸门的响声,还伴随着叫骂声,虽然只隔了一扇门,但是要抓他们却要绕过大厅。听到老大叫嚷着手下抓人,陈恕不敢怠慢,拉着赵青婷就跑,却反被她拉住,叫:"跟我来!"

赵青婷对别墅的内部构造很了解,拉着陈恕穿过走廊一口气跑到后门,打开门要往外跑,这次是陈恕拉住了她。

别墅后面的光线更暗,看不清路在哪里。如果是陈恕一个人,他还可以赌赌运气,可是带着赵青婷,他们很可能跑不了多远就被抓住了。

他低头看赵青婷的鞋,赵青婷穿的是半高跟鞋,他弯腰把赵青婷右脚上的鞋脱掉,甩手扔了出去,低声说:"去最近的房间。"

赵青婷马上明白了他的意思,把另一只脚上的鞋也脱了,拉着陈恕跑到旁边的走廊,走廊上有两个房间,她跑进里面那间,进去后从里面把门反锁上了。

屋里黑洞洞的什么都看不清,陈恕只听到两人急促的呼吸声。赵青婷一进去就站不住了,贴着墙滑到地上。陈恕扶住她,感觉她的身体在剧烈颤抖,显然已到了能支撑的极限。

陈恕轻轻拍打她的手背,安抚她的紧张,就听外面一连串的脚步声传来,歹徒跑到后门,骂道:"小子跑得还挺快,等抓到了先砸断他一条腿。"

跟着外面有人喊:"这有只鞋,是那女的的,臭娘们儿,该绑住她的。"

"少废话,快追!"

脚步声陆续远去,陈恕提着的心暂时放下了,眼睛逐渐适应了黑暗。他发现这是个空房间,没有家具摆设,只有一些随便堆放的杂物,一边有窗户,正对着后院,万一打起来,可以从后窗逃跑。

赵青婷还在哆嗦,为了不发出响声,她用手捂住嘴,陈恕压低声音说:"别怕,再撑一会儿,救援马上就到了。"

赵青婷抬头看他,大大的眼睛里蓄满泪水,说:"谢谢……谢谢你……我、我想提醒你别来……他们、他们是想杀你……"

陈恕一怔,随即气极反笑。楚卫风几次处心积虑地害陈恕,就为了一张可能根本就没法指证他的照片,狠毒固然狠毒,可笑也真是可笑。

"别傻了,"他故作轻松,安慰道,"我不来,你们怎么会放你?"

"他们要杀你,又怎么会放过我?你不来,是死我一个,你来了,是死俩。"

赵青婷很聪明,一语道破了真相,陈恕收敛了笑,说:"我们会活着……不,一定会活着。"

杂沓脚步声重新在后门附近响起,一个歹徒骂道:"妈的,那俩跑得可真快,哪儿都没有!"

另外几个提议再去别处找找,陈恕正期待他们离开别墅,老大突然发了话。

"不,搜这栋房子。"

声音阴森,陈恕心一紧,他知道老大猜到他的小把戏了。赵青婷也吓得一哆嗦,捂住嘴巴,大气都不敢喘一下。

听着脚步声在周围响起,房门被陆续踢开,陈恕知道躲不下去了,他站起来,在杂物当中翻了翻,靠墙放了个高尔夫套杆,他随手抽出一根,又回到赵青婷身旁。

赵青婷也站起来了,张张嘴像是想问怎么办,陈恕给她打了个嘘的手势,与此同时房门发出砰的响声,有人抬脚踹在门上,叫道:"这门上了锁,那俩肯定在里面!"

接着又是几声踹动,有人用东西砸锁,两人看向里面的把手,把手开始松动,应该很快就会被砸开了。

陈恕拉着赵青婷来到窗前,扳下月牙锁,悄声把窗户拉开。

窗户离地面有点高,还好旁边放了个拉杆箱,陈恕扯过拉杆箱放到窗下，示意赵青婷攀窗户离开。

赵青婷用力摇头，陈恕小声说："他们进来后，我负责把他们引开，你快点跑。"

"可是……我不能丢下你啊……"

赵青婷带着哭腔说，陈恕说："你在这儿，反而会影响我发挥，别担心，我拍戏学过不少功夫，可以应付的。"

话音刚落，门锁便被砸碎了，房门砰地撞开，几个歹徒冲了进来。

陈恕立刻挥舞高尔夫球杆冲了过去，对方没想到他敢主动出击，被打了个措手不及，危险在即，陈恕其实早忘了功夫的路数，只是劈头盖脸一阵乱打。

那些人还真被他打到了，有一个抱着头摔向一边，另一个手腕被敲中，捂着手疼得原地直跳，不过歹徒人太多，陈恕很快就撑不住了，小腿挨了一棍子。看到那棍子又朝着自己头上打过来，他急忙用高尔夫球杆架住，谁知另一名歹徒从后面拿出刀子偷袭。

眼看着刀子就要刺入陈恕的后背，一个花瓶重重砸在了歹徒脑袋上，却是赵青婷看到他有危险，返回来相助。

歹徒被砸晕，摔倒在地，赵青婷也被其他歹徒抓住，揪住她的头发往墙上撞去。

陈恕用球杆把眼前那人打倒，冲过去用身体撞开歹徒，抱住了赵青婷，冲力作用下，他重重撞在了墙上，瞬间眼前一片空白。

两耳轰鸣，无数杂音同时直冲大脑，似乎是林江川的叫骂声，又似乎是救护车的鸣笛声。他恍惚站到了医院走廊上，眼前是被飞速推动的急救床，许多人围着病床叫。突然一只手从床上耷拉了下来，隔着人群缝隙，他看到了那只手无名指上戴着的石榴石戒指。

"啊！"

耳边响起尖叫，把陈恕的意识拉了回来，当看到赵青婷被推倒，歹徒顺手扯过凳子往她头上砸时，他立刻扑过去护住了。

没有预料中的疼痛，陈恕只听到一连串叫唤，随即身旁响起重物跌倒的响声，他一偏头，发现倒地的是正要砸赵青婷的那个歹徒。

歹徒趴在地上一动不动，似乎是昏过去了。

他抬起头，刚好就看到有个人从眼前飞过去，撞到了对面的玻璃上，稀里哗啦的响声中，那人也摔倒不动了。

陈恕再顺着歹徒被踹出去的方向看去，只见陈一霖站在当中，两手各持一根防暴棍，他一出手就撂倒三个，冲余下的喝道："警察！都不许动！"

看到是陈一霖，陈恕长长松了口气，他知道终于得救了。

歹徒一听"警察"二字都有点慌，转头看向老大，老大骂道："看什么？一起干掉！"

他说着，招呼兄弟们一齐朝陈一霖扑过来，陈一霖闪身避开攻击，防暴棍左右翻飞，几个回合就把歹徒打得哭爹喊娘。远处传来警笛声，老大一看不好，掉头就想跑，陈一霖甩出棍子，正中他膝盖窝把他打倒在地。

老大摔了个狗吃屎，还没等他爬起来，陈一霖上前按住，掏出手铐把他铐了起来。

这时赵青婷也缓过来了，抓住陈恕的胳膊，一边流泪一边笑，叫道："你的保镖来了，没事了！没事了！"

她抓得太用力，陈恕疼得一咬牙，拍拍她的手示意她松开。赵青婷不仅没松，反而抓得更紧了。

还好陈一霖及时过来，目光在他们两人之间扫了一圈，问："有没有受伤？"

不是错觉，陈恕感受到了陈一霖的眼刀扫过自己的冷意，他有点庆幸赵青婷在身边，否则陈一霖肯定给他来一拳。

既然陈一霖及时赶到了，就等于说他设计调开陈一霖那事穿帮了，陈恕自己也觉得尴尬，含糊着问："你是怎么过来的？"

"开车过来的。"陈一霖淡淡地说。

赵青婷扑哧笑了，解释道："恕恕的意思是你怎么知道我们在这里？"

"哦，杠杠带我来的。"

"啊？"

赵青婷没听懂，瞪大眼睛。陈恕却知道陈一霖是根据小猫项圈上的追踪器赶过来的——就算歹徒暗中监视了他的一举一动，也不会想到猫身上有古怪，他想陈一霖和庄静碰面后就会发现问题，要追踪到他很容易。

他并不想逞英雄，所以制造了这个时间差，好让自己有机会和歹徒交涉，谁能想到那帮家伙是信口开河，压根就没有炸弹。

"那个……"他揉揉鼻子，说，"谢谢。"

陈一霖一肚子火，因为刚才的状况实在太危险了，假如他晚来一步，后果不堪设想，原本想骂陈恕一顿，看看赵青婷，只好把骂人的话咽了回去。

地上传来哼哼唧唧声，一个被打倒的歹徒想爬起来，陈一霖瞪了一眼，他马上又趴回去装死。

警笛声在屋外响起，很快几名警察跑进来，控制了歹徒。赵青婷终于反应过来了，拍着手对陈一霖说："你真是警察啊，怪不得身手那么好呢，我就说嘛，你每次问问题都特像警察办案。"

都这时候了，也没必要再瞒下去，陈一霖点点头，赵青婷又惊又喜，说："那你们快去抓绑架我的人，就是楚伯伯……不，楚卫风！"

陈恕一惊，从他接到绑架电话到赶来赎人，一切都发生得太快。他只想到雨衣男可能也在别墅，想与他正面对峙，却没想到赵青婷先提到了楚卫风。

陈一霖不动声色，说："别担心，我们已经在监视他的行动了，他绝对逃不了。"

听他这样说，赵青婷才放了心，安静了下来。

陈一霖去向同事交代情况。陈恕很想问赵青婷是怎么回事，不过看看她的脸色，他忍住了，改为训道："刚才我都让你跑了，你干吗又回来？还好陈一霖及时赶到，否则我们都得栽进去。"

"对不起啊，我看那么多人围攻你，怕你出事，你是为了我才来的，你要是出事，我一辈子都不会原谅自己的。"

想起刚才惊险的一幕，赵青婷的眼圈又红了。陈一霖过来对陈恕说:"你俩半斤八两,你也好意思说别人?"

陈恕想反驳,一想到这事确实是他理亏,只好闭了嘴,心里有些怀念曾经那个对他毕恭毕敬的小助理了。

歹徒陆续被押出去了,最后面的是老大,陈恕放弃和陈一霖扯皮,追上前,问:"雨衣男有没有来?"

"什么雨衣男?"

"就是喜欢穿件黑色雨衣,个头跟他差不多,但比他瘦。"

陈恕指了指走在前面的一个歹徒,老大啧了一声。

"又没下雨,神经病才穿雨衣。"

"那下雨天你有没有和他见过面?"

"我说你是不是有病?下雨天穿雨衣的多了去了,我知道你说哪个?"

老大冲他吼,被警察拽了出去。陈恕不甘心,还想追上去问,被陈一霖拉住了。

"等到了局里,我会让同事仔细问的。"

陈恕不知道雨衣男的长相,他也知道就算追着问也问不出什么,说:"那我画一下图像,我有个大概轮廓,也许可以帮你们问到情况。"

陈一霖看看他们两个,提出先带他们去医院做检查。赵青婷说不用了,她只是受了点惊吓,没受伤。陈恕则是在和歹徒搏斗时小腿挨了一棍,外加撞到墙壁,他感觉现在最疼的反而是被赵青婷掐过的胳膊,所以他也拒绝了陈一霖的提议。

陈一霖看了两人的伤,确实不重,便说需要他们帮忙录口供,问他们是否可以配合。

两人答应了,赵青婷就地取材,选了个小书房作为录口供的地方。陈一霖帮赵青婷找回了丢出去的鞋,又倒了水给他们,赵青婷喝着水,慢慢缓了过来。

没多久严宁也赶来了,她是陈一霖特意叫过来的。严宁是女警,和赵青婷的岁数差不多,由她负责录口供,赵青婷会比较放松。

严宁先是和赵青婷闲聊,等赵青婷的精神状况逐渐稳定下来,才进入主题。

陈恕已经说完了他这边的情况，给陈一霖打了个手势，凑过去一起听。

"我早上过来，本来是想收拾下自己的东西，以前我常来玩，放了一些衣服在这边。我……我收拾到一半听到停车的声音，凑到窗前一看，原来是楚卫风来了。"

想到自己已经和楚陵分手了，如果碰到楚卫风会很尴尬，赵青婷就赶紧把衣服又塞回抽屉，跑到了后面的走廊。

这栋别墅后面还有个地下车库，赵青婷的车停在那里，她想楚卫风平时不过来，应该很快就会离开，想等着他离开后再走。

可能她往车库跑的时候被楚卫风看到了，她刚坐上车，车窗就被敲打，当看到楚卫风就站在车外时，她吓得差点叫起来。

车库光线不太好，楚卫风站在背光的地方，让她感觉很可怕。她慌慌张张解释了自己来的原因，楚卫风也没多问，说有事要对她说，让她回屋里。

那时赵青婷只是觉得楚卫风有点奇怪，也没多想，跟随他去了书房。楚卫风立刻变了脸，开始质问她来别墅找什么。

她重复解释了好几遍，楚卫风都不信，骂她和楚陵的前女友一样满嘴谎言爱慕虚荣，最后她也生气了，转身要离开，谁知楚卫风突然抓住她，双手掐住她的脖子说要让她死。

赵青婷被掐得喘不过气，就在她怀疑自己会被掐死时，走廊那边传来脚步声，楚卫风松开了手，她趁机跑出了书房。

站在走廊上的是卢苇，她本来还觉得有希望了，却听楚卫风追过来，在后面叫卢苇，让他帮忙抓住自己。

卢苇真就做出了阻拦的架势，赵青婷慌不择路，跑到了开酒会的大厅，想穿过后门逃走，却被楚卫风追过来抓住。她因为用力挣扎摔了出去，头撞到架子上晕倒了，等再醒来时她就被关进了小屋里，周围站了几个彪形大汉，看他们的打扮和气质就不是正经人。

一开始歹徒绑了她的手，还在她嘴上贴了胶布。后来她借口去厕所请求解绑，大概那些人觉得她还算老实，就把绳子解了，过后也没再绑,途中有两个歹徒对她动手动脚,被老大喝住了,说今晚要办大事,她还有用,让他们老实点。

严宁听完赵青婷的讲述,问:"那之后你还见过楚卫风和卢苇吗?"

"没有,他们再没出现。我问那个老大楚卫风在哪里,他也不理我,后来我偷听到他打电话,提到了恕恕,说了'干掉''会做得干净点'这些字眼,我猜他说的'大事'是想杀了恕恕,我还想在他给恕恕打电话时提醒恕恕的,被他们拦住了。"

之后发生的事就是陈恕讲述的那部分,陈一霖把他给陈恕做的笔录递给严宁看,说:"楚卫风始终认为陈恕手上有他的犯罪证据,可陈恕并没有。"

"最多就是凌冰的这张照片,但那些歹徒说不是。"

陈一霖把被歹徒扔掉的诺基亚手机捡了回来,还给了陈恕,陈恕调出凌冰在酒会上的照片给他们看。

赵青婷举手说:"楚卫风也一直问我在别墅找什么东西,让我交出来,感觉他说的是同一样东西。"

"明白了,等抓到了人,会让他自己交代的。"

"一定要抓住他啊,他当时的表情我记得清清楚楚,他不是随便说说的,他是真想杀了我!"

一想到当时的情况,赵青婷就不寒而栗。严宁结束了询问,安慰她别怕,又婉言提议说她头部受过撞击,最好还是去医院做下检查,自己会全程陪同,让她不要担心。

她的话起了作用,这次赵青婷没坚持,说去取一下整理的衣服,楚卫风来的时候她急着跑去车库,衣服都丢在原来的屋子里。

严宁陪她一起去了。陈一霖看向陈恕,陈恕立刻说:"我没事,我不去医院。"

"我只是想问需不需要我送你回家。"

楚卫风和卢苇那边有其他组员追踪,陈一霖当前的工作还是保护陈恕,这也是魏炎给他下达的命令。

陈恕摇摇头,今天发生了太多的事,刚才他又因为撞击脑袋里很乱，不知道接下来自己该去哪里，该做什么。

看他脸色不好，陈一霖便没再多问，直接说："我送你回去。"

"等等，我先问个问题。"

"什么？"

"你不是说电击枪是违禁物品吗？我刚才用了，不会被拘留吧？"

"今晚特殊情况，顶多警告一下，别担心，反正你也没什么知名度，就算拘留也不怕。"陈一霖调侃道。

陈恕想想刚才那惊险的一幕，感到了后怕，说："抱歉，我特意调开你不是为了赌气，而是考虑到赵青婷的安危。"

"我知道，你不相信警察，所以宁可自己冒险，可事实上你的行为让你们两人都陷入险境了。"

"绝对不会有下次。"陈恕说得斩钉截铁。陈一霖盯着他，说："我觉得你还是不要立FLAG。"

"好吧，我尽量保证没有下次。"

这次陈一霖算是相信了，做了个离开的手势，两人来到走廊上。

某个房间的门开着，里面传来抽泣声，陈恕走过去，看到赵青婷坐在地板上，怀里抱了个大旅行包，哭道："他一直没忘记他以前的女朋友，骗我说把东西都丢掉了，其实只是藏起来，还有那个葡萄架也是他们一起种的，所以他总喜欢在葡萄架下开派对，呜呜……"

严宁揉着赵青婷的后背低声安慰，陈恕怕她尴尬，正要离开，赵青婷却抹抹眼泪站了起来，对严宁说："走吧。"

严宁捡起落在地上的相框，正面朝下放到桌上。陈恕急忙拉着陈一霖躲到一边，不知道赵青婷是没看到他们还是看到了却没在意，低着头离开了。

"看来她还是很喜欢楚陵的。"陈一霖说。

"毕竟交往这么久了。"

假如没有被下药那件事，楚陵和赵青婷说不定就和好了，所以下药的不管是卢苇或是其他什么人，都有着无法推卸的责任。当然，罪魁祸首还是制造和流通猫儿眼的组织。

陈恕目光扫过桌上的相框，好奇心促使，他走过去拿起来。

相框里是楚陵和前女友的合照，楚陵告诉赵青婷他把前女友的东西都处理掉了，现在看来不过是转移了个保存的地方而已。楚陵这种做法对错暂且不论，不过这张照片无疑是压倒骆驼的最后一根稻草，也难怪赵青婷会失声痛哭了。

陈恕看向窗外，院子里有一大片葡萄架，已到了成熟的季节，葡萄颗颗滚圆，一串串坠在架子上。不知每次楚陵看到葡萄架时，是否就会记起那个甩掉他的学姐女友。

"大概是没得到，所以才会一直这么在意吧。"他感叹道，放下相框，想了想，没有正面朝下，而是端端正正放好。

两人出了别墅，陈一霖交代同事把自己的车开回去，他上了陈恕的车。

小猫趴在宠物包里睡得正香，全然不知主人曾经面临的凶险。

如果做人就像做猫一样简单，就不会有那么多的烦恼了。陈恕感叹地想着，系上了安全带。

陈一霖把车开出去，车里没开音乐，只听到单调的发动机响声，陈恕感觉到气氛的尴尬，他说了声谢谢。

"这句话你在别墅已经说过了，这是我的职责，不用在……"陈一霖后面的"意"还没说出来，陈恕打断道："我还在考虑要不要原谅你，毕竟被你骗了这么久。"

"呵呵，我以为我及时从歹徒手里把你救下来，已经值得被原谅了。再说，江茗你都原谅了，我的错误应该没她大。"

"啧，江茗是谁，你是谁，凭什么跟她比？"

"你知道我为什么一直没说出自己的身份吗？因为你对警察成见很深。"

"因为你们一直怀疑我，我就算了，有时候连我自己也觉得自己有问题，不过刘叔不会害我的，他虽然做事油滑，有心机，喜欢算计人，但绝不是坏人。那年我爸妈还有小姨一个个出事走了，我几乎撑不下去，可是为了两位老人我还得每天装作没事，那段时间一直是刘叔陪着我的，可以说没有他就没有现在的我。他可能确实隐瞒了我一些事情，可每个人都有自己的秘密，你不也一直瞒着我你的警察身份吗？"

陈恕说的确实有道理，陈一霖张张嘴，陈恕摆手，抢先说："不用道歉，反正我也揍你了。说起来揍了警察还没被拘留，你还免费当了几个月的保镖，怎么想也是我占便宜。"

陈一霖本来是想向陈恕正式表示歉意，听他这口气就知道他已经没放在心上了，便改为——

"谢谢恕哥您的大度。"

"还要感谢我的聪明，既救了赵青婷，还利用杠杠的定位给你提供线索，让你们警察轻而易举抓到了罪犯，还可以借这个机会拘捕楚卫风，我在想你们会不会颁个锦旗给我？"

"你使用电击枪，没拘留你就不错了，还想着要锦旗？"陈一霖冷笑道，"车开到一半我就感觉不对头了，怎么可能有人从我眼皮底下溜走我却没发觉？我打电话问庄静，一诈唬她就全说了。"

"庄静啊，她真是太不会撒谎了。"陈恕摇头感叹，不过也幸好庄静不擅长撒谎，否则陈一霖就没法及时赶来救援了。

快到家的时候，陈一霖的手机响了，他插上耳机接听。

陈恕不知对方说了什么，只听陈一霖的语气变得严肃，最后说了声"知道了"挂了电话。

"出了什么事？"

"楚卫风好像有所觉察，家里和几个他常去的地方都不在，本来以为他跑路了，刚收到联络说他在自己的公司，进了办公室后一直没出来。"

陈一霖一边说着一边加快了车速，陈恕忙说："你不用送我回家，我和你一起过去。"

他说完，怕陈一霖不同意，又加了一句："我是人证，他看到我没死，一定很紧张，也算是间接给他施加压力。"

陈一霖想了想，同意了，改换车道朝着悦风集团奔去。

已是深夜，悦风集团的大楼只有几个房间亮着灯，远远看过去，透着冷寂。

陈一霖把车在门口随便一停,跳下车跑进去,两名便衣刚好从保安室出来,说:"半小时前楚卫风进了公司,让保安下班,监控也都关掉了,他自己去了办公室。"

"为什么关监控?"

"可能想找机会金蝉脱壳,负责监视他的同事在上面,他不会得逞的。"

大家乘电梯来到办公室那层,办公室门口站了两名便衣,看到陈一霖,说:"他把自己反锁在里面,我们正在等魏科的突击指令。"

办公室是特制的玻璃门,从外面可以隐约看到楚卫风坐在办公室桌前。他大概察觉到了被监视,却没有反常举动,只是端坐在老板椅上,宛如老僧入定。

陈一霖走过去,陈恕跟在后面,楚卫风听到声音抬起头,当看到陈恕后,他脸色变了,全身明显发出颤抖,不过马上就恢复了平静,拿起遥控打开了门。

前不久陈恕才来过这里,里面的布置和之前一样,可陈恕的心境却完全不同了,想到当时楚卫风还是企业大老板,拥有着关心属下员工、经常办慈善事业、重视家庭的人设,而现在他即将成为阶下囚,不由得唏嘘。

"这么晚了,你来干什么?"楚卫风盯着他,冷冷说。

"来特意跟你说一声我没死,赵青婷也没死,你雇的那些手下都被抓了。"

"你特意跑过来,就是为了和我开这种无聊的玩笑吗?"

楚卫风语气平静,脸上甚至多了几分笑意,要不是亲身经历,陈恕都怀疑自己是不是猜错了。

他不得不佩服楚卫风的演技,冷冷地说:"你想要的东西还在我手里,再加上赵青婷和你的手下的证词,这一次你绝对逃不掉,还有啊,"他用下巴指指陈一霖,"他是警察,是来拘捕你的。"

"喔?逮捕证在哪儿?"

楚卫风看向陈一霖,陈一霖沉声道:"根据我国刑法规定,对于现行犯或重大嫌疑分子，公安机关有权对其先行拘留。楚卫风，跟我们走。"

随着他的说话声，同事走向楚卫风，楚卫风站起来，猛地一拍桌子，喝道："你们没有证据，这是滥用职权，而且我不是中国公民，我拿的是美国护照，你们没权力逮捕我！"

陈恕很意外，随即嘲笑道："我就是活生生的证据，你还想要什么证据？还美国护照呢，有本事你别说中国话啊。"

楚卫风还要再反驳，警察已经掏出手铐给他铐上了。

陈一霖说："不管你是哪国公民，在中国的领土上犯罪，就要接受中国的法律制裁。猫儿眼毒品已经全部被缴获，你的手下也都落网了，包括路进，你对这个名字不陌生吧？"

听到路进这个名字，楚卫风终于不像最初那么镇定了，愣了愣，马上又哈哈大笑起来，说："不，你们不可能抓到他的，你们是在诈我！"

"这么肯定，是不是你以为他已经死了？"陈一霖揶揄道，"很可惜，他不仅活着，现在还正在接受审讯，别急，你们很快就会见面了。"

"不可能！绝对不可能！"

楚卫风在大叫声中被拖了出去，陈恕听着他还在叫嚷什么投诉和控告，他忍不住了，问："你有公司有家庭有那么多的钱，为什么还要做这种违法的事？"

"你搞错因果了，他是做了违法的事，才会这么有钱的。"陈一霖提醒道，楚卫风狠狠盯住他，随即目光又投向陈恕，冷笑道："你的命可真硬，每次都能让你逃掉，不过下一次你绝对逃不掉了！"

陈恕马上对陈一霖说："听到了吧？他当着警察的面恐吓我，一定要再加他一条恐吓罪。"

陈一霖点头，陈恕又故意对楚卫风说："你是不是又打算派雨衣男来杀我？你不会如愿的，他马上也会被逮捕。"

"雨衣男？"

楚卫风皱眉，他的反应有点不对，陈恕问："他不是你的手下吗？喜欢穿着雨衣在雨夜出没的那个，你指使他杀了包峰和林晓燕，还有季春……"

听着他的话，楚卫风停止挣扎，表情越来越古怪，起先是呆滞，渐渐地变得狂乱，呼吸声越来越大，充满了愤懑和不甘。

"当然不是。"他喃喃说。

"还有小鱼，就是那个被你要挟调换道具匕首的女孩子，她被辞退后就失踪了，是不是也是你干的？你杀了她吗？还是把她绑架去了哪里，就像你绑架赵青婷那样？"

陈恕知道后者的可能性很低，可他不想承认小鱼的死亡，不想看着活生生的一条生命就这样消失无踪。

"你这蠢货！"

楚卫风一声大吼，陈恕呆住了，楚卫风突然疯狂挣扎，像是抽风似的指着陈恕狂笑。

"你根本就没有我的犯罪证据，对不对？！"

"当然有！"

"别装了，你压根没有，你是蠢货，我也是，哈哈哈……"

楚卫风喘息声加剧，身体抽搐得更厉害了，像是在发癫，几名警察合力都按不住他。陈恕想上前帮忙，被推了个跟头。

楚卫风也在同时发出尖叫，突然间停止了挣扎，摔倒在地。陈一霖上前扶他，只见他两眼翻白，全身抽搐，伸手似乎想抓喉咙，却力不从心。

这是明显的中毒反应，陈一霖立刻叫道："快叫救护车！"

一名同事负责打急救电话，陈一霖帮楚卫风催吐，却毫无效果。陈恕站在一边看着这混乱的局面，这才反应过来，上前冲楚卫风大叫："雨衣男是谁？！"

回应他的是错乱急促的呼吸声，陈恕再问："是不是卢苇？"

这一次楚卫风似乎听到了，眼珠呆滞地转了转，看向他。就在陈恕以为他会回答时，楚卫风嘴巴张大，突然一口血喷出来。

有几滴血点溅在了陈恕身上，他呆住了，只见楚卫风四肢绷紧，再次发出颤抖，在一阵剧烈抽搐后骤然间停下，再也不动了。他的眼睛还瞪着，可是一切症状都表明他已经没气了，脸色和唇色透着黑紫色，一边的嘴角翘起，宛如扭曲的笑脸。

陈恕大脑一片空白，只觉得两耳轰鸣作响，大家似乎在叫什么，他却听不清楚，茫然抬起手，手背上有一滴血渍，灯下艳红得刺眼。他盯着血渍，终于听到了外面救护车凄厉的警报声。

眼前景物开始剧烈晃动，走马灯般又把他带到了曾经熟悉的医院，鸣笛声似乎近在咫尺，他听到了急救床的滚轮划过地板的咔咔声、众人的叫喊声、小孩子的哭声……一只手从人群缝隙中落下来，那是属于女人的手，无名指上戴着石榴石戒指，随着手的晃动反射着暗红的光。

那个戒指就像诅咒似的，陈恕一阵心悸，突然间像是感觉不到呼吸了，他下意识地大口呼吸，心跳在诡异地不断加速，冷汗瞬间浸湿了额头，他掐住喉咙跪到了地上。

陈一霖很快就发现了陈恕的不对劲，急忙扶住他，问："哪里不舒服？撑住，救护车马上就到了。"

陈恕想回答，张开嘴却换成了拼命呼吸，陈一霖帮他搓揉后背，他毫无知觉，喘息中一抬头，和那双失去焦距的眼眸对个正着。

尸体脸上也沾满了斑斑血迹，仿佛那个不断摇晃的石榴石，心率在疯狂跳动后终于达到了临界点，听着耳边的叫喊声，陈恕的意识慢慢腾空，终于完全化为空白。

陈恕是被救护车的警报声惊醒的，警报声似乎就在耳边回荡，他一个激灵睁开了眼睛。

他躺在医院病床上，救护车似乎跑远了，单人病房里静得出奇，只有击打窗户噼啪的雨声，他转头看去，玻璃窗上挂了层厚重的雨帘，天空阴沉得像是傍晚。

一名护士很快发现陈恕醒了，跑去叫医生。就在陈恕接受医生的检查时，脚步声匆匆传来，陈一霖跑进了病房。

医生做完检查，向陈一霖简单说了几句便离开了，他前脚刚走，陈恕就问陈一霖："楚卫风呢？他真的死了？"

"你还有心情管别的事？我都快被你吓死了。"

陈一霖直摇头，之前陈恕不是没晕过，但昨晚他反应太过激，再加上楚卫风刚刚暴死，陈一霖几乎以为他也中毒了，还好检查过后确定他只是过度呼吸症候群，属于压力过大和急性焦虑引起的病症。

"感觉好点没？"

陈一霖倒了杯水递给陈恕，陈恕喝了两口，说："没事，我这是过度呼吸症，已经很多年没犯了，连我自己都忘了我还有这个病，没想到……"

"昨天发生了太多意外，正常人都会撑不住的，我跟刘叔说了你的情况，他说工作都帮你推掉了，你什么都别想，好好休息。"

陈一霖说完就要走，陈恕叫住他，问："楚卫风是中毒吗？是谁下的毒？"

"我说你刚醒过来就不能……"

陈一霖说到一半，对上陈恕投来的目光，他无可奈何，拖了把椅子在床前坐下，说："是氰化钾中毒。有人把氰化钾放在营养药里，导致楚卫风中毒，至于是谁下的毒还在调查中。"

"氰化钾中毒会吐血吗？"

想起楚卫风死亡的那一幕，陈恕心有余悸。

"不会，不过楚卫风有重度胃溃疡，是药物刺激胃黏膜导致的吐血。"

陈恕张嘴就想问他们怀疑是谁下毒，话到嘴边想起陈一霖已经表明身份了，直接问他内部情况，他一定不会说，便改为——

"我也氰化钾中毒过——在电影里。当时我还查了好多这方面的资料，氰化钾毒性很强，如果是这种药物中毒，楚卫风应该是在被抓住后服药的，但众目睽睽下，他肯定没机会这么做，所以我猜想他服用的是装有氰化钾的胶囊。"

他一边说一边看陈一霖，陈一霖挑挑眉，心想"小样的，还想探我的底"。

不过陈恕说对了，尸检结果证明楚卫风是在死亡两小时前服用的胶囊，为了不刺激胃，营养药采用的是肠溶胶囊，楚卫风定时早晚各服用一粒，晚上那粒他是在家里吃的，也就是毒发的两小时前。

法医检查了楚卫风口袋里的营养药盒，里面还有三粒，均无毒，楚卫风早上服用的那一粒也无毒。药盒楚卫风通常都是随身携带，所以下毒的人不仅是楚卫风身边的人，还很了解他的服药习惯。

陈一霖查了楚卫风昨天的行程，楚卫风上午去过楚家别墅，也正是那时候他发现了赵青婷在别墅里，后来他和卢苇一起离开，之后他去了公司，接触到他的人只有秘书和几位公司高层，这些人还在接受调查，不过根据陈一霖的经验，他们都与投毒无关。

下午四点楚卫风回到家，之后一直在书房，晚饭后他吃了营养药。据楚卫风的妻子梁悦和两个子女的证词，楚卫风当晚精神很紧张，好像心里有事，八点半左右他开车去了公司，对家人说有事情要处理，然而跟踪监视他的警察证明他进了公司后除了喝过一杯咖啡外，什么都没做。

小柯查了楚卫风的通话记录，楚卫风在离开别墅后曾打过一通电话，可惜又是个171号段的手机，无法追踪到机主。

从歹徒的证词来分析，楚卫风是打电话给中间人，让中间人联络歹徒。歹徒也不知道中间人是谁，他们只是拿钱办事，对方交代他们先利用赵青婷引陈恕去别墅，等拿到东西后再一起灭口。至于那个东西，歹徒也不知道是什么，对方没详细说明，只说是胸针、发卡、戒指等这类东西。

陈恕观察着陈一霖的表情，紧跟着说："现在很多胶囊都是两三个小时才溶解的，我猜楚卫风是晚饭后服用的，他当时应该在家吧？凶手可以明确推断楚卫风会在被捕前服用有毒的药，肯定是临时投毒的，那就是他身边的人……所以昨晚晚饭前后都有谁在楚家？"

"你可行了吧，在小岛上玩侦探游戏没玩够，还真以为自己是大侦探了？"都被陈恕说中了，陈一霖没好气地说，陈恕看他的反应，心里有底了，又问："是不是卢苇也在？"

"你！"陈一霖瞪他，再看看他一身病号服，又很无力，叹道，"你这么好的观察力和演技，怎么到现在都没混上一线？"

陈恕置若罔闻，继续问："是卢苇下的毒吗？"

陈一霖不答，陈恕说："我是当事人，昨晚我差点死了，我认为我有权利知道案件情况，至少有权利知道一部分，要是你不说，我就去找别人问……嗯，陈冬不错，只要钱到位，他这个侦探还是挺管用的。"

陈一霖了解陈恕的脾气，他既然这样说，那就真会这样做，到时会更麻烦。考虑到接下来可能还需要陈恕的协助，陈一霖妥协了，简单说了有关卢苇的部分情况。

卢苇被审问时，一直坚持说对猫儿眼一事毫不知情，他昨天去别墅只是想到有些私人物品放在那里，想去取回。赵青婷被撞晕后，楚卫风跟他讲会叫楚陵来处理，这是小情侣之间的问题，他们不方便多干涉等等，又叫上他一起离开。卢苇虽然觉得把赵青婷单独丢在别墅不太好，但也不便直接反驳楚卫风，便同意了，他做梦也没想到楚卫风通知的不是楚陵，而是歹徒。

陈恕听得气笑了，"这种借口你信？"

"逻辑上说得过去，不过我想他去别墅并不单纯是想取私人物品。"

下午卢苇去了江茗工作的画廊，说是想拍一些照片帮忙做宣传，老板同意了。之后卢苇就一直在画廊，傍晚和江茗一起去了楚家。

晚饭时，楚卫风发现放营养药的外衣放在隔壁房间，让卢苇去取，虽然只是一墙之隔，但是也有足够的时间让卢苇换药了。

现在警方正在调查卢苇的工作室和往来邮件，陈一霖相信只要他有犯罪行为，就不可能一点蛛丝马迹都不留下。

"那他有没有交代去墓园做什么？"

"他一开始否认了，直到看到监控录像才坦白，说是被人约过去的。他以前还没成名时，拍过一些不雅照片，其中有几张流出去了，对方约了他在墓园见面，说如果他不去，就把照片放到网上。照片上有工作室的LOGO，他只好照办，还特意带了现金过去，结果那人没出现，之后也没有再联络他。"

为了证明自己没说谎，卢苇提供了照片，他是在派对上拍的。

大家都喝醉了，很多是半裸体状态，卢苇还特意做了艺术加工，突出了几位女性的身体曲线和性器官，所以如果这些照片传到网上的话，会影响工作室的声誉。

"这么下流？"

陈恕皱起了眉，很难把卢苇和记忆中那个总是小心翼翼的小石头联想到一起。

"不过他确实在去墓园的前一天接过匿名电话，和楚卫风打给中间人的那通电话一样，无法追踪到手机机主。"

"也可能是他自导自演的，反正楚卫风死了，死无对证，他怎么说都行。"

陈一霖不置可否，陈恕看他的表情，问："你不会真信他说的话吧？"

"我们还在做调查，暂时还没找到卢苇是小石头的证据，要么是他使用某些非法手段抹掉了他被收养之前的身份，要么是他与小石头不是同一人。"

"可如果这样，很多事都解释不通！"

"别急，只要查就一定可以查到，我还在跟彩虹之家那条线，只要找到当时的负责人，就可以了解到更具体的情况。"

"那你找到人，我和你一起去。"

陈一霖答应了，让他好好休息，起身离开，走到门口，想到一件事，说："庄静和赵青婷都打电话给我问你的情况，我糊弄过去了，她们还不知道楚卫风死亡和卢苇被逮捕的事，你别说漏嘴。"

陈恕点点头，看着陈一霖推开门，他又问："小鱼有消息了吗？"

"没有。"

陈一霖离开了，陈恕靠着床头呆坐了一会儿，被窗外的雨声震醒了。他转头看去，屋外的雨似乎变大了，风景被雨雾笼罩着，什么都看不到。

今天的天气像极了小姨出车祸的那天，也是这么大的雨，还有阴沉沉的令人窒息的雨雾。陈恕看着雨雾，忽然有种莫名的茫然——为什么昨晚看到楚卫风中毒，他的反应会那么大？为什么会想起小石头的母亲？

那天他看到小石头一家人被送进医院，当时小姨也在，他想追过去查看，被小姨拦住了，再之后发生了什么事他就完全没印象了。对他来说，那原本是记忆犹新的一幕，可为什么其他的事他都记起来了，偏偏与小石头有关的部分却总是雾里看花，模糊不清呢？

不知不觉中，心绪也像是被外面的雨雾影响到了，变得沉甸甸的，那是种无法言说的郁闷。他想毫无顾忌地自嘲，又想肆无忌惮地大哭，迄今为止他遇到过很多挫折，被欺负被嘲讽被算计，但他从来没有过像今天这样憋屈。

楚卫风害过他很多次，甚至有几次他与死亡擦肩而过，可是直到楚卫风死亡，他都不明白自己为什么会被算计。

这世上还有比这更让人郁闷的事吗？

陈恕一拳头捶在了枕头上，病房寂静，只有他自己呼哧呼哧的喘气声，感觉再这样下去，他又要出现过度呼吸症状了，他用力吸了几口气，平复下心绪，跳下床，来到走廊上。

走廊拐角是休息区，几个病友坐在那儿看报纸聊天，对面电视在播放宋嫣的新闻，可是在经历了小鱼失踪、季春和楚卫风死亡、卢苇被捕之后，宋嫣的新闻变得可有可无了。

陈一霖提到了楚卫风在找发夹、胸针之类的东西，楚卫风没有说具体找什么，可能是他自己也不清楚，也可能是对中间人或歹徒抱有戒心，特意没说，不过不管是哪种，这些都属于女性常用的小饰物。

陈恕盯着电视屏幕走了神，心想如果那东西与凌冰有关，楚卫风不会这么晚才对他下手，所以饰物多半是季春或是小鱼的。可他和季春毫无交集，楚卫风应该知道这一点，而小鱼到现在都行踪不明，昨晚看楚卫风的反应，他似乎并不知道小鱼的情况，如果排除了她们两个，那就没有其他人了……

手机响了，陈恕掏出来，手机显示是赵青婷，看着这个名字，他心中一动——楚卫风在发现赵青婷在别墅时突然狂性大发，假如不是卢苇出现，说不定赵青婷就死了。楚卫风会在自己家动手杀人，一定是赵青婷的某些行为刺激到了他,甚至他认为赵青婷和自己一样,了解东西的去向。

想到这里,陈恕接听了电话,他走到没人的地方,问:"昨天楚卫风去别墅时你在做什么?"

"啊?"

赵青婷愣住了,她本来是担心陈恕的身体情况,打电话来问候的,结果还没等开口就被抢了先。

"我录口供的时候说了啊,我在收拾衣服。"

"除了收拾衣服外还做了什么?"

赵青婷稍微沉默了一下,陈恕恳切地说:"这对我很重要,请把你当时做的事情全都告诉我。"

"恕恕你别用这种口气跟我说话,我说我说。"

赵青婷似乎被他吓到了,说:"其实也没什么,就是我在收拾衣服时发现了那个相框,它被放在床下的抽屉里。我看到后特别伤心,觉得楚陵心里一直都放不下他的前女友,我只是一个摆设而已,所以他才会和别的女人发生关系。我拿着相框哭了很久,完全没听到楚卫风停车的声音。"

"所以你不是听到停车声就马上跑掉的?"

"嗯,对不起,我觉得那样说太丢脸了,反正那个也不重要嘛……"

怎么不重要,那个太重要了!

陈恕听得无语,问:"然后呢?"

"我其实是听到门口有脚步声时才发现的,我没时间拿衣服,就随便都塞回到抽屉里,然后跑到后面的走廊,去了停车场。"

"相框呢?"

"相框?应该和衣服一起塞进抽屉了,对,我当时特别紧张,一股脑儿都塞进去了……啊!等等!"

赵青婷说着说着,自己也发现不对劲了,结结巴巴地说:"昨晚我离开时,相框是放在桌上的,所以我看到后忍不住又哭了……这是怎么回事啊,我记得我明明是和衣服一起放回抽屉的。"

陈恕也相信在当时的状况下，赵青婷没有时间另外放相框，那么会拉开抽屉并发现相框的只有楚卫风。

楚卫风心思缜密，他肯定是觉察到了赵青婷的存在，出于某种理由，他检查了赵青婷碰过的东西，于是便发现了相框。或许正是赵青婷的这个小举动触发了楚卫风的杀机，在楚卫风看来，如果赵青婷心里没鬼，她为什么要逃走？还特意藏起了相框……

想到这里，陈恕的心猛地一跳，不由得想楚卫风要找的东西会不会是楚陵前女友的？可前女友早就回老家了，自己与那女孩毫无交集，为什么楚卫风会认为自己和赵青婷拿了她的东西，并费尽心思想要夺回来，难道那东西可以成为指证他的物证？

假如是这样，那理由只有一个，那就是……

想到了同样说回老家却就此人间蒸发的小鱼，陈恕的心脏越跳越快，拿手机的手不由自主抖了起来。

似乎感觉到了他不安的心绪，赵青婷在对面小心翼翼地叫："恕恕？"

陈恕回了神，叮嘱赵青婷不要对任何人说这件事，便要挂电话，赵青婷有点担心，问："你没事吧？"

"没事。"

赵青婷感觉不像是没事，但又不敢多问，说让他好好休息就挂了电话。

陈恕拿着手机站在原地半天没有动，病号和护士在附近来来往往，他仿佛置身事外。

耳边重复着赵青婷的话，合照中女生的装扮、他在楚卫风书房的发现、楚卫风想杀赵青婷，一幕幕在眼前反复闪过，最后定格在庭院里那株枝叶繁茂的葡萄架上。

"楚陵家别墅的院子特别大，葡萄长得可好了，这个季节已经长得又大又多。"这是刚认识赵青婷时她说过的话。当初陈恕只是随便一听，可此时重新回想，他不由得毛骨悚然。

啪嗒！

不远处传来响声，陈恕惊醒了，抬头看去，一个病友正从自动售货机掏出刚买的饮料。他晃了晃头回过神,正想打电话给陈一霖,有人从对面朝他走过来,却是刘叔。

陈恕把手机揣回口袋,迎了上去。

刘叔的表情难得的郑重,走近后注视着他,却不说话。

陈恕想他的情况刘叔应该都知道了,故作轻松,说:"别担心,我就是紧张导致的昏厥,大夫说休息一下就没事了,你那边还要应付记者,不用……"

"恕恕,"打断他的话,刘叔说,"我要告诉你一件事。"

刘叔表情严肃,这是以往很少有的。陈恕的笑容收敛了,有种感觉,接下来他要说的事非常重要。

刘叔看着他,脸上露出歉意,抬起手似乎想摸摸他的头发,犹豫过后又放下了。

"其实我早该对你坦白的,可是因为我的自私和胆小,一直拖到了今天,我本来以为这辈子都不会提起了,可是最近发生了太多的事,你连续遇到意外,我不知道与那件事有没有直接关系,但我想我不应该再瞒下去了。"

第十七章
车祸真相

陈恕站在道边，天空灰蒙蒙的，雨还在下，他全身都淋湿了，却毫不在意，从车站下来就一直朝前走，似乎这样做就可以回忆起那天的经历。

临近郊区，几乎看不到行人，偶尔车辆驶过，带过雨水溅在他脸上。

他停下脚步看去，雨雾中车辆已经跑远了，忽然身后传来车喇叭声，他转回头，一辆车在他身旁绕了个大弯驶过去，似乎怕他一个想不开，冲到路中间来搞自杀。

前照灯灯光闪过，他不由自主眯起了眼。一瞬间，记忆中的画面一帧帧在眼前闪过，仿佛走马灯似的，然后与现实重叠到了一起。他有种错觉——轿车撞到了他，他在雨中飞了出去，随后跌落在柏油路上，就像十四年前的那个雨天。

"那天你不是和你小姨一起出的车祸，而是在路上被撞的。"

刘叔的声音在耳边划过，低沉而又充满懊恼。

"那天我突然接到医生的电话，说我老婆摔倒了导致早产，让我马上去医院。我心慌意乱，车开得比平时都要快，那天雨又下得特别大，我没注意到斑马线。当我发现有个孩子冲到路中间，想踩刹车时，已经晚了。

"孩子倒在血泊里，我吓得腿都软了，想下车检查他的情况，可是又想到如果我报了警，就没法赶去医院，我怕我老婆出事，怕孩子保不住……那几秒钟对我来说像是一辈子那么长，最后我选择了离开。正是那个决定让我在之后的十几年里一直都良心不安——我绕过那个孩子把车开了过去，在路过一个电话亭时打电话叫了急救，我侥幸地想时间也没有拖很久，那孩子会得救的。

"我赶到了医院，还好老婆孩子都没事，可我一直惶惶不安，想知道那个被撞的孩子怎么样了。车从他身边开过去时我看过一眼，他脸上都是血，看不清模样，不过我记得他包包上挂了个小棕熊挂坠，那个小饰物我有印象，应该是我在工作的时候见过的。

"我问遍了身边接触过的童星，最后问到了配音上，我终于想起来了。我曾在某个公司的录音室见过那孩子，他在配音上很有天赋，外形又好，我当时就觉得他是天生吃这行饭的，我还跟他聊过天，我应该就是那时候看到他的小棕熊的。

"我找到了他住院的地方，他已经醒过来了。我本来想向他道歉，想做出赔偿，可他根本不记得我，更不记得撞车的事，他竟然以为是和小姨坐车时一起出的车祸。

"后来我听到他祖父和警察的对话，才知道他被撞前打电话给小姨，可能是他小姨从电话里听到他出事，着急往回赶，才会因为车速过快而导致了车祸。家里的两位老人怕给他造成心理负担，见他不记得了，便顺着他说是一起出的车祸，也希望警察别戳穿，他们不想追究肇事者的过失，只想孩子可以健康地长大。

"所以我也没办法说出真相，我能做的就是利用自己的资源照顾他，他喜欢做配音就做配音，喜欢话剧就做话剧。我给他介绍精神科医生，一方面希望他能记起来，一方面又希望他永远记不起来，真是矛盾……我一直以为他会永远忘记那段往事，直到他再次遭遇车祸，一切就好像命中注定的一样……"

话语变得哽咽，不断重复着在耳边响起，陈恕眼中蒙起雨雾，继而泪珠顺着眼角滑落。

这一次被欺骗的失落感甚至超过了江茗那次。

毕竟江茗只是他童年中的一个梦，而刘叔却是陪着他一起长大的人。

刘叔陪伴他走过了青春期，陪着他一路在娱乐圈闯荡，不管他做什么，刘叔都不会反对。他父母过世很久了，一直以来刘叔就像他的父亲，陈恕是那么信任和尊敬那个人，从来没想到那些关爱和照顾都是出于愧疚。

周围一切变得模糊不清，陈恕听到了自己愈来愈重的呼吸声，好像过度呼吸症又犯了。心跳开始加速，恍惚中他听到不远处的叫声，转头看去，一个少年的身影穿过雨帘朝这边跑过来。少年跑得飞快，斜挎包随着他的奔跑一颠一颠的，他拿着手机，表情充满了惊恐，陈恕听到他在叫——小姨，要小心……

后面少年还说了什么，可是雨声和呼吸声太大了，他听不到。只看到少年的嘴巴张张合合，他应该很急迫，以至于表情都僵直了。

他到底在电话里对小姨说了什么？为什么一定要在小姨开车时给她打电话？

陈恕内心烦闷，越想越急躁，忍不住朝少年跑过去，想听清他究竟说了什么，却见少年突然中途转了个身，跑进了斑马线，与此同时，一辆黑色轿车冲了过来，砰的一声，少年被撞飞了出去。

陈恕脚步一滞，随即跑到了少年面前。少年平躺着，他的四肢在抽搐，大片浓稠的液体从他身下流出。陈恕的心跳更快了，转头看对面，雨刷在疯狂地来回滑动，透过挡风玻璃，他看到了刘叔惊恐的脸。

刘叔哆哆嗦嗦拿起手机，很快又放下了，随即车头一转，绕过少年的躯体开走了。

眼眸再次模糊了，不知是雨帘还是泪水——刘叔没说错，当年确实是这样的，他为了自保，放弃了对自己的救助。

陈恕低下头，少年似乎缓过来了，挣扎着去够手机，手机就落在离他不远的地方，可惜他挣扎了半天，手指也仅仅够到了手机的边缘。

"小轩！小轩你怎么了？"

手机那头传来小姨的声音，她现在一定急得不得了，想迫切知道发生了什么事。少年张张嘴，吐出了几个字，像是在说："小姨……小心……"

声音太弱了，被暴雨声完全盖了过去，少年像是哭了，表情充满绝望，泪珠和雨水混在一起，顺着脸颊流下，他在说对不起，一遍一遍重复地说。

陈恕不明白他为什么要道歉，伸手想去拿地上的手机，就在这时，刺耳的车喇叭声传来，先是一声，接着是连续震响。

陈恕猛然回过神，恍恍惚惚抬起头，发现他现在正站在当年发生事故的斑马线上，面前同样停了辆黑色轿车，唯一不同的是轿车及时停下了。

"你神经病啊，没事站在道中间，有病吧！"

车主从车里探出头，冲他破口大骂。陈恕置若罔闻，只是默默盯着他看，大概觉得他真有问题，车主没再纠结，转了下方向盘，从他身旁开过去了。

陈恕低下头，少年消失了，手机也消失了，斑马线上白漆斑驳，有些地方清晰，有些地方已被磨掉了，就像那一天的记忆，有些清晰有些模糊。

"我不怪你刘叔，如果我不打电话给小姨，不突然冲进斑马线，一切都不会发生。小姨是因为担心我才会开快车，导致发生车祸，所以最错的人是我。"

他走回道边，耳边回响着他对刘叔说的话。是的，最错的人是他，却没人怪他，祖父母甚至为了保护他掩盖了事实。所以他没资格责怪刘叔。至少刘叔这些年一直在赎罪，而他却是选择利用遗忘来逃避现实，林江川死亡时是这样，小姨车祸时也是这样，他才是最卑劣的那个！

心脏跳得愈发地快，冷汗渗满额头，陈恕有种无法呼吸的恐惧感，头部眩晕，他不得不弯下腰大口大口地喘气，生怕下一秒氧气就会完全消失。

一个纸袋递到了面前，陈恕几乎是抢过去的，袋口朝着嘴巴拼命呼吸，看着纸袋不断地鼓起又瘪下，不安的情绪终于慢慢缓解下来。

许久，陈恕感觉好一些了，他抬起头。递纸袋的是陈一霖，手里举着伞，帮他遮住了落下的雨点。

"连着两天发作两次，你这病有点严重啊，还好我查了下过度呼吸症的应急解决方法，否则又要叫急救车了。"

"谢谢，"陈恕站起来，问，"你怎么知道我在这儿？"

"刘叔去找我，他很担心你。"

既然刘叔连地点都对陈一霖说了，那证明当年的事陈一霖也知道了。

陈恕自嘲，看着雨帘，说："我没生他的气，反而要感谢他，谢谢他让我想起了那天的事。刚才我看到那天的我打着电话往那边跑，被撞后还努力想去拿手机，我听到了小姨一直在叫我，我想回应她，可是我没力气叫出声，我一直在说对不起，直到昏迷……因为愧疚，我选择了用遗忘来逃避，可事实就是事实，小姨是我害死的……"

他絮絮叨叨地说着，陈一霖一直没打断，直到听到他说"害死"这个词，眉头才皱起来。

"饿了吧？附近有家便利店，我们去买点吃的。"

陈恕摇头。陈一霖说："可是我饿了，为了找你，我连午饭都没吃，你就当是陪我好了，我吃饱了才有精神听你告解。"

他一手举着伞，一手拉陈恕，硬是把他拽去了便利店。

陈一霖买了份盒饭和两瓶水，又加了个火腿面包和一张大毛巾，付了账后走到角落坐下，把毛巾递给陈恕。

陈恕还没从刚才的回想中醒过神来，接过毛巾木木地擦着脸和头发。陈一霖拧开一瓶水，放到他面前桌上，看他面无表情，动作机械，便问："你要自杀吗？"

陈恕皱眉看过来，陈一霖说："如果你没有自杀的想法，那就好好活着，因为不管你怎么懊恼，都无法改变曾经发生的事实，更何况事实到底是什么你也不清楚。"

"我很清楚……"

"那你说你为什么要往郊外方向跑？"

陈恕语塞了。

有关这个问题，他也问过刘叔，那天他是去工作室录音，他约了小姨在工作室楼下碰面，如果他急着找小姨，应该往医院跑而不是相反的方向。

对了，安和医院以前的地址离工作室比较近，所以小姨才说来接他,那为什么发生事故的地点在郊外山上?

陈一霖察言观色,说:"你看你并没有像你想的那样了解真相。自我责怪确实可以减轻罪恶感,但也不应该乱用,你该做的是要直面现实。"

"可是我都看到了,而且刘叔把十几年前的秘密都说出来了,他不可能再骗我。"

"我没说是刘叔骗人,而是你记起的那部分没法帮你了解事情的全部。先吃饭吧,吃饱了才有精力去找出真相。"

陈一霖敲敲桌子,这次陈恕没多说,拿起面包大口咬下去。

雨势转小,天空却依旧阴沉,便利店没有客人,透过雨帘看着外面冷清的道路,陈恕仿佛又看到了那个十四岁的少年一边大叫一边向前狂奔。

而他,始终听不清少年在叫什么。

陈一霖吃完盒饭,抬头看他,陈恕盯着玻璃窗出神,手里的面包只吃了一半。陈一霖开口说道:"我听刘叔说,当初他找到你录音的工作室,向工作人员问起当时的情况,他们说你录完音后突然变得很焦急,拿着手机一直看,还连着打了几通电话,有一通是打去医院的,好像是找你小姨。有人刚好要回市里,说顺便送你,你理都没理就跑出去了。雨下得很大,可你连伞都没打,叫都叫不住,他看到你不是去车站,而是相反地去往郊外的方向。"

陈恕转回视线,"我那几通电话是不是打给小姨的?"

"从当时的情况来判断应该是的,你好像已经预感到她会出事,所以不是你给小姨打电话而导致她出车祸,恰恰相反,你是想向她示警。"

陈恕心一跳,突然感觉他好像确实有很急的事要对小姨说,他甚至不想干等,而是直接往郊外跑。

"一定是至关重要的……生死攸关的……因为我一直对小姨说小心,还有对不起……"

说到刚才的回闪,他有些恍惚,说:"昨晚楚卫风死的时候,我想起了小石头的母亲。她食物中毒,好像很危险,我想过去看望,被小姨拉住了……我唯一记得的只有这个，然后就是我被车撞，平躺在马路上，听到小姨在手机那头一直叫我，可是我能说的只有对不起……这两件事也许是有联系的。"

陈一霖没打断他的自言自语，心想或许小石头的父母并不是普通的食物中毒，只是误吃毒蘑菇导致死亡的病例太多了，所以医生也没有往深处想，毕竟谁会怀疑一个孩子呢？可是陈恕的小姨陈晓晓在药房工作，她可能觉察到了什么，如果真是这样，那陈晓晓就不是死于车祸，而是谋杀，那凶手……

陈一霖有些毛骨悚然，不敢再往深处想。

陈恕好像也想到了，注视着他，问："小石头的父母是不是不是死于普通的食物中毒？"

"这个……暂时还不好说。"

"一定是这样的，我祖父是中医，我从小跟着他分拣药材，认识很多药草。那时我和江茗还有小石头去山上玩，我喜欢江茗，为了炫耀自己的博学，跟她说了很多这方面的知识，小石头一定是都听进去了，因为他爸爸妈妈想害他，他想自救……"

只有这样，才能解释为什么他一直对小姨说对不起，因为如果不是他的卖弄，小石头就没能力下毒害人。

想到这里，陈恕拿出手机打给安和医院的沈药师。

沈药师是陈晓晓死前最后接触的人，陈恕想也许他还记得什么。

电话接通了，听了陈恕的询问，沈药师有些惊讶，想了想，说："说起来她是有点奇怪，当时我们在走廊上碰到，她跟我说有事不能加班，我们聊的时候她好像看到了熟人，说先离开一下，可那之后她就再也没回来。"

"你有没有看到熟人是谁？"

"没有，走廊上人来人往的，我也没在意，我只记得她是朝病房那边走的。"

陈恕挂了电话，看向陈一霖，两人都想到陈晓晓去的可能是张德金夫妇住的病房。那之后她又去了郊外山上，明显是怀疑让张德金夫妇中毒的毒蘑菇是在那座山上采的。

"我让同事再去查一下当年的食物中毒事件，看能不能找到线索。"陈一霖说，虽然他并不抱期待。食物中毒院方通常会判断为误食，尤其当事人最初是臭黄菇中毒反应，就更容易被忽略。

看看陈恕的脸色，他又安慰道："你别急，卢苇的行动已经被控制了，只要他有参与猫儿眼一案，就一定会留下蛛丝马迹。"

"嗯……有件事我要对你说，我怀疑楚卫风要找的东西是这个。"

陈恕把手机亮到陈一霖面前。当看到手机里楚陵和前女友的照片时，陈一霖一愣。陈恕伸手指指前女友的胸针，胸针是朵玫瑰花，上面点缀了几颗小钻石，钻石在灯下反射出漂亮的光芒。

陈恕说了自己的怀疑。

"那天我在检查楚卫风的书房时，看到保险箱靠墙的缝隙里有个东西发亮，当时我没在意，后来想也许那是胸针上的钻石，可能连楚卫风自己都没注意到。我希望是自己多想了，不过还是想提醒你一下。"

陈一霖脸色变了，立刻联络常青让他留意，等他们开车回到家，常青的电话就打进来了，不可思议地说："还真是有颗小钻石，不过你是怎么知道的？"

陈一霖看看陈恕，对常青说："我把嵌钻石胸针的照片传你，请技术科的同事对照看看是不是一样的，还有调查照片里的女性，名字我马上传你。"

陈恕在同一时间留言给赵青婷问那位前女友的名字。赵青婷听说他想向前女友询问一些事情，便把姓名、身高、手机号还有籍贯都发给了他，详细得让他咋舌。

"我感受到了她深深的怨念。"陈一霖说。

陈恕点点头，深有同感。

前女友叫赵小玲，居然和赵青婷同姓，也难怪她介意。

赵小玲比楚陵大三岁，毕业后原本要留在本市工作，因为和楚陵分手，便回了家乡，楚陵的手机也被拉黑了，联系不上。至于分手的理由，据赵青婷听来的消息是两人的价值观不同。

陈一霖把赵小玲的资料传给了常青。过了一会儿，常青留言过来，陈一霖看完，对陈恕说："已经和赵小玲老家那边的同事联络上了，请他们协助调查，不过你的推测可能是对的，这两年里赵小玲的手机和身份证都没有使用过。"

"就像小鱼那样吗？"

陈一霖点点头。

房间静了下来，陈恕明白了，赵小玲不是因为和楚陵分手而拉黑他，而是在分手后她无意中发现了楚卫风的一些秘密，导致被灭口。

"那混蛋真是死得太轻松了。"他恨恨道。

第二天，陈一霖拿到了彩虹之家负责人的联络地址，他遵照约定，带陈恕一起过去。

负责人叫王喜玲，是个七十多岁的老太太，她精神很好，两人过去的时候，她正在院子里和老姐妹们跳广场舞，听说陈一霖要问福利院孩子的事，便很热情地招呼他们去家里坐。

王奶奶说当初是因为资金问题再加上自己的身体状况，才被迫关掉福利院的，不过她都保存了孩子们当初的照片。陈恕说自己是李小苇的表兄弟，这些年一直在寻找他，王奶奶完全没怀疑，翻到了李小苇的照片给他们看。

照片里是个个头不高但看起来很机灵的小孩子，王奶奶对他记忆犹新，说他很聪明，也懂事，有眼色，常常主动帮忙做事。李小苇的父亲因为赌钱欠了钱，学人家碰瓷，结果不小心被撞死了，母亲跟人跑了，李家的亲戚就给了王奶奶一笔钱，让他住进了福利院。福利院关掉后，里面的孩子王奶奶都分别转给了其他一些福利机构，李小苇去的那家叫枫叶，之后的事她就不清楚了。

"真的是李小苇家里的亲戚把他送来的？"陈恕不信，问道。

王奶奶误会了他的意思，说："是啊，按说这样做不对，不过他家亲戚是托朋友来求我的，不太好拒绝，我又看孩子可怜，就留下了。"

她给了两人枫叶福利院的电话，说他们可以去那里打听李小苇的去向。

陈一霖没打电话，而是直接过去拜访，刚好院长在，这次陈一霖是用警察的身份询问的。院长查了资料，转院过程与王奶奶说的一致，后来李小苇在上初中时被收养，改名卢苇。

这部分也与小柯调查到的情报吻合，不过十多年前户籍资料的管理不像现在这么严格，不能排除卢苇在进彩虹之家的时候就顶替了别人的身份，可惜王奶奶没有李小苇家亲戚的联络方式，那个拜托她的朋友也已经过世了，无从问起。

陈恕不死心，又向院长要了当初的名册照片。照片里卢苇的头发剃得很短，看着很瘦弱，不过两眼亮晶晶的。陈恕无法把照片里的小孩和小石头联想到一起，唯一有印象的是小石头的眼睛也是这么亮。最后陈恕只是拍了卢苇的照片，离开了福利院。

回家的路上，陈一霖问："你没有小石头的照片？"

"没有，可能是祖父母怕我想起那时候的事，都删掉了，不过也许江茗有，可以问问她。"

陈恕刚说完就想到楚卫风死亡，楚家正在被搜查，现在就算去找江茗，她应该也没心思配合。

陈一霖明白他的顾虑，说："我同事还在查张德金和李薇两边亲戚的情况，如果联络上，我们再去向他们询问情况。履历或许可以修改，可是人的记忆是无法修改的，如果卢苇是小石头，总会找出他伪装的破绽。"

下午，陈一霖接到了常青的电话，陈恕看他在听电话时表情严肃，就知道有情况，果然陈一霖挂了电话后，说："赵小玲老家那边的调查有结果了。赵小玲家里重男轻女情形严重，她上大学后就把户口迁出来，与家里断绝了关系，上大学的费用全是靠奖学金和自己打工赚的钱。当地警察去调查时，她父母还说她是白眼狼，弟弟结婚买房都联络不上她，一点手足之情都没有。"

陈恕明白赵小玲为什么会和楚陵分手了，他们俩的价值观相差实在太大了，他冷笑道："说什么感情，他们明明是想要女儿掏钱罢了。"

"她父母确实不是东西,不过重点是赵小玲这几年没有用过手机和身份证,家人朋友也都和她联络不上,这种情况与小鱼很相似,所以我们头儿决定彻底搜查楚家名下所有的住宅,包括山上那栋别墅,应该很快就有结果了。"

正如陈一霖所说,第二天上午警察就在山间别墅的院子里翻出了一具女尸。

女尸被埋在葡萄架下,已经化成了一堆白骨。埋尸的地方没有可以证明女尸身份的东西,推测是凶手都处理掉了,详细鉴定还需要花一些时间。从腐烂的衣服以及衣服上的胸针来推断,骸骨是赵小玲的。

听到了这个消息后,陈恕首先的反应就是询问有没有找到小鱼。陈一霖说还在搜查,但两人都不抱希望,因为小鱼和赵小玲的失踪方式太像了。

没多久赵青婷的电话就打来了,她直接打给了陈恕,说刚听说楚陵被警察抓走了,她还不知道赵小玲的事,以为楚陵被抓是他们提供的证词造成的,想问问陈恕要不要向警察解释一下。

陈恕问她怎么知道的,她说是楚陵打电话质问她,骂她做假证诬蔑自己的父亲。赵青婷一听说楚卫风死了就蒙了,跑去楚家想解释,谁知刚到就看到楚陵被警察带走了。

陈恕安慰了好久才把赵青婷安抚住,谁知挂电话没多久,庄静又打了过来,问的是同样的事情。

原来赵青婷受了惊吓,把事情都跟她讲了,她比赵青婷还不在状况,听说卢苇参与了绑架,居然以为他是出于嫉妒,因为最近自己和陈恕走得太近了。陈恕没力气多作解释,把手机给了陈一霖,让他去应付。

赵小玲被杀,楚陵作为她的男朋友,有重大嫌疑。不过陈恕倒觉得楚陵并不知情,这人就是地主家的傻儿子,以他的个性,如果参与杀害事件,他绝不会还特意收藏和前女友的合照。

果然,楚陵很快就被放出来了,不过出乎陈恕意料的是一起被放出来的还有卢苇。当时他正在给杠杠准备晚饭,赵青婷打电话过来说了这事。当听说是江茗带了悦风集团的律师去帮卢苇做的交涉后，他惊得把猫食盆都打翻了。

"你是不是一早就知道了？"一放下电话，他就问陈一霖。

"我猜到了，"陈一霖捡起猫食盆，"证据不足，没法一直关着他。"

"警察不是搜查他的工作室了？什么都没查到吗？"

陈一霖看了他一眼，欲言又止，陈恕说："你有什么话就直说，我心里有数，不会乱传的。"

"只查到了一些不道德的录像和照片。他都交代了，原来他在楚家的别墅放了几个针孔摄像头，因为楚陵常常带朋友去狂欢，里面有不少富家子弟，他可以有效地利用录到的东西。"

"讹钱吗？"

"你小看他了，他要的不是钱，是路子。很多时候有些人一句话就可以带来一大笔生意，卢苇工作室之所以发展得这么顺利，靠的就是这些路子。"

"难怪被戴了'绿帽子'后，卢苇对楚陵的态度没太大改变，原来对他来说楚陵只是个可以利用的棋子而已。"

"事情比你想的还要黑暗。卢苇说他通过楚陵认识了江茗，当时江茗刚回国，朋友不多，他就想这是个追求江茗的好机会，可他已经和庄静在一起了，江茗不仅知道，还认识庄静，所以他就默许庄静和其他男人来往，暗示庄静性开放，自己被情所伤，好吸引江茗的注意。楚陵和庄静发生关系对他来说是千载难逢的好机会，他趁机踹走了庄静，表面上还做出深情却被辜负的姿态。

"卢苇去别墅回收针孔摄像头也是为了防止万一，接下来他要正式追求江茗，不想留下把柄，所以他对你态度变恶劣不是因为误会你和庄静怎么样了，而是认为你妨碍了他追求江茗。"

"这些都是他自己说的？"

"嗯，他被带去警局，吓得不轻，都主动交代了。我们也确实从别墅搜到了几个摄像头，不过他一直都不承认给庄静和楚陵下药的是他。"

"呵呵，因为他们嗑的是猫儿眼，如果卢苇认了，那不就是承认他参与了猫儿眼一案吗？"

"我们也是这样考虑的，不过重查了卢苇养父母的死因，都没有疑点；卢苇去过墓地也无法作为指证他的依据；根据楚家人的证词，楚卫风中毒当晚，他妻子梁悦碰过他的外衣，用人也去过放外衣的房间，所以严格来说，当晚在楚家的所有人都有下毒的可能；还有，卢苇去海岛之前的行动也查清楚了，他说是因为忙工作，实际上是去做大保健了，已经得到了证实，所以到目前为止，虽然这家伙的行为证明他就是个人渣，但不能因为他是人渣就逮捕他。"

"还有绑架赵青婷呢？他说没参与就没参与，你真信他的话？"

"不信，可是除非有确凿证据，否则只能放人。"

"呵呵，这就是所谓的疑罪从无吧。"

陈恕冷笑，陈一霖知道他意难平，其实魏炎另有计划，放人只是计划中的一部分，不过这是内部机密，他没法跟陈恕说。

不见他回应，陈恕又说："如果我生活在那种家庭，哪怕有一点希望，也会死死抓住，不惜一切代价，他现在所有不择手段的行为不正证明了这一点吗？"

"我明白你的心情，可是想要正式逮捕他，还需要更有力的证据做基础。比起这个，楚家出面请律师帮卢苇，你不觉得奇怪吗？"

陈恕二话不说，拿起外衣就往外走，陈一霖知道他的想法，说："我就知道你会冲动，所以才没说。"

"我不是冲动，你放心，该怎么说我有分寸，也许有我的刺激，他才会说实话呢。"

"你不会又想拿自己当诱饵吧？"

"反正也不是第一次，我习惯了。"

"是我不习惯，这对我的心脏非常不友好。"

说归说，陈一霖没阻拦陈恕，反正卢苇现在的行动都被监视了，谅他闹不出什么花样。

陈一霖开车来到楚家，警察已经撤掉了，楚家只有两个房间亮着灯，看着很冷清。陈恕下了车，来到门前，抬手正要按门铃，门先打开了。

开门的是江茗，她应该是看到了陈恕的车，提前在门口等着。

她穿了一套深绿色西装，与平时的穿着不同，是很正式的服装，让她看起来要比平时冷硬，她很冷淡地说："我们现在很忙，没时间招待客人。"

"我不是来做客的，是有几件事想问你。"

江茗面露冷笑，正要反唇相讥，大宝跑过来，看到是陈恕，一脸惊喜，抱着他的大腿叫，又问杠杠好不好。

儿子在，江茗打住了话题，让保姆把儿子拉回家里，这才对陈恕说："我听说了，我继父的自杀与你和赵青婷有关，你们还诬蔑他参与什么毒品流通，还把赵小玲的死推到他身上，真好笑，你们是笃定死人没法反驳，才这样信口开河吗？"

她因为气愤，脸颊都红了，陈恕平静地反问："你真认为他是被诬蔑的吗？"

"当然，他是好人，他对我母亲还有我一直很好，可能他的生意上是有一些不合规矩的地方，可他绝对不会涉毒，不会杀人！"

江茗说得言辞凿凿，可陈恕有种感觉，她是在强迫自己相信，因为她不想承认所谓的美满家庭都是精心营造出来的假象。

"我可以问个问题吗？"他说。

或许觉察到了自己的失态，江茗伸手捋捋头发，问："是什么？"

"为什么悦风集团的律师会帮卢苇辩护？"

"还到不了辩护的份上，只是我……我觉得因为叔叔的事连累了他，就顺手帮下忙而已，如果他真犯了罪，就算出动再好的律师也帮不了他，不是吗？"

"你弟弟好吗？"

"怎么可能好？他回来后就一个人闷在屋里，他曾经喜欢的人被杀了，自己的父亲成了嫌疑人，换了是谁都接受不了。"

江茗说着，嘲讽的目光看向陈恕，像是在说我弟弟会变成这样，难道不是拜你所赐吗？

陈恕没在意，继续问："那卢苇呢？"

江茗眉头微皱，表情泄露了她的想法。陈恕往她身后看看，果然就见卢苇走了过来，他穿了套休闲服，衣服可能是楚陵的，看着有些紧巴巴的。

"是你们？"

看到陈恕和陈一霖，卢苇脸色明显变得难看，指着陈恕对江茗说："就是他和赵青婷血口喷人，害得伯父自杀的，还诬蔑是我下的毒……"

"小石头！"

陈恕突然大喝一声，卢苇没防备，话顿时停住了，江茗也吓了一跳，不快地问："你搞什么？"

"没什么，就是突然想起了我们小时候认识的一个小伙伴，他叫小石头，你还记得吧？"陈恕盯着卢苇说，江茗顺着他的目光看看卢苇，有些莫名其妙。

"那么久的事，你怎么突然提他？"

"你不觉得卢先生和小石头很像吗？"

这次卢苇抢先开了口，骂道："你神经病啊，什么小石头大石头的，跑来胡言乱语。江茗，我们别跟这种人说了，免得回头又被他诬陷，有问题让他跟律师交涉。"

他把江茗拉进去，接着又要关门，江茗拦住，对陈恕说："我不知道你突然提以前的事是什么意思。我记得小石头，不过他和卢苇没关系，他们一点都不像，也许你该去看看精神科医生。真的，你的记忆实在是太混乱了。"

她说完关上了门，大门关上的那一瞬间，陈恕看到了卢苇略微上翘的唇角。

江茗走到窗前，透过窗帘，她看到陈恕二人上了车，车很快开走了，她微微松了口气。

卢苇误会了她的反应，安慰道："别怕，警察又不傻，只要我们没做坏事，任凭他怎么说都不会影响到我们。"

"真的没做坏事吗？"

江茗看向他，目光冷冷的，像是看出了什么。卢苇不由得心虚，把眼神移开了，故作镇定，说："当然没有，我以父母的人格起誓。"

江茗转身离开，卢苇跟上，说："我去看看楚陵吧，他需要朋友的引导和安慰。"

"不用了，他现在最需要的是冷静，请回你自己的房间休息，明早我会安排司机带你去别的住所。"

"这种时候我觉得我还是留下来，大家同舟共济比较好。"

"这是我母亲的提议。"

说是提议，江茗的口气却很决绝，卢苇没再坚持，点点头微笑说："没问题，这次多亏了你们帮忙，我才能摆脱嫌疑，你们怎么说，我照做就好。"

他依旧一副温和的脸孔，不过不显眼的挑眉透露了他真实的想法，江茗更觉得这人有问题，她说："我不知道你是怎么说服我母亲的，不过既然她做出了这样的决定，我就会帮你，也请你好自为之，不要做违反法律的事。"

她离开了，卢苇没有再跟上去，站在原地收敛了笑，看着她的背影，目光深邃，透出算计的光芒。

江茗来到母亲的房间，梁悦靠在沙发上闭目养神，静得如同只留下呼吸的木偶。

为了处理公司业务，梁悦化了淡妆，却掩饰不住眼中的憔悴，才两天时间，她却像是老了十几岁。江茗不忍看下去，想提醒母亲适当休息，话到嘴边又咽了回去。

她知道坚强如母亲，是不想听到这种毫无意义的安慰的。

所以她问的是："为什么你要帮卢苇？"

梁悦抬抬眼皮，"他手上有公司的一些把柄，你叔叔已经那样了，不能连公司也毁掉。"

"叔叔是不是真做那些事了？"

"当然没有！"

"可是尸体……赵小玲的尸体总不可能无缘无故被埋在楚家的别墅院子里，还有，我看过美容院和珠宝店的账目，几家连锁店一直在亏损，可明明客人很多的，盈利的钱都去哪儿了？"

"你负责卢苇就行了，其他的事有专人处理，你就别管了。"

"可是妈……"

"小心卢苇，他是个为了达到目的可以毫不留情铲除任何人的人。"

梁悦说完又闭上了眼，江茗没再打扰她休息，悄声走出房间。

她来到走廊上，看看尽头那个属于楚卫风的书房，走了过去。

书房门开着，里面被彻底清查过，所有相关物品都被收走了，房子空荡荡的，她鬼使神差，走到了窗前。

下面车位都空了，江茗打开窗户，冷风吹来，减弱了心中原有的烦躁，她想起陈恕说的话。

有种感觉，陈恕说的都是真的，楚卫风一直在做违法的事，他并不爱她的母亲，那些关心和体贴都是做给外人看的，他真正看重的是母亲的经商头脑，他想找个有能力的人为自己办事而已。

或许这一切母亲也是知道的，任何事总不可能瞒过枕边人，她只是不愿意承认罢了，不愿意承认失败，更不愿意承认这么多年的相濡以沫都是一场笑话。

江茗眼圈红了，她想到当年因为憎恶而铸成的大错，想到这些年一直纠缠自己的梦魇，想到幸福却又短暂的婚姻，最后她想起了小石头，全身一震，从记忆中回过了神。

为什么陈恕突然提到小石头？是在暗示她杀了林江川吗？可是小石头并不认识林江川，更何况陈恕又没有证据证明是她杀人。还是她把事情复杂化了？陈恕的记忆一直都很混乱，在接二连三的意外刺激下，他真的认为卢苇就是小石头，或许还认为绑架以及其他的意外都是卢苇暗中策划的，因为卢苇的童年过于不幸，所以就想报复身边过得开心的人。

江茗笑出了声，她在嘲笑自己想得太多，也在嘲笑陈恕的异想天开。不过她又很羡慕陈恕，他总是可以选择性地遗忘，也不知道是幸还是不幸。可如果遗忘是幸福，他又何必汲汲于知道真相呢？

楼下传来保姆的叫声，好像是大宝又闯祸了，江茗关上窗跑出了书房。

她跑到楼梯口,就见大宝趴在地上,卢苇上前把他抱了起来,看到江茗,卢苇给她打了个手势,示意没事。

江茗的脚步顿住了,那一瞬间,她好像回到了十四年前的那一天,她站在山腰上,笑着看陈恕和小石头这样打手势聊天。

十多年过去了,三人的模样早已模糊在了记忆中,可是要想知道卢苇是不是小石头并不难,因为那张三人合照她一直都保存着。

陈恕睡前一直在反复回想和江茗的对话,导致整晚都在做梦,梦到小石头和萧萧姐,梦到张德金夫妇的死亡,还有他在雨中飞奔的那一幕。

他似乎听到了自己在对小姨说什么,可是就在他想细听的时候,黑色轿车冲过来,将他撞飞。

陈恕猛然惊醒,心头兀自悸动不停,看看对面的挂钟,指针指在了九点上,他没想到自己居然睡了这么久,抹掉头上的冷汗,坐起来。

陈一霖不在,客厅传来小猫玩铃铛的响声。陈恕随便洗了把脸,看看猫食盆,里面还有吃剩下的猫粮,看来陈一霖在出门前给猫喂过食了。

陈恕倒了杯水,坐到沙发上咕嘟咕嘟喝水,小猫歪头看看他,一弓身跳上茶几,猫爪碰巧踩到遥控,打开了电视。

新闻台都是些可有可无的报道,陈恕正看得无聊,陈一霖回来了。

"吃饭了吗?我买了早餐。"

陈一霖把买来的豆浆油条放到茶几上,陈恕本来不饿,看到热气腾腾的早点,顿时来胃口了,拿了根油条放嘴里,说:"可以当我的午餐了。"

"睡得还好吗?"

"做梦太精彩,简直就跟没睡一样。"

陈恕自嘲完,问陈一霖去哪儿了。陈一霖说去局里转了一趟了解情况，原来魏炎怀疑悦风集团旗下的其他几家公司也与猫儿眼一案有关系，正在和缉毒科的同事联手做调查。

陈一霖一语带过，问："做了一晚上的梦，对你的记忆复苏是不是有用？"

"没有，不过有一点我敢肯定，卢苇绝对有问题。"

昨晚关门那一刹那，陈恕清楚看到了卢苇脸上得意的笑，他说："可他的演技毫无破绽，我都怀疑是不是自己想错了，你告诉我，一个没有演戏经验的人，他是怎么做到这一点的？"

"我唯一可以肯定的是警察会盯着他的，不管他有什么目的，都别想要花样。"

"还有，江茗在撒谎，她说是出于歉意才会帮卢苇请律师，可楚卫风死了，公司岌岌可危，她有多余的精力帮不相干的人吗？除非卢苇本来就和楚卫风是一伙的，所以她必须帮卢苇，以免他把秘密抖搂出去。如果真是这样，为了楚家也为了公司，她就算还记得小石头，也不会告诉我的，唉……"

"别灰心，昨晚是敲山震虎，老虎惊了才会有所行动。"

"我没灰心，我是在懊恼。我推理到了萧萧姐杀人、推理到了赵小玲被杀、推理到了江茗的思想变化，我的推理能力这么好，当初怎么就没入侦探这行？"

"这……"

"也许等这案子结了，我该认真考虑下和陈冬侦探社合作。"

"我说，你有这工夫，不如推理下你被刘叔的车撞的时候到底想去做什么？"

陈一霖说完就有点后悔，因为那是陈恕记忆中的一块伤疤，他拿起遥控换台，借以转移话题。但他很快发现陈恕并没有介意，喝着豆浆自言自语说："我在梦中看到自己说话时的口型了，我在提醒小姨小心。我那么急着去找她，是因为我知道危险就在她身旁，可能她发现了张德金夫妇的中毒真相，而凶手并不希望她讲出来。"

至于凶手，无疑就是小石头，陈晓晓可能是跟踪小石头去的山上，当时她应该开始怀疑小石头了，可即便如此，她也不可能想到一个孩子会那么心狠手辣。

"喵。"

小猫突然叫起来,跳下茶几扑到了电视机前。

娱乐频道正在报道某明星出院的新闻,染了一头金发的男士正对着镜头手指比心。记者询问他的伤势,他拿腔作调说了一大堆,总结成一句就是——他很好,请大家继续支持。

随着他对着镜头比心的动作,屏幕上飞起一颗颗粉红色的心,小猫兴奋了,跳起来,用猫爪一下下拍屏幕,陈一霖笑道:"咱们家杠杠也喜欢帅哥啊。"

陈恕问:"苏远怎么了?"

"他叫苏远?前几天他从娱乐公司的楼梯上滚下来,被送去医院了,就是我去公司找刘叔那天。"

屏幕上苏远还在继续说废话,陈恕看着屏幕,表情慢慢变僵硬,问:"是他失足滚下去的,还是被人推下去的?"

"不知道,他出事的地方没摄像头,我当时急着找刘叔,只看了他经过走廊的视频,当时只有他一个人……有问题吗?"

陈恕不说话,新闻报道换别的了,他便拿过手机上网查看,看了一会儿,又去看其他的娱乐新闻。陈一霖发现不对劲了,说:"要我问问负责的同事吗?"

陈恕还是不说话,盯着手机看了好久,把手机递给他。

手机新闻跟电视报道的内容大同小异,陈一霖没看出有什么问题。陈恕滑动触屏,让他接着往下看。

这是另一则新闻,主角是张大厨,他换了造型出新节目。陈一霖扫了一眼就"啊"地叫出了声,抬头吃惊地看向陈恕。

"你怎么发现的?"

"那天早上我陪庄静去咖啡屋和卢苇见面,刚好碰到了张大厨,他就是这个新造型。"

节目里张大厨一身西装,头发染黄了,看上去精神干练,比在海岛录节目时瘦了一圈。

陈一霖看了他的视频,又去看苏远,说:"苏远出事那天穿的是暗红色休闲西装,张大厨呢?"

"也是西装,黑红色调的。"

两人都是颜色相近的衣服和头发,身高又差不多,从后面乍一看很可能会搞错人,想起张大厨在咖啡屋的反应,陈恕背后一阵发凉。

"那天张大厨好像要对我说什么,看到卢苇跑过来,他就匆忙离开了……苏远绝对不是失足坠楼,是有人把他误看成了张大厨,把他推下去的!"陈恕说着,打电话询问几个关系不错的朋友,果然都说苏远是被算计了,动手的那个叫邢星。邢星陈恕也认识,还一起搭过戏,邢星人不坏,就是有点嚣张,所以一听说是邢星,陈恕就感觉这事不单纯。不过苏远和邢星不对付却是事实。邢星这两年风头正劲,苏远也自带了一大票"粉丝",两人的人设又相似,所以为了争资源一直明里暗里地斗。有关苏远被推下楼这事邢星不承认,签约公司也不想把事情搞大,所以对外只说是意外。

陈恕问了一圈,大家听来的八卦大同小异,最后他放下手机,看向陈一霖。

陈一霖联络上负责处理此案的同事,同事说是苏远报的警,不过他很快就改口说是自己踩滑摔下去的,所以事情最后不了了之了。警察还留了电话给苏远,说如果有问题可以随时找自己,但那之后苏远没有再联络他。

陈恕听完,说:"苏远应该是被经纪人提醒了,他怎么敢联络警察?闹大对他没好处,他只能吃哑巴亏。"

"说起来邢星也是倒霉,莫名其妙给人背黑锅。"

"谁能想到问题出在张大厨身上呢。"

要不是那天陈恕刚好遇到张大厨,他也不会把两件事联想到一起。

他打电话给张大厨,铃声响了好久也没人听。他挂掉又重新打,如此反复了几次,手机终于接通了。

陈恕直接开门见山,问:"苏远被人推下楼这事你知道吧?"

张大厨先是一愣,随即笑呵呵地说:"那是谁啊?我不认识……

我现在和老婆孩子在海南度假呢。你有什么想要的,我买给你,不过我要在这边住一段时间,最近太累了,我老婆说要适当地休养生息。"

张大厨嗓音洪亮,听起来很有精神,可是给陈恕的感觉那都是强撑出来的,张大厨的演技并不好,陈恕觉得在这方面他该向卢苇学习。

他便直接说:"你是因为看到苏远出事,才跑去海南的,对吧?我问过了,你档期排得特别紧,正常情况下根本没时间出去玩。"

他随便诈唬了一下,张大厨就上钩了,连声否认,声音却弱了很多。

陈恕不给他思索的机会,接着说:"逃避解决不了问题,我们都知道是有人不想你多话,才在娱乐公司推你下楼,苏远只是倒霉地成了替死鬼而已。你逃过一次,不可能每次都逃过,除非你站出来指证他。"

"你在编剧本吗?说得这么复杂,都听不懂。"

"好,我用你听得懂的话说——你在海岛上看到了凶手,是吗?"

对面传来抽气似的惊呼,显然张大厨没想到他会问得这么直接,陈恕又问:"他是谁?你又看到了什么?"

张大厨低声嘀咕了一句,陈恕没听清,想要再问,他说:"陈恕你想多了,我真的什么都不知道,不和你聊了,我老婆孩子在叫我呢。"

他说完就挂了电话,不给陈恕再问的机会,陈恕想重新再打,被陈一霖拦住了。

"他提了几次老婆和孩子,可能是有人利用他的家人威胁他,你逼他也没用,他不会说的。"

陈恕想这应该就是张大厨推掉节目带家人远离都市的原因,好在他现在离得比较远,至少一家人的安全可以保证。

他说:"他挂电话前好像说'原来……是这样……',是什么意思?"

"可能他在岛上看到了什么,当时他还没想到与凶手有关,所以在咖啡屋遇到你时打算跟你说，你刚才的询问反而让他明白了自己被威胁的原因，他就更不敢说了。"

"这不就是说我自己把路堵死了吗？"陈恕有些懊恼，自嘲道，"看来我离当侦探还有一大段距离啊。"

"至少现在我们知道苏远滚下楼的真相了。"

"一定是那天卢苇看到张大厨和我说话，觉察到危险，就跑过来阻拦，让张大厨没法再说，所以你看这家伙绝对有问题！"

"张大厨这边暂时先放放，可以问问苏远的情况，也许他当时看到了什么。"

"苏远肯定不会告诉警察的……"

陈恕刚说完，陈一霖意味深长的目光就投向了他，陈恕马上反应了过来。

"你想让我去问？我和他都不认识，突然跑过去问，估计连他的面都见不着，人家的经纪人又不像刘叔那么不靠谱。"

"所以才要你出面啊，虽然你是十八线，可你的演技没有差到十八线吧？"

与陈一霖对视着，陈恕很遗憾地想如果他还是助理，那该多好啊。

至少可以修理得让他怀疑人生。

第十八章
故人

和苏远见面比预想的要容易得多,因为他是个猫奴。

在了解到他这个喜好后,陈恕就带着他的小猫去拜访了,找的借口是他和邢星合作时也被算计过,想报复回去,所以来取取经。

陈恕这个十八线演员的人设很多时候都很方便,因为在圈里,他对大多数人都造不成威胁,所以苏远一听说他也是猫奴,就很热情地接待了他。

关键时刻,杠杠这只猫很靠谱,它比平时都乖巧,让苏远摸肚皮,还对着他喵喵地叫,把苏远都乐翻了,再听了陈恕绘声绘色讲述自己被推下楼的经历后,他同仇敌忾,把自己的事也说了。

他说他出事那天刚好拿到一个大IP,想告诉母亲让她开心,就去了大楼后面的楼梯口,因为经纪人提醒说这事还没完全定下来,让他别太高调。就在他快走到楼梯口时手机响了,他滑开接听,刚说了个"喂",就有人突然从后面揪住了他的衣领,没等他回头,一个手帕之类的东西就捂住了他的嘴。那味道很呛,他有点晕乎,还好那东西随即就被抽走了,他恍惚听到喷声,那人松开了他,他当时已经一脚踏在了楼梯上,身体失去了平衡,顺着楼梯滚了下去。事情发生得太突然,他跌下楼后,意识开始涣散,只隐约看到一个人影在楼上一闪就消失了。

陈恕听完,马上问:"没看到长相?或者高矮胖瘦什么的?"

"好像是黑衣服、短发,肯定就是那小子——他一直宣称自己一米八几的个头,我感觉实际上跟我差不多,可能还矮一点,所以他才揪我的后衣领,如果比我高的话,应该从后面卡我的脖子,你说是不是?"

苏远还是有点小聪明的,从这个细节上推测到了行凶者的身高,陈恕站去他身后试了试。

陈恕身高184，目测苏远不到180，如果陈恕想从后面动手，确实勒脖子更顺手，还可以顺便控制对方的反抗，然而行凶者没那样做，所以最大的可能就像苏远说的那样。

他皱眉看陈一霖，陈一霖问苏远："你在医院有没有查吸入的是什么？"

"我做了个精密检查套餐，结果什么都没查出来，我估计下毒什么的他多半不敢，应该是乙醚那类玩意儿吧。他肯定是觉得我抢他资源了，想把我推下楼弄伤，好把资源抢回去……喷，也不看看自己那演技，要不是抱金主大腿，混十八线他都不够格……"

接下来是一连串的鄙夷加发泄，估计这事苏远没人可说，刚好逮到了陈恕，就一股脑儿全都抖搂出来了。

陈恕看问得差不多了，赶忙找了个借口抱着猫逃之夭夭。

"推苏远下楼的可能不是卢苇，而是他花钱雇的人。"路上，陈恕说。

因为卢苇也是一米八几的个头。

陈一霖不说话，陈恕又说："要不再查查大楼的监控录像，外人对楼里结构不熟，肯定会被拍到，我们再拿着拍到的图片在卢苇的关系网里找，说不定就能找到凶手了。"

陈一霖还是没回应，陈恕问："我说得不对吗？"

"你觉得凶手只是打算推张大厨下楼吗？"

"至少不会在大楼动手杀人，风险太大了，到时一查楼里的监控，他肯定逃不掉。"

其实在娱乐公司动手这一点就冒了很大的风险，陈恕想卢苇一定是从张大厨和自己说话时的表情里觉察到了危险，才不得不马上动手，情况紧迫，所以出现漏洞也不奇怪。

陈一霖摇头。

"如果凶手的目的是想造成坠楼死亡的假象，用乙醚反而更危险，因为万一张大厨坠楼死亡，法医一查就查出来了。反之，如果张大厨没有坠楼死亡，凶手的处境会更危险，所以我想他用乙醚的目的不是推人下楼,而只是单纯迷晕他,只是动手的那一瞬间,他发现自己搞错了人,所以及时松开了手,导致苏远失去平衡滚下了楼。"

"迷晕了以后呢,他打算怎么做?那么大一个人难道还能避开监控带出去吗?"

陈恕随口说完,忽然想到了宋嫣,他的表情僵住了。

陈一霖说:"张大厨中等个头,可以塞进大旅行箱或是快递箱,或者只是塞到公司某个放杂物的房间。你们那家公司每天人来人往,奇装异服的更不在少数,找个时间送出去应该不难,只要定时用张大厨的手机跟他的家人联络就好,至少拖个几天没问题,到时再追查,难度就大多了。"

陈恕听得毛骨悚然,喃喃说:"可惜百密一疏,因为衣服和发色相同,他追错了人。"

"所以凶手不是卢苇,却对公司内部非常了解,我会查大楼内部监控,不过他被拍到的可能性不大。"

陈一霖又说中了,刑侦科的同事重新检查了苏远出事当天的大楼监控录像,却没有新发现,主要是因为公司监控都设置在出口等几个重要位置上,楼里反而装得不多,因为需要保护艺人隐私,凶手显然是了解这一点,才敢大胆行动。

至于卢苇的关系网,只能说这个人交友实在是太广了,出事当天和他通过电话的就有几十人,排查后全部不具备作案条件,推测卢苇及其同伙用特殊方式联络。

调查了一圈下来,最终都打回了原形。就在两人感到泄气的时候,陈一霖收到小柯的信息,说查到张德金和李薇夫妇两边的情况了。

李薇前夫叫王贺生,说是前夫,实际上王贺生与李薇并没有登记领证,两人只是同居关系,所以小石头也没有上户口,没有名字,想从学校这方面来做调查都不可能。

王贺生是独子,学历不高,不过有点生意头脑,开了家日用品小工厂,生意不错。他出车祸过世后,小工厂被李家的亲戚抢去了。

据说李薇只拿到了一笔钱,她带孩子离开,此后再没有与王贺生在乡下的父母联络过。

这么多年过去了,王家两位老人都已过世。警察询问了村里的人,都说老人从来不提家里的事,偶尔提起来就是骂儿媳妇,看来是儿子的死给他们的打击太大,把怨气都发泄在了李薇身上。

张德金这边的情况比较简单。

张德金夫妇食物中毒过世后,两个孩子就被他堂弟张德明收养了。后来堂弟一家人搬去了广州,也是碰巧,张德明两个月前刚回来,就住在市郊,有关小石头的事可以直接问他。

陈一霖一听到这个消息,连饭也顾不得吃,开车带着陈恕找了过去。

张德明五十多岁,长年东奔西走,看着比实际年龄要老很多。两人找过去的时候,他正坐在树底下和几个男人抽烟唠嗑。

陈一霖表明身份,张德明有点慌张,直说自己早就跟赌骗分家了,现在只是做点正经小买卖,直到陈一霖解释说自己是想了解张德金两个孩子的情况,他才冷静下来,带两人回家聊。

"当初我其实是不想管的,一帮人在旁边道德绑架,说张德金没兄弟姊妹,最亲的人就是我,让我帮帮忙。我家只有一个儿子,心想给他当个伴也不错,后来又发现张德金投了保,我想可以借此拿到一笔保险金,一举两得,就办理了领养手续,领养了小弟。"

"等等,不是两个孩子吗?你只领养了张敬?"

"是啊,大的那个又不是我堂哥的儿子,关我什么事?不过一开始他是跟我们一起住的,我想着等联络上他父亲那边的人,就把孩子送过去,谁知那帮人都没良心,问了一圈都没人管,我家一下子多出了两个吃白饭的,害得我整天被老婆骂。

"事实证明人果然不能贪,虽然我拿到了二十万保险金,可那俩孩子特别不好管,尤其是那个大的,他好像脑子有问题,不说话不让靠近,狠起来连自己弟弟都打。我记得有一次他们打架,我抓住他想骂他两句,谁知他直接抄起了菜刀,他那眼神太狠了,我到现在想起来还发毛。

"那件事后我就想找个什么办法送他走,结果还没等我想出来他就先离家出走了,留了张纸条说去找他奶奶。他还挺厉害的,真让他给找到了,后来没多久他奶奶就联络上我,说话挺有礼貌的一个老太太,又向我道谢,又说她会办理领养手续,我总算是松了口气,心想那个小麻烦有人接手就好。"

听到这里,陈恕和陈一霖对望一眼,都知道张德明被骗了,小石头父亲那边的亲戚根本就没有收留他,那个所谓的奶奶是有人冒充的。

陈恕问:"那小弟呢?"

"唉,别提了,他也跟他爸爸一样,一开始就长歪了。小时候还好,长到十岁多,越来越叛逆,动不动就打群架,后来辍了学,也留信离家出走了,等我注意到的时候,他户口都迁出去了。"

"你们现在还有联络吗?"

"没有,他那一走就再没回来。为了那么点钱养了个白眼狼,真是得不偿失啊,唉……"

张德明连连摇头。陈一霖又问有没有张敬的照片,他原本不抱期待,谁知张德明居然说有,跑去里屋翻了一会儿,拿出一本边角都泛黄了的相册。

"这是我刚买相机时给儿子拍的照,他也在,就一起拍了,好像还是他上初中那会儿,喏,中间这个没站相的就是他。"张德明翻到一页,指着一张三人合照说。

左右两边是张德明父子,当中的少年是张敬,他很瘦,比张德明的儿子高出半个头,双手抱胸,头歪向一边,嘴角翘起,带着这个年纪的孩子固有的玩世不恭的笑。

陈恕拿起照片仔细看,怎么都无法把他和记忆中的小弟联系到一起。不单是长相,而是两个人的气质都完全不一样了。照片里的少年更暴躁更叛逆,可想而知他和养父母的关系不会太好。

"嗯?"

陈一霖从陈恕手中把照片拿了过去,表情微妙,陈恕问:"怎么了?"

"我好像在哪儿见过他。"

张德明抢着说:"那肯定是在管教不良少年的时候,这孩子上了初中后就经常跑派出所,那些民警同志看到他都头疼。"

"不,我应该是最近见过的。"

应该不是什么大案子,所以他只是随便瞥了一眼,印象不深,到底是哪里?

陈一霖拍拍脑袋,陈恕的手机响了,他一边敲字一边说:"又是赵青婷,问我们怎么样了,还有她需不需要去照顾杠杠……"

说到赵青婷,陈一霖眼睛一亮,对着照片拍了照,告辞离开。

他一路跑上车,陈恕紧跟着坐到副驾驶座,问:"你想起来了?"

"嗯,跟赵青婷说谢谢她。"

陈恕莫名其妙,丢了个动态图给赵青婷,又问:"与赵青婷有关吗?"

"你还记得那次有人恶意按商场的手扶梯紧急按钮,导致很多人滚下电梯的事吗?"

"当然记得,赵青婷还受伤了,当时楚陵和庄静也都陆续出事,我还怀疑是雨衣男做的。"

"也许你的怀疑是正确的,至少赵青婷那次是这样。"

手扶梯事件的起因是商场保安和几个小混混发生语言冲突,出于报复心态,混混按了紧急按钮。后来经过调查,发现双方都有责任,首犯因为腿有残疾,加上商场方面没有追究,最后只做了行政拘留处理。

所以在了解了事件经过后,陈一霖就没再多想,没料到在几个月后他会重新再看到这个小混混的照片。

陈一霖找出当初常青给他的资料,让陈恕对照着看。

照片里是个留小胡子的年轻人,眼神有点呆滞,颧骨突出,显得很瘦削,与合照里少年的感觉又不太一样,乍看不像,但仔细看的话,眉眼部分还是有几分相似的。

陈恕看了资料里面的名字,混混叫张赫,而不是张敬。

"不愧是当警察的，这你都能看出来是同一个人。"他称赞道。

陈一霖表情严肃，无视陈恕的称赞，说："那不是意外，当时我要是再多留意一下，可能会更早接近问题核心。"

"他把名字都改了，腿又有问题，换了谁都会认为他按紧急按钮是想报复商场，不过这次他逃不掉了，一定要让他说实话。"

陈一霖根据资料上的地址，开车来到张赫的住所。

他是和朋友合租的房子，陈一霖找了个检查电路的借口就让他们开了门。

张赫不在家，屋子里乌烟瘴气，几个年轻男女凑在一起看电视，酒瓶子和外衣随便丢在地上，为了避开障碍物，陈一霖不得不踮起脚走路。

带他们进来的男人随便指了下电闸就又趴到了地上，这表现明显是嗑了药。陈一霖靠近查看他们的情况，又问张赫去哪里了。一个女生说他猜拳输了，去便利店买零食和酒了。

她抬头说话的时候，陈一霖看到了她那对缩得近乎一条线的眼瞳。

尽管猫儿眼一案已经告破，然而私底下这种毒品还在广泛流通，要完全控制还需要很长的路要走。

陈一霖感叹地想，打电话去区派出所说明情况，请他们过来协助。

他刚打完电话，对面就传来开门声，张赫提着购物袋摇摇晃晃地走进来。

外面在下雨，他手里提着伞，伞尖直往下滴水，他也不在意，继续往里走。他的左腿有毛病，走起来有点拖拉，脚踩在水上，在地上拖出一条水线。

陈一霖正要过去，就见陈恕突然从门后跳出来，伸手攥住张赫的胳膊，同时一脚踹在他膝盖窝上，张赫连声音都没发出来就扑通趴在了地上。

陈一霖看得目瞪口呆，急忙跑过去。陈恕自己也吓了一跳，松开了手。

陈一霖问:"你从哪儿学的?"

"当然是从我演的那些电视剧里学的,每个剧本都这样写,歹徒发现不对劲会掉头就逃,我怕他逃就……我踢的是他那条健康的腿……"

陈恕说到一半,看看还趴在地上的人,自己也觉得出手有点重了,问:"你还好吧?"

张赫没站起来,而是靠着墙坐在了地上,屁股上沾了水他也不在乎,抬头看看他们,含糊不清地说:"新人?谁介绍来的?"

"老大让我们来的,跟你打听一件事。"

陈一霖随口应付着,开始问他还记不记得按手扶梯紧急按钮那件事,是谁指使他干的。

"不知道,我是电话接的生意,他问接不接活儿,预付五千,成功后再给五千,我一听,就是按个按钮而已,立马就答应了,这么简单的活儿不接那是傻子。"

他说得太轻松,陈恕气极反笑,说:"什么叫按个按钮而已?一个不小心是会出人命的!"

回应他的是一个大大的哈欠,张赫很无所谓地说:"与我何干?"

"你和那个人有没有见过面?"

"没有,两次都是电话联系,那家伙挺鬼的,怕我听出他的声音,还用了变声器呢,不过我录音了呵呵呵……"

"所以你说的那些因为被保安羞辱才按按钮的都是谎言了?"

"虽然不算什么大事,但我也得给自己留个后路不是?"

张赫看似很困倦,说话的时候眼睛都睁不开了,接连打哈欠。陈一霖上前撑开他眼皮看了看,果然是细如猫眼的眼瞳,再攥住他的手腕撸起袖子,他手臂上有不少针孔——他不仅吸毒,还是重度吸毒者。

张赫忽然回过了神,把陈一霖推开了,叫嚷着让他们滚出去,又扶着墙爬起来,想往客厅走,可没走几步又摔倒了,四肢发出颤抖。

几个朋友看得哈哈大笑,张赫冲他们叫嚷。他吐字不清,陈恕听不出他在说什么,他的朋友却好像听懂了,跑过来拉他,两个女生在对面继续放声大笑。

陈恕忽然想起多年前他还是小孩子时跟随母亲进病房的模样,再看他现在毒发后的丑态,不由得难受,摇摇头发出叹息。

"都是一群疯子。"

区派出所的民警很快就赶了过来,协助陈一霖处理吸毒问题。张赫的毒瘾发作了,他的情况最严重,民警说需要送他去戒毒所接受治疗。

陈一霖问了其他人有关张赫的事,其中一个比较清醒,他回答了陈一霖的询问。

原来张赫的腿是在一次打群架时受了伤,没有及时治疗导致的。他为了减轻疼痛,就私下弄了些杜冷丁来用,后来越来越上瘾。他们吸食的猫儿眼也是通过张赫的渠道弄来的,因为好吸又好玩,圈里的人都喜欢,至于毒性有多大,他们也不清楚。

陈一霖听了张赫手机里的录音,打电话的人开门见山便说出了自己的要求和支付的金额,在张赫同意后他说了句"再联络"便挂了电话。

第二次联络就是赵青婷出事那天,张赫接到电话去了商场待机,约定以来电为信号按按钮。

三十分钟后,张赫在赵青婷踏上手扶梯的时候按下按钮,这次他没接听来电,所以没有录音,只有来电显示。

陈一霖对根据手机号码追踪主使者没有抱期待,不过既然主使者可以即时指挥张赫,就证明当时他也在商场,他们可以根据这条线索进行追查。

张赫神志不清,被送去了警车上。陈恕急于知道小石头的情况,便对陈一霖提议说分工合作,他跟着张赫,陈一霖去商场调监控,有消息随时联络。

陈一霖起先不同意,说:"外面下着雨呢,这一下雨我心里就慌,别忘了雨衣男总是在雨天出现。"

"你还警察呢,怎么这么迷信,好歹我也是练过的,刚才你不也看到了，再说卢苇都被监视了，他没机会靠近我的。"

陈一霖想想也是，开玩笑说："要不你带着杠杠吧，有猫保镖跟着，我更放心。"

"得了吧，带只猫去戒毒所，不知道的还以为我是要给猫戒毒呢。"

陈恕和陈一霖分头行动，他跟着民警带张赫去了戒毒所，在张赫接受检查的时候顺便向民警询问他的情况。

民警说张赫自从搬过来，前两年进派出所就跟进自家院子似的，不过没有嗑药等问题。最近没见到他，还以为他走正道了，没想到反而变本加厉开始吸毒，到了注射的阶段，想要再戒掉就很难了。

说到这里，民警摇头叹息。

过了一会儿，张赫精神状况好一点了，趁着民警和医生沟通，陈恕过去和张赫搭讪。

他恢复了清醒，整个人蔫蔫的，耷拉着脑袋坐在床上。陈恕说刚才和他聊过天，他摇摇头，貌似不记得了。

陈恕也没多问，只说自己对猫儿眼感兴趣，问他是从哪个酒吧弄到的。他想了想，说是以前在朋友介绍的酒吧上班，是酒吧老板给他的。

那家老板人很好，他的腿受了伤疼痛不止，也是老板给他的杜冷丁，可惜这么好的人却没好报，一年多前酒驾撞车死了。

他说得平淡，陈恕却听得一激灵，经历了太多的意外，他现在对车祸都产生应激反应了，忙问酒吧的名字。

张赫又皱眉想了半天，才说叫枫叶，老板叫刘大勇。

听到枫叶这个名字，陈恕心里又咯噔一下。

卢苇曾经住过的福利院叫枫叶，刘大勇的酒吧也叫枫叶，张赫又在酒吧做事，这总不可能是巧合。

他一开始只是想找机会问问有关小石头的事，没想到会问到这么重要的情报，有点后悔没叫上陈一霖一起来。

陈恕问张赫有没有刘大勇的照片。张赫手机里有几张以前的合照，他指着其中一个又高又胖的男人说他就是刘大勇。陈恕没见过这个人，他又把话题转向小石头，问张赫有没有小石头的照片。

张赫对这个哥哥没什么印象了，似乎食物中毒事件对他的打击太大，皱眉想了想，忽然抱住头发了疯似的叫起来。

医生闻声赶来，和护士一起按住张赫，他动不了，脸涨得通红，翻着白眼飞快地摇头，嘴里嘟囔着"快死了、救命"等字眼，像是毒瘾又发作了。

"你是不是跟他说了什么，刺激到他了？"医生问陈恕。

陈恕有些发傻，想解释。医生摆手让他出去，被众人责备的目光盯着，陈恕只好连声道歉，退出了病房。

"你们是朋友吗？"民警跟出来，问道。不等陈恕回答，他又说，"可以定期来看看他，这对他戒毒有帮助。"

陈恕点点头，民警又问他需不需要坐车回去。陈恕正要回答，手机响了，他拿出来一看，居然是江茗。

陈恕心一跳，直觉感到有事发生，他谢绝了民警的好意，走到角落接听电话。

江茗的状态好像很不好，喂了一声又停下了，陈恕听她鼻音很重，问："是不是感冒了？"

"没有，就是……没关系，你今晚有时间吗？我有事要跟你说。"

"有关小石头的？"

江茗没有马上回应，不过她这个反应就是最好的回答。陈恕立刻又问："你还记得他的模样，对吗？我是不是没说错，小石头就是卢苇，对不对？"

"我找到了以前我们的合照……晚上七点，我们画廊见。"

"你现在就告诉我……"

"电话里说不清楚，见了面慢慢说。"

"不是，你既然都知道了，就赶紧说出来，你知不知道刑侦剧里这种欲言又止的剧情一定会出事的！"

陈恕急躁地说，江茗反而被他逗乐了，问："你希望我出事吗？"

"当然没有！"

"放心，我不会有事的，如果真要对付我，我早就没命了。"

"可是……"

"抱歉陈恕,我需要一点时间先处理我母亲还有公司的问题,所以我不能马上揭底牌,我会帮你的,但我也要保护我的家人。"

她语气坚定,陈恕没法再坚持,只好说:"那你自己小心,不要单独和卢苇见面。还有,进出带保镖,也提醒你母亲,虽然楚卫风和卢苇是合作关系,但绝不能相信他。"

江茗沉默了一下才说了声谢谢,挂断了电话。

陈恕看着手机屏幕,在知道被江茗欺骗后他就把他们合照的待机画面换掉了,可是看屏幕时,偶然还是会想起来。

他呆了一会儿,很快就重新振作精神,打电话给陈一霖,铃声响了半天才接通,陈一霖问:"有发现?"

陈恕原本想拜托陈一霖调派人手暗中保护江茗,可是一旦开口就得解释理由,但明显江茗不想让更多的人知道这件事。所以他临时改口,说:"问到了给张赫提供毒品的人,他好像也是枫叶福利院出来的,去年出车祸死了,所以我想再去福利院问问情况,你那边查得怎么样?"

"还在看监控录像,暂时没找到卢苇,那家伙鬼着呢。"

"你同事应该都在盯着他吧?"

"当然,就等着他露狐狸尾巴呢。"

听他这样说,陈恕放了心,挂了电话,叫了车来到枫叶福利院。

接待陈恕的还是之前那位院长,他以为陈恕也是警察,所以陈恕说想再看看和卢苇同时期住在福利院的孩子,他就爽快地把相册都拿出来了。

陈恕对比着从张赫那儿拿来的照片,很快就找到了刘大勇,他没有换名字,也没有太大变化,和同龄的孩子相比又高又壮,看着就不好惹。

他指着照片里的刘大勇,问院长:"您对这个孩子还有印象吗?"

"喔,是大勇啊,我记得可清楚了,孩子群里的小霸王,他比卢苇要大两岁,经常打架,不服管。我一度头痛这孩子将来可怎么办,没想到他后来混得还挺好的,自己开了家酒吧当老板,前年还来过,拿了东西来谢我，还捐了钱，我当时特别开心……说起来他好久没来了，可能忙吧，现在的年轻人都忙啊。"

院长感叹着摇摇头，但不难听出其中的欣慰，陈恕没有说出真相，问："刘大勇和卢苇关系怎么样？"

院长想了想，说："应该还不错，至少刘大勇没打过他，小苇这孩子很有眼色，这也跟他从小的生活环境有关，嘴巴甜，懂得讨好人。"

陈恕一边问一边翻相册，照片很快都看完了，他却没再问出有价值的东西。看着院长把相册插回书架，他正要告辞，其中一本相册没插好，落到地上，一张照片从相册里滑了出来。

"这还有张合照啊。"

院长捡起来，满是感叹。陈恕好奇地走过去，院长把照片递给他。

那是张很多小朋友一起拍的照片，年代久远，照片边角都泛黄了，刚才他没看到这张照片，院长说："可能是插在哪张照片后面了吧，唉，这些孩子啊，看着眼熟，可是名字很多都叫不上来了。"

陈恕扫了一圈，轻松就找到了刘大勇，这要归功于他块头大，他身旁就是卢苇，刘大勇还把胳膊搭在卢苇身上，看来这两人以前的关系还不错，谁能想到多年后一个已经去世，一个成了犯罪嫌疑人。

陈恕正要把照片还给校长，目光忽然落到那群孩子身后，照片最边上还有个小孩，孩子没有看镜头，而是蹲在花坛边上，陈恕只能看到侧脸还有孩子手上拿的……好像是石块……

花坛旁边堆了不少石块，陈恕手一抖，眼前划过他和小石头还有萧萧姐在山上玩石头叠叠乐的场景。

照片滑过指间落在了地上，他匆忙捡起来，指着孩子问院长："这个……叫什么？也是你们福利院收留的孩子吗？"

"不是，这应该是员工的小孩，你看大家都穿着统一的服装拍照，如果是福利院的儿童，不会自己玩的。"

"怎么能找到……"陈恕顿了一下，改为问，"能找到这位员工吗?"

"要问下老张,就是我们管人事的……"

院长说到一半,有个职员跑进来叫他,说孩子打架了,有个孩子的头被打破了,让他过去看看。他只好让陈恕先等等,又让职员去找老张。

职员出去没多久又跑回来,说老张今天休息,问陈恕可不可以明天再来。陈恕还站在书架前盯着手里的照片看,职员叫了他两声他才回了神。

职员看他脸色难看,有点担心,说:"如果事情很急的话,我把他的手机号给你,你直接联络他。"

她说完,发现陈恕又出神了,看着照片,眼睛直勾勾的很吓人,她小心叫道:"先生你还好吧?"

"呃,没事,我能借下这张照片吗?"

陈恕有些恍惚,职员连连点头,生怕刺激到他。

陈恕道了谢,把照片揣进口袋告辞离开。他出了福利院,走出没几步,身后传来叫声,职员拿了把伞追上来,把伞递给他。

陈恕有些发愣,职员看他的反应,总觉得这个人状态很不对劲,说了句"伞不用还了,路上小心"就转身跑回去了。

陈恕看看手中的伞,终于回了神,撑开伞慢慢往前走,雨点不断打在伞上噼啪作响,仿佛钟摆的响声,一下一下弹动着,让他纷乱的思绪逐渐变得清晰起来。

他从一开始就走进了一个误区,所以不管他怎么探查追究,结果都是错误的,眼前浮现出那个溺水醒来的自己——他在医院苏醒,看到了小姨、魏炎警官,接着是小石头的父母。

魏警官说没看到小石头的床头卡,因为那是李薇提前藏起来了,她还为了别人不接近小石头而特意要了个单人病房,他一直以为那是为了防止小石头说出家暴的事,可能那是一个原因,但更主要的原因是……

陈恕掏出照片,重新注视那个几乎可以说是布景板的小孩。孩子是那么的不起眼,所以所有的人都忽略了,包括他自己。他一直都在寻找雨衣男,却没想到雨衣男就在身边!

铃声突然响起,陈恕不由自主一抖,发现是手机的新闻提醒。他松了口气,掏出手机打给陈一霖,他嫌雨伞碍事,便收起雨伞,顺手把照片也放进口袋。

手机一直没人接听,陈恕心里的不安感更强烈了,雨点打在脸上和身上,他却毫不知觉。

就在这时,手机振了一下,微信上有人传照片进来,他点进去,却是大宝。

孩子坐在车上,手里拿了个冰淇淋对着镜头笑,他起初以为是江茗传的,马上就觉得不对劲,紧接着又一张照片传过来,这次大宝举起另一只手,手里竟然握着两块大大的鹅卵石!

陈恕心一沉,他知道自己最担心的事终于发生了,马上留言问是谁。对方没回应,倒是手机响了,陈一霖的电话打了进来。

他语气焦急,说:"我刚才没听到你电话,你没事吧?"

"我……"目光扫过照片里的孩子,陈恕说,"我没事,你怎么会这么问?"

"卢苇那小子耍心眼,把跟踪他的警察甩掉了,还绑架了江茗。"

"什么?不可能!"

"你冷静点,听我慢慢说。"

一小时前江茗开车去卢苇住的地方找他,据在附近监视的警察说,江茗进去十分钟后,两人一起出来,由江茗驾车去了郊外。

他们起初以为这两人是要去郊外别墅,跟随在后面。在走到某条比较狭窄的车道时,一辆车从岔路口冲过来,和前面的车发生了碰撞,导致两边车道的车都堵住了动不了,他们只能眼睁睁看着江茗的车扬长而去。

"肇事车辆已经控制住了,车主和张赫一样是收钱做事的,诈了他几句就全部都交代了。我听到汇报,就赶去追江茗的车,车是找到了,两个人却不见了,江茗的手机和皮包都在车上,方向盘上还有血迹,怀疑卢苇劫持江茗是为了跑路做准备……"

"他不会那么蠢的,你们都没有证据指证他。"

"找到证据只是迟早的问题,还有一个可能是两人串通好的……江茗在去找卢苇之前给你打过电话,她说了什么?"

"她说她知道小石头是谁了,约我晚上在画廊见面。"

"这么重要的事你该马上告诉我的,她了解真相就代表她处境危险……"

"我知道,可她拜托我别说,因为关系到公司和家人的安全,我怕她知道我透露给警察,会一生气改主意不说。"

"那至少跟我打个招呼,我可以找人暗中保护她啊!"

"我怎么知道她会主动去找嫌疑人……"

话说到一半,陈恕的脑袋突然嗡的一声。

是啊,江茗明知单独行动会有危险为什么还要去找卢苇?就算卢苇不是小石头他也很可能是同谋,除非江茗当时不得不那么做,因为……

陈恕点了下触屏,大宝举着石头的照片又跳了出来。

不错,凶手绑架了大宝,利用大宝要挟江茗配合自己的犯罪计划,还发了照片给他,这肆无忌惮的姿态明显是在说——如果不介意孩子的死活,那就随你的便配合警察好了。

陈一霖误会了他的沉默,说:"就算他换了车也跑不了多远的,就怕他狗急跳墙找你的麻烦,你现在在哪儿,我马上过去找你。"

"我……"

对面传来叫声,有人在跟陈一霖说话,隐约是追踪到目标了,陈一霖听了一会儿,对陈恕说:"我先处理下这边的情况就过去,你好像还在福利院,等我。"

对面情况应该很紧急,陈一霖匆匆说完就挂了电话,陈恕想他是看自己的手机定位,才会确定他现在的位置。可大宝被绑架了,江茗也因此受到怀疑,甚至可能有生命危险,雨衣男狡猾狠毒,他绝不甘心于单纯的绑架,而是……

是什么呢?

陈恕皱起眉,发现以他对雨衣男……不,是以他对小石头的了解,他完全无法猜出对方的想法。

毕竟他不是变态。

心脏在飞快鼓动，扑通扑通扑通，紧张而剧烈，逐渐与雨声汇合到了一起，陈恕握住手机环视四周，到处都是一片雾蒙蒙的，什么都看不到，可他总有种感觉，有人就躲在雨中窥视他，恶意地看着他的情绪一点点走向崩溃。

陈恕的呼吸变得粗重，看向四周，又按下大宝的微信号打过去，却始终没人接听。

他终于忍不住了，看着远处的车站，拔腿冲去，一边跑一边继续按通话，明知对方不会接听，却还是不甘心放弃。

"快接电话啊！快点接！"

他大叫出声，泪水随着雨水一起滑下脸颊，恍惚中此刻与记忆重叠到了一起。时光倒回到十四年前的雨天，他和那个少年一样努力奔跑着，希望能救下小姨。

冷雨迎面扑来，道路两边的光景走马灯似的在眼前晃过，他越跑越快，少年的叫声也越来越清晰，这一次他清楚听到了少年的叫喊声。

"小姨，不要相信小石头，是他下的毒，毒蘑菇都是他放的……"

对，那天他在参与配音前和小姨通过电话，小姨提到了张德金夫妇的情况，所以他在配音时一直都很在意。后来他从配音室出来，看到小姨的短信，说看到了小石头，他精神好像很恍惚，独自坐公交车去郊外，她不放心就开车跟了过去。

正是那个短信让他感觉到了危险，因为他和小石头还有萧萧姐也去过郊外山上，他还教给他们药草和毒蘑菇的辨认方法。

小石头一直被家暴，他理解小石头想干掉父母的心态，可万万没想到他连不相干的人都不放过。

泪水模糊了眼眸，少年脸上的恐惧、担心还有绝望却越来越明显，他跑得跌跌撞撞，就像此刻的自己。

陈恕抹了把泪水，再次按下通话，大叫："快接听，你他×的……"

"喂？"

童音传来，陈恕一愣，手机居然接通了。他停下脚步，按捺住重重的呼吸声，叫："喂，是谁？"

"我是大宝，嗯，哥哥好，哥哥我好想你呀，你一定要来我家玩啊……"

孩子的话还没说完就断掉了，陈恕急忙叫："大宝，是我，你在哪里？我马上过去！"

声音消失了，陈恕这才反应过来刚才那段不像是即时说话，而是录的音，他生气地问："你到底是谁？想干什么？"

"还算聪明，没跟警察说实话。"

嘶哑金属音传来，陈恕心一沉，尽量让自己不慌神，问："你把大宝怎么样了？"

"只要你配合，他暂时就没事。"

"是不是你绑架了江茗？还有卢苇，他们在哪里？"

"还记得安和医院以前那个地址吗？医院后面山上半山腰有个红瓦房，他们就在那儿。"

回得太痛快，陈恕反而吃不准，像是觉察出了他的想法，对方说："前提是你得快一点。"

"我知道，你的目标是我，我马上去，别伤害不相干的人。"

对面传来笑声，金属音说："我不是楚卫风，所以别耍花样，大宝在别的地方，他会不会活下来就看你的选择了。"

"我不会报警的，你不信的话我马上砸了手机，别碰孩子，他还小，什么都不懂！"

"小心别出车祸，你错过了一次，别再错过第二次。"

"混蛋，是你！是你害死我小姨……"

话没说完，嘟嘟声传来，对方已经挂断了电话。

陈恕气得差点爆粗口，可他不敢耽搁，看看手中的手机，江茗母子都在对方手上，他不敢赌，扬起手，用力往地上一摔。

机子挺结实的，只是屏幕上多了些碎纹，陈恕又上前踩了两脚，把手机一脚踹进了旁边的水洼，朝着前面的车站跑去。

刚好有辆公交车停在那儿,陈恕冲到车门口,忽然想到手机扔掉了,他又没有公交卡……

就在他犹豫的这一瞬间,车门关上了,车向前驶去,陈恕急忙追着拍打车门想让司机停车,却被直接溅了一身泥,司机无视他的叫喊,开车扬长而去。

陈恕跑了几步停下了,想叫网约车,又再次想到没手机,看看周围,正准备试试搭个顺风车,一辆黑色奥迪从后面飞速驶来,在他身旁停下了。

由于停得太快,陈恕又被溅了一身水,他全不在意,跑到驾驶座门旁。

车窗先打开了,居然是熟人,就是前不久他刚见过的那个叫苏远的小明星。

"你又被耍了?"

看到陈恕有伞不打,淋成了落汤鸡,助理也不在身边,苏远惊讶地问:"又是那家伙?放心吧,我已经找好人了,就等着……"

"这是你的车?"

"算是吧,赞助商借我开的,下一部戏的道具。"

"借我一下。"

"啊?"

苏远还没反应过来,车门已被打开了,陈恕拉着他往车外拽,苏远叫道:"你等等等等,我这还系着安全带呢。"

话音刚落,安全带就被解开了,他也被拉下了车,等他站稳再转头看过去,陈恕把雨伞塞给他,自己坐上了车。

他赶忙叫道:"你不能就这么走了,这车我要还人家的,你都弄脏了……"

"回头我来赔。"

回应声中车窗关上,轿车穿过雨帘,飞速向前驶去。

"我说你……"

莫名其妙被丢在了道边,苏远气得想骂人,随即想到比起骂人,他该做的是打伞,又急急忙忙撑开伞,再往前看去,车早跑没影了。

陈恕开着车狂奔，来到安和医院的旧地址。

这里经过改造，现在已成了普通的住宅区，陈恕顺着标记找到了上山的路，一路开了上去。

雨势转小，山路很空，陈恕继续加快车速，沿途有三三两两的房屋，再往上跑不多远，一栋红瓦屋顶的两层楼出现在眼前。

陈恕急忙开过去，房子单独一栋，附近没有其他住宅，门口停了一辆黑色家用车。他停下车跑过去，车里是空的，再看车牌，似乎是假牌。

陈恕转头看眼前的屋子，下雨阴天，屋里却没开灯，他走过去的时候，发现监控摄像头都关掉了，屋里拉着窗帘，无法知道里面的情况。

他提起警觉伸手推门，门没上锁，随之往里打开。

要说陈恕参演的剧够多了，所以他对现在这种状况相当了解，不出意外的话，这基本就是自动送人头的戏码。偏偏他明知道危险，还是不得不照着剧本来走。

陈恕一边在心里自嘲一边放轻脚步走进去，里面异常地暗，门关上后，连雨声也听不到了，静得令人心慌。

陈恕摸索墙壁上的开关，打开了灯。

"江茗？江茗你在吗？"

他不确定雨衣男在不在，看到门口挂着几把雨伞，便拿到手中暂当武器，又提高声音叫，希望把人引到他这边，让江茗可以暂时脱离危险。

可是屋子里始终没人回应，陈恕来到客厅，客厅整洁，沙发上搭了件男士外衣。他瞟了一眼，猜想是卢苇的，便提起戒备继续往里走。

走廊上还有两个房间，他推开门，借着走廊灯光看去，里面都是空的。

会不会是他来晚了？

懊恼涌上心头，陈恕转了个身想上楼，外面闪电划过，屋子被映亮的瞬间，陈恕看到前面地板上似乎有个物体。

房屋很快又陷入阴暗，陈恕跑过去，那是厨房。光亮透过窗户透进来，凑近了，陈恕发现倒在地上的是具人体，头发很短，不是江茗。

陈恕胡乱摸索墙壁，终于找到了开关，灯光亮了，照在人体上还有溢满地板的红色液体上，人体不远处有不少玻璃碎屑，仔细看质地却不同，一部分是厚实的玻璃花瓶碎片，另一部分是打碎的水杯。

陈恕的心腾地提了起来，丢开雨伞跑上前去。

卢苇趴在地上脸色灰白，他的头好像受了伤，沾了血迹，不过重伤部位是在后背，一柄匕首从他右侧后背刺入。陈恕不敢碰匕首，叫了两声不见有反应，又探手触摸他的鼻息，似乎隐约还有呼吸。

陈恕演过很多这样的角色，可是当真正误入凶杀现场时，他才知道以前的演绎都是不对的。现在的他大脑一片空白，想着需要马上叫急救，很快又想到他还要找人，那个人是谁来着……

陈恕想了半天，急得额头都冒汗了才想起他要找江茗，慌慌张张想要站起来，身后忽然传来金属音。

"你又晚了一步。"

音质阴沉冷漠，陈恕蓦然回头，眼前强光闪过，他不由自主眯起了眼，随即腰间剧痛，强大电流传向全身，轻易就攫走了他的意识。

第十九章
千谎百计

不知过了多久，疼痛把陈恕从昏迷中拉回现实，他感觉呼吸困难，恍惚中睁开眼睛，眼前一片漆黑。

他活动了一下，抬起头，原来呼吸不畅是因为他脸朝地趴着，他想撑地爬起来，马上又摔回地上，这才注意到双手被反绑在背后，两只脚踝也连着绳子，绳子只有半尺长，可以稍微活动，却无法迈步行走。

"别、别动！"

头顶上方传来女人的叫声，声音尖锐带着哭腔。陈恕抬头看去，随即额头剧痛，有个东西重重砸在他头上，浓稠液体顺着眼角流了下来。

陈恕神志恍惚了一下，重又抬起头，不远处放了盏LED灯，光芒投在行凶者的脸上。

雨还在下，她全身都湿透了，乳白色的裙子满是褶皱和泥巴，睫毛液化开，眼睛周围和脸颊上沾着斑斑点点的黑色液体，看着很惊悚。但更惊悚的是她的脸，那张原本漂亮温婉的脸庞扭曲着，她手中握了块大石头，瞪着陈恕，眼神中充满了仇恨和愤怒，竟然是江茗。

陈恕呆住了。

假若眼前是卢苇是小石头或是其他任何一个人，他都不会震惊，可偏偏是江茗，他想不出自己做过什么，让江茗对他如此痛恨。

惊讶很快被尖叫声打断了，江茗举着手里的石头冲他叫："我让你不要动！不要动！"

"你疯了吗？我是陈恕！"

"我知道你是陈恕，都怪你，如果你不一直纠结以前的事，不一直查下去，根本就不会变成现在这样。赵小玲死了，楚卫风死了，卢苇死了，都怪你，都是你造成的！"江茗咬牙切齿地说。

陈恕瞠目结舌气极反笑。

"他们的死与我有什么关系，为什么要怪我？"

"如果你不揭穿真相，就什么事都没有！你害死了那么多人，还要害我儿子，我不会放过你的！"

江茗说着话，抢起石头再次朝陈恕砸去，陈恕慌忙往旁边躲。江茗像疯了一样，一次没打到，她不罢休，又追上来打第二次第三次。陈恕被她的疯狂弄得手忙脚乱，怎么都想不通上午通电话时她还好好的，怎么突然变成了这样。

"你是不是嗑药了？"

这是他唯一能想到的，可惜周围太暗，他无法看清江茗的眼眸，仓促躲闪了几下，最终还是因手脚不便，额头被石头的棱角划到，又流出血来。

江茗一脚踹在他小腿上，把他踹倒，举石头砸向他的脑袋，大叫道："你死了，我儿子才能活，求求你别反抗，你去死吧！"

闪电划过，照亮了她狰狞的脸庞，猛然间，陈恕眼前划过林江川的脸，原来那一晚江茗就是这样杀死林江川的。

可他不想死，更不想莫名其妙地被干掉。

陈恕抢先跳起撞向江茗，危急关头，他的力气大得出奇，江茗被撞得跌了出去，手里的石块甩飞了，她自己也就地连滚几下，头碰到旁边的树上，呻吟着似乎想爬起来，不过挣扎了两下又跌了回去。

陈恕惊魂未定，坐在地上呼呼直喘，全身溅满泥浆，他恍若不知，冷不丁回了神，正想找办法解绳子，旁边传来呵呵笑声。

粗粝的金属颤音，陈恕一个激灵转头看去。

那人坐在背光处，和以往一样，身上披着雨衣，雨衣帽子几乎遮住了大半张脸，手里摆弄着匕首，刀刃不时划过冷光。

陈恕又是一抖，他对雨衣男已经有心理阴影了，明知不可怕，却还是打心底犯怵，又看看周围，他们现在在山里面，周围遍是树林荒草,这种荒郊野外自然不可能只有江茗一个人,所以是这家伙趁他晕倒时把他弄来的。

"是你电晕我的?"他问,雨衣男没回应,他又问,"大宝呢?我已经来了,你快把孩子放了!"

还是没回应,陈恕看看连着两只脚踝的绳子,寻思着怎么割断它,嘴上却大叫:"卢苇也是你杀的是不是?小石头,你的目标是我,到底还要害多少人才甘心?"

这次对方回答了他:"卢苇是那女人杀的。"

"什么?"

"很奇怪吗?她本来就是个可以为了自己的利益牺牲一切的人。"

雨衣男抬起头,目光投向不远处的江茗。虽然是通过变声器发出的声音,陈恕却还是听出了内里的嘲弄,他不敢置信,也下意识地跟随着看过去。

"这就是你喜欢的萧萧姐,呵呵,你为了救她冒险赶过来,她却为了自保毫不犹豫地要杀你,是不是很好笑?"

江茗像是清醒了,抓住树干慢慢坐起来,她脸上多了几块擦伤,盯着陈恕眼神飘忽,明显是嗑药后的反应。

陈恕冷笑,"因为你用大宝威胁她,还逼她吃了猫儿眼,她现在根本没有自主意识。"

"如果这样说可以让你感觉好受点,我不反对,不过我要纠正一点,我从来都没逼她,猫儿眼是她主动跟我要的。"

陈恕一愣,看到他的反应,雨衣男咯咯发笑。

"我只是提出了一个选择题而已,第一次她选择了卢苇,第二次她选了你,还吃了猫儿眼,说是要壮胆。哈哈哈,真是太好笑了,其实她是想把责任都推到毒品上,好让自己今后过得安心一点罢了。"

"不是⋯⋯"

"你看,有人一直念叨着悔过,但真正重来一次,她还是会做出相同的选择,只不过上一次是裸照,这次是她的儿子。她不会改变的,因为她骨子里原本就是这样自私的人,这就是人性本恶。"

"那是因为她儿子在你手里，她不得不这样……"

"是不是为了亲人就可以做任何事？哪怕杀掉不相关的人？换了你，你也这样做吗？"

陈恕语塞了，假如有人用祖父母来威胁他，他会怎么做？不到那一刻，他不知道自己会做出怎样的选择。

恍惚了一下，他说："我不知道。"

雨衣男大笑起来，陈恕冷眼盯着他，平静地说："你也不知道不是么？因为你是个连亲生母亲都可以毫不犹豫下手干掉的人。"

笑声戛然而止，陈恕说："不用再装了，小石头，我已经知道你是谁了。"

四下一阵沉寂，只有雨点簌簌落下，雨衣男丢开匕首站起来，走到陈恕面前居高临下看他。

陈恕用力一甩头，把遮住眼睛的雨水甩开，说："庄静。"

雨衣男撩开了遮在头上的帽子，灯光下正是属于庄静那张漂亮的脸庞，让陈恕吃惊的是她并没有戴变声器。

"你……你的声音……"

看到他惊讶的反应，庄静笑了，用金属声音说："简单变声而已，你自己就是配音演员，不该这么吃惊吧。"

"我只是没想到你不仅会说话，还会灵活变音，你一直都在假装失声，对不对？"

"因为我知道想要活下来，就不能说话。"

一张纸飘到了陈恕面前，他低头一看，是他从福利院院长那儿拿到的照片。庄静在他昏迷时检查了他的衣服，她从一开始就知道自己发现了她的身份。

还好他没耍小聪明，在身上偷放手机等东西，否则依照这女人的狠毒，一定不会放过大宝。

陈恕暗中松了口气，看向照片。

照片里当背景的孩子在玩石头，与他记忆中的小石头的形象不同，孩子是长头发穿裙子的。也正是在看到这张照片后他才反应过来，他一直都想错了，小石头不是卢苇，因为她是女孩子！

有些地方重男轻女风气严重,都是生了儿子才认可媳妇的存在,这就解释了为什么王贺生和李薇没有登记结婚,小石头也没给上户口;为什么王贺生过世后,王家对唯一的孙子不闻不问;为什么小石头一直是男孩子打扮。

这个原因搞清了,其他的疑点也都可以轻松解惑了。

所有卢苇出现的地方庄静也都有出现,她甚至比卢苇疑点更大。"I Know What You Did"那句话一开始就是她说的,也是她几次提示了连载的故事,所以他和陈一霖才会注意到撰稿人失踪,从而扯出了宋嫣杀人事件。

在海岛上庄静还故意让他吃了楚陵的巧克力,让他认为楚陵有猫儿眼,而实际上有问题的是她给自己的矿泉水。张大厨一定是看到了庄静动手脚,才会在和他重逢时想提醒他留心庄静,后来看到庄静也在场,才临时改主意离开。张大厨可能以为庄静只是为了上位动点小手脚,类似网红小沅下巴豆的做法,并没放心上。庄静却做贼心虚,动了杀他的念头,一次没成功,又打电话威胁,把张大厨吓得逃去了海南。

"为什么?"他仰头看庄静,轻声问。

"你是问为什么我一直装哑巴?还是问为什么我会成为庄静?"

"还有你从杀害凌冰那时起就盯上我了,是吗?"

陈恕其实想问的更多,不过无所谓,庄静会把真相全部都说出来的,所以她才特意设计把他引过来。她身上有太多的秘密,她肯定不会跟任何人说,所以他是最好的倾吐对象。

他猜对了,庄静看看对面,说:"可以,所有你想知道的我都会说,算是帮你了却最后的心愿吧,跟我来。"

她拽住陈恕的胳膊,陈恕被迫站了起来,跟跄着随她往前走。

LED灯旁随便放着锄头和铁锹,再往前看,陈恕抖了一下,前方居然有个大坑,看深度可以轻松埋上几个人。

虽然知道庄静一定不会放过自己,不过黑黝黝的坑就在眼前,他还是背后发凉,转头看这个女人。

庄静的鬓发被打湿了,紧贴在头上,反而多了几分柔弱,妆容清丽，眼瞳明亮，当中充满了热情和喜悦，任谁都无法想象这样漂亮的一个人竟会毫不留情地置人于死地。

庄静抬手一掼，陈恕失去平衡，跌坐到了地上，看到落在旁边的匕首。他假意摔倒，趁机把匕首拿到手中，又借力坐起来，将刀刃抵在绳子当中一点点地割。

庄静没注意他的小动作，坐到他对面，说："既然你发现了我在福利院待过，就该知道我是没身份的。父母没法选择，出身没法选择，名字没法选择，不过至少身份是可以选择的，所以我就这样做了，就是进枫叶福利院，先想办法生存下来，再想怎么弄到身份。"

"院长说你是职员的孩子，你是怎么做到的？"

"任何人只要掌握了他的把柄，要让他服从很简单。那个女人和大学同学搞婚外情，被我拍下来了，我的要求是住进福利院，她就轻松同意了。你有没有查我养父母的情况？"

陈恕摇头，"我也是刚知道你是小石头的。"

之前出车祸，为了索要赔偿，陈恕让陈冬侦探社调查过他们几个人。调查资料上并没有说庄静是领养的，而卢苇恰恰又是领养的，所以他才会一直怀疑卢苇有问题。

听了陈恕的话，庄静咯咯笑起来。

"这要感谢我的养父母，他们和我的亲生父母一样虚伪。亲生父母怕被嘲笑生不出带把的，硬是从小把我当男孩养，而养父母则是怕被嘲笑一对天才生了个智障儿，才让我去顶替她的身份。"

庄静的养父母都是高材生，别人还在奋力苦读的时候，他们已经高薪就职，混得如鱼得水了，唯一的心病就是女儿有先天性智力缺陷。

作为一直被所有人羡慕崇拜的存在，他们当然不想这种事被知道。最初因为在国外，还好隐瞒，后来回国定居，老朋友老同学接触多了，没法再瞒下去，所以他们就做出了一个大胆的选择，去福利院碰运气。

"他们一来我就发现有问题了，在他们被拒绝后跟随他们去了咖啡屋，真难想象两个高学历的人安全意识却不是很高，也可能是虚荣促使人降智吧，总之聊了没多久，我就知道了他们的想法。他们需要可以顶替女儿的孩子，而我需要一个身份，当听说我和他们女儿的岁数相仿时，我就想幸运女神终于开始眷顾我了。"

"那他们真正的女儿在哪里？"

"听说身体很弱，一直住在加拿大某个偏远的乡间，不知道还活着没有。"

接收到陈恕怀疑的目光，庄静摇摇头。

"别什么事都怀疑我，我从来没见过那女孩，反正不管她活着还是死亡，我的养父母都会妥善处理的。比起一个智障儿，他们更在意自己光鲜的外表，所以我做什么都非常优秀，因为不这样做，很可能就会被淘汰掉。"

说到这里，庄静自嘲地笑了。

"你看，我的养父母和亲生父母他们学历不一样智商不一样，可最后做出的选择却是完全一样的，这不是人性是什么？"

"但你亲生父母至少养育了你，而你所谓的选择却是杀掉他们。"

"一个动手把我推下河，一个明知道老公有问题却视而不见，你认为他们有资格称之为父母吗？"

陈恕被反问得语塞，庄静盯着前面的大坑，神情有些恍惚，说："也不知道我的人生是不是被诅咒了，我遇到的都是这样的人。你知道为什么家里没有钱，李薇还特意给我选单人病房吗？因为她怕我是女孩的秘密被发现，更怕我把张德金杀我的事告诉别人，一个床头卡她都常常藏起来不给人看，典型的做贼心虚，太蠢了。"

为了不引起庄静的怀疑，陈恕割绳子的动作很小心，配合着说："她是不是被打得斯德哥尔摩了？否则为什么不爱自己的孩子，反而更爱家暴自己的男人？"

"你在娱乐圈混了这么多年，居然还这么天真，难怪到现在都是十八线。"

庄静惊讶地看他，陈恕无语了，不过为了拖延时间，他还是配合着自嘲。

"因为我一直是靠脸吃饭，没打算靠演技。"

庄静哑然失笑。

"和那些虚伪的人相比,你光是诚实这一点就好很多了。李薇会帮张德金,这与爱一点关系都没有,而是因为我没法赚钱给她花,但张德金可以,还有,我死了,就再没人知道王贺生死亡的真相。理由很多的,你以为只有爱吗?生死关头,最不值钱的就是爱。"

陈恕听得目瞪口呆,庄静误会了,说:"王贺生就是我的亲生父亲,当初那场车祸不是意外,是人为的。他在外面有了小三,好像还怀孕了,李薇就崩溃了,两人在车里越吵越凶,她就扳起了手刹。"

"所以你都看到了?"

"看得一清二楚,我想就算张德金不害我,李薇早晚也会做的,因为她知道我知道真相。她不敢面对我,哪怕知道我没法说话,她也要把我牢牢带在身边,连学校都不让我去,就怕我和外人接触,说出那个真相。你是个例外,因为我坚持要跟你玩,你是第一个对我好的人,是我唯一的朋友,我不想放手。她很不高兴,不过也没太坚持,大概是觉得你还是个孩子,又是孤儿,闹腾不出什么花样来。"

"可是你却挖了坑,想活埋你唯一的朋友。"陈恕嘲讽道。

感觉手腕上的绳子开始松动了,他心里涌起希望,正要加快速度,谁知庄静突然站起来,他怕被发现,只好暂时停下。

庄静没注意到,探头看看江茗,江茗已经坐了起来,上身靠着树干,好像已从疯癫中缓了过来,表情颓丧,嘴里叽叽咕咕地嘟囔着什么。

庄静便没再管她,对陈恕说:"因为后来我知道了你救我只是为了给自己洗脱嫌疑。"

"不是!"

陈恕说完,看到庄静脸上的嘲讽,他说:"可能后来我有这样想过,但是我救你的时候完全没想那么多。"

庄静朝他走近,似乎是想推他进坑,陈恕背后的绳子还没割断,急忙往后面躲,叫道:"等等!等等!我还有几件事没弄明白。"

"时间不多了,一边埋你一边说也是可以的。"

庄静要动手,陈恕继续往后挪,故意问:"为什么要杀凌冰?是不是因为她是我的女朋友,你嫉妒她?"

这招奏效了,庄静脚步一顿,像是听到了好笑的笑话,咯咯笑起来。

"杀凌冰的是楚卫风,动手的是包峰,与我一点关系都没有。那时我还不知道你就是林枫,毕竟你改了名字,还混成十八线。我是直到凌冰死后你被警察怀疑,才注意到你的。"

"为什么杀她?酒会上的照片根本看不出她后面那几个人是谁。"

"为什么你要问这么蠢的问题?不是看不看得出的问题,而是没人想留下把柄。包峰还挺聪明的,借用宋嫣的屋子作为据点,找机会干掉了凌冰,可他那人总在小地方掉链子,事后一直没收走在宋嫣屋子里安放的窃听器,我只好再去一次。"

"就是你撞到了宋嫣杀她前男友李峥的那一次吗?"

"是啊,那天意外惊喜可真多,你和那个警察也去了公寓,往下丢花盆的就是我,别误会,我那都是出于好意,想给你提个醒,让你小心,因为楚卫风一直怀疑凌冰把事情都告诉了你。"

"什么事?"

"楚卫风就是个道貌岸然的伪君子,他不光利用猫儿眼捞钱,还迷奸那些嗑药的人,事后凌冰又几次找你,所以你变成了楚卫风的一块心病,不除掉你他不安心啊。"

"所以那晚我出车祸不是意外,是你特意安排的?"

"是意外,也不是意外。那晚包峰照楚卫风的要求暗中跟踪你,想找机会干掉你,再伪装成车祸。那时候我已经知道你就是林枫了,才提出连夜赶回去。我知道你会在那附近出事,我想找机会救你,谁知人算不如天算,在包峰动手之前,因为赵青婷把车开到了中间线,导致你撞了树。"

"你并没有想救我,因为车祸后你们就马上离开了,包峰是之后才出现的,那晚你只是想亲眼目睹我的死亡过程罢了。"

"你这样说你的老朋友真的好吗?别忘了要不是我,包峰和林晓燕还会继续害你，是我帮你清除了隐患。"

"不，你只是看到车祸后我的记忆在慢慢复苏，你发现你找到了新的游戏乐趣，你干掉包峰和林晓燕也只是不想你好不容易找到的游戏玩具就这么死了，至少在你玩腻了之前我不能死，你说我说的对不对？"

为了掩饰身后的小动作，陈恕努力让自己表现得很愤慨，因为气愤，他全身颤抖，还做出想起来的动作。

庄静笑了，陈恕越气愤，她就笑得越开心。

"不管目的怎样，我还是帮了你啊，就像虽然你救我的目的是为了掩饰罪行，但不能否认我从中受益了啊。对了，我帮你的还不止这些呢，比如那条差点咬到你的狗就是我干掉的，楚陵嘴贱一直说你的坏话，也是我把他推进车道的，还有赵青婷害得你撞车受伤，我就让她滚下手扶梯，还有那个叫……哦对，叫什么小鱼的，你看，所有对你不好的人，我都帮你出气了，你怎么能怪我呢？"

陈恕割绳子的手停下了。

其实他一直抱了一丝希望，希望小鱼还活着，直到此刻听到庄静说出了这个名字。他抬头看向她那张秀美的脸，问："小鱼死了？"

"是啊，好像就埋在这附近某个地方吧，时间太长，记不清了。"庄静环视四周，说，"所有人当中，我最不能容忍的就是她。明明你平时那么照顾她，可她为了自己的利益，毫不犹豫就答应了楚卫风的要求想害死你，所以那晚我亲自动了手，用绳子勒住她的脖颈，亲眼看着她挣扎，最后一点点断了气。"

她看着陈恕，一脸的楚楚可怜，要不是那惊悚的话语，会让人以为她受了多大的委屈。

"你这疯子！"陈恕气得大叫，这次他不是做戏，而是真的愤慨。小鱼是犯了错，但罪不至死，更不该死在一个疯子手里。

"你根本不是在帮我，你做的这一切都是为了达到你自己的目的！"

他吼道："你伤害楚陵和赵青婷，还故意让自己受伤，不过是想找借口和我拉近关系，再利用李峥连载的小说刺激我，还伪装成雨衣男，时不时地在我周围出现，让我怀疑自己是不是出现了幻视。你不断制造恐慌给我施压，就是想让我想起小石头是谁，就因为我遗忘了十四年前的经历，所以你想报复我，想报复萧萧姐！"

"纠正一下，雨衣男不是每次都是我扮的，毕竟我只有一个人，分身乏术，而且我体形也不够健壮。反正那种小事花点钱就有人做了，也会让你产生错觉，认为穿雨衣的是个男人，你说我够不够聪明啊？"

庄静冲陈恕眨眨眼，一脸的狡黠，像是期待被表扬的孩子。看来比起被指责，她更在意自己设计的这么出彩的点子居然没被发现。

陈恕被她看得毛骨悚然，喃喃地问："你是不是也让张赫扮过雨衣男？"

"张赫？"

庄静皱起眉，似乎想不起是谁，陈恕气道："就是你弟弟，也是他按下手扶梯的紧急按键导致赵青婷受伤，你是不是故意让他去做这些事的？"

庄静笑了，看来她想起了张赫的身份。再看她的表情，陈恕就知道自己没说错，不由得心里发寒。

"引诱他打架导致腿受伤，再让刘大勇给他提供杜冷丁让他上瘾，这些都是你做的。你怎么可以这么歹毒，他可是你的亲弟弟啊！"

"天天叫我小哑巴的人，我不认为他是我弟弟。"

庄静脸色冷下来，说："还有，别把我想得那么坏，当年如果不是我拉住他，他就一起中毒死了。张德金夫妇死后他还被收养了，如果之后他都走正道，我和他这一辈子都不会再见到，我的人生可是很宝贵的，不会把时间花在寻找和报复上。

"可命运就是这么离谱，我是偶然遇到他的，这才知道他早就离家出走了，还混帮派到处打架斗殴，真是太滑稽了，有人为了有个家费尽心思，有人却对拥有的东西毫不在意。既然他不学好，那我就帮他一把，让他这么一直走下去，这样才更有意思。"

"不，你一直在报复他，因为他有喜欢他的父母，而你没有。你没让他吃有毒的蘑菇，只是怕一家人只活你一个，你会被怀疑，所以你在给自家人下毒的时候，还给邻居家也下了毒，让大家都以为毒蘑菇是邻居采来的，你害人不算，还嫁祸给别人！"

"因为他家儿子一直欺负我啊，既然你的记忆都回来了，那应该还记得吧。我还是事后听来的，听说他煮方便面时丢了几朵菇，其中就有一朵是有毒的，他们一家人只有他死了，你说这算不算是报应？"

"当然不算！你根本就是心理变态，你只是想把自己的犯罪行为合理化并引以为乐。就像你弟弟，看到他和你一样成为孤儿，过寄人篱下的生活，你心里一定很开心吧？"

面对陈恕的指责，庄静耸耸肩。

"好吧，我承认有这样的目的，可最后要走怎样的路是他自己选的，你说他走对了吗？"

陈恕语塞了，庄静冷声道："所以，真正害他的是他自己。"

"那刘大勇呢？就因为他发现你在算计张赫，你就杀了他？"

"不，那是个自私的人，他只要有钱赚，张赫是死是活他才不在意，我本来也没想对付他的，是他自作聪明。"

似乎找到了可以畅谈的对象，庄静变得很兴奋，在陈恕前面来回踱着步，把他想知道的都说了出来。

"那时我和楚卫风在一起很久了，我有很多朋友，'货源'充足，猫儿眼又不同于普通的毒品，满足了他们猎奇的心理，所以特别受欢迎，刘大勇的酒吧也是客源之一，我就是在那儿遇到卢苇的。

"我第一眼就认出了他，他当然不记得我，我的主动示好满足了他的虚荣心，我们很快就交往了。楚卫风大概是上年纪了，疑心病重，又太重眼前的利益，我知道不可能和他长久合作，为了全身而退，我需要个替死鬼。"

陈恕猛然反应过来，梁悦派律师把卢苇保出去应该是出于庄静的怂恿，不知她是怎么说服梁悦的。不过楚卫风被毒杀、悦风集团摇摇欲坠，在这个节骨眼上，随便说点什么，梁悦都会照做的。

这也是庄静的计划之一，等卢苇可以自由行动后就找机会干掉他，只要他死了，那么所有罪名就可以都推到他身上了。

他嘲讽道："所以你就找上了卢苇。"

"该说是卢苇自找的。他长期住福利院，所以对名利和地位的追求达到了疯狂的地步。为了往上爬，他动用了很多非法的手段，而且他的出身和我相似，是最好的替代品。我没想到的是刘大勇居然认出了我，看到我装作和卢苇不认识，他起了疑心，暗中调查我，又和我摊牌想威胁我，我才动手的。所以你看，卢苇也好，刘大勇也好，都是自己作的，不是吗？"

她很兴奋，眼睛熠熠闪光，语速极快，仿佛在炫耀曾经的功绩。陈恕看得心头发凉，喃喃道："你彻头彻尾都是个疯子！"

"不，我一直认为疯子是无差别杀人，而我没那么做，我从来没有逼迫任何人，我只是提出一个选择而已。凌冰嗑药是这样，李峥接受我的提议，拿我提供的稿子在报纸上连载小说也是这样，宋嫣在岛上协助我还是这样，包括江茗……"

庄静往后一指，陈恕顺着看过去，江茗站了起来，摇摇晃晃地朝这边走。

"你看她不也是为了自己的选择再次杀人吗？"

庄静咯咯发笑，陈恕看到她脚下的铁锹，生怕她突然攻击江茗，趁着她发癫，又加快速度割绳索，口中却问："所以当你发现楚卫风被警察盯上后就除掉了他，顺便嫁祸卢苇？"

"嗯！"

庄静一点头，嘴角翘起，动作和表情都透着可爱，陈恕却无法欣赏，眼看着她往自己这边走，生怕被她注意到自己的小动作，心脏怦怦跳得厉害，大声问："他的药到底是什么时候被换掉的？我想了好久都想不通，因为除了卢苇，没人接近他。"

"喔，那个啊，是我给他的，堂堂正正给的。你和陈一霖搜他的书房，他做贼心虚，我就跟他说犯罪证据都已经嫁祸给卢苇了，短期内不会查到他身上，如果他实在担心，就服毒，毒素轻微，不会给他造成太大伤害，又可以陷害卢苇。等他住进医院，就马上找个治疗休养的借口出国，他不是中国国籍，警察没有确凿的证据，抓不了他的，他就信了。哈哈哈，他算计了一辈子，临到头了居然这么相信别人，你说蠢不蠢？"

庄静哈哈大笑，陈恕冷声问："你在选择和卢苇交往时，就想好用他这个替罪羊了？"

"呵呵，那也要卢苇配合才行啊，他本来和我交往，可是在发现江茗这个更好的交往对象后，马上就开始琢磨找机会踹掉我去追她，我就给了他机会。"

"真正给楚陵下药的是你，你早知道卢苇在别墅偷安了针孔摄像头，就将计就计。你还故意让卢苇看到你和楚陵的床照，各种刺激他，塑造自己被害者的形象，等猫儿眼的事爆出来，你就把所有问题都推到他身上，让他百口莫辩。"

"毕竟他是坏人，做了也不会良心不安。"

"你不会良心不安的，你只会觉得自己做得还不够好。"

"嘻嘻，这句我就当是表扬接受了，"庄静眼眸流转，笑看陈恕，"猫儿眼这个名字是我起的，为了纪念我们的友情，你说好听吗？"

雨水打在脸上，冰冷刺骨，然而让人更觉得寒冷的是这种疯狂。

手腕被刀刃割破了，火辣辣地疼，陈恕却毫无知觉，盯着她，无法想象这世上怎么会有这么丧心病狂的人。

被他恶狠狠地瞪着，庄静一点都不在乎，反而说："说起来你还要谢谢我呢，我做了这么多，也是在帮你啊。你看现在你不是如愿以偿都想起来了吗？真好笑，所有人都说为了你好，却欺骗了你十几年，真正的为你好不该是说出真相，让你自己选择是否要面对吗？"

"你更好笑，是不是为你好，是接受者的感受，而不是给予者自以为是的判断。"

"至少我把你想知道的都告诉你了，现在你可以心满意足了。"

庄静走到陈恕面前，伸手要抓他，陈恕急忙往后躲，还好庄静临时又停下了，略微弯下腰盯着他看，眼眸若有所思。

"我突然发现，你问了这么多，却偏偏遗漏了一个最重要的问题。"

陈恕仰头瞪她，绳索已经完全割断了，他正在找机会反击，庄静说："为什么你一直不问你小姨的死因呢？"

陈恕一怔，随即眼前一阵眩晕，庄静问到了他心底最想逃避的问题，尽管他早就知道了真相。

"我想既然什么都说了，也不差这一点。"

庄静站直身子，慢悠悠地说："张德金的命很硬，一直都没断气，我怕他万一活过来，就想再去趟山里找点药草，没想到被你小姨看到了。她开车跟在我坐的大巴后面，一直跟着我上了山，我在找药草时看到她出现，还有她看我的眼神，就知道她什么都知道了。"

"所以你就害死了我小姨！"

"害死她的不是我，是你。如果你不在她开车时打电话，她就不会知道你撞车，超速往回赶，我只是按开了她的安全带，顺便拉了手刹，这招我还是跟李薇学的呢。第一次我没死，我就想试试看这一次我会不会死，事实证明我的命的确很硬，车撞去道边，你小姨当场就不行了，而我只是一点蹭伤，所以啊任何时候一定要安全驾驶，一定要系安全带……"

"你这个疯子！"

陈恕嘶声大叫，妄图盖过庄静的话声。

他的手已经脱离了制缚，而庄静就近在咫尺，他明明可以马上攻击的，可他竟然提不起力气。想象着小姨全身是血趴在车里的模样，泪水瞬间溢满了眼眶，他大声喘息，想诅咒眼前这个疯女人，又想立刻挥刀杀了她，然而全身颤个不停，像中了邪似的只会大声咒骂和痛哭。

"你闭嘴！闭嘴！你这个疯子！"

庄静轻笑，看着处于癫狂状态的陈恕，仿佛在欣赏自己的杰作。

"你们出事当天张德金就死了，给我省了不少麻烦。我去看你，没想到你居然忘了当时的事，把我当成是病人的家属，所以我就趁你不注意把诺基亚塞在了你的枕头下，反正那部手机是你给我的，既然你都忘了，那我也不需要了。"

陈恕的身躯颤抖得更激烈了，庄静叹了口气，伸手按住他的肩头，说："我很庆幸你的遗忘，否则为了自保，我就不得不杀了你，我并不想杀你，你救过我，是我唯一的朋友。"

陈恕仰头看去，眼眶被泪水占据了，一切都变得模糊不清，唯有庄静的脸异常清晰，诡笑着扭曲着宛如魔鬼的脸。

终于，泪水不受控制地流了下来，他哽咽问道："你怎么可以这样？怎么可以杀那么多的人？哪怕是魔鬼，相处了那么久，也该有一点感情的。"

"不，陈恕，你错了。"

第一次，她叫了陈恕现在的名字，一字一顿地说："你要是恨我，就该先恨你自己，因为我这个魔鬼是你从地狱里拉回来的。我本来该在那个雨夜死掉的，谁说死亡是悲剧，很多时候活着要比死亡辛苦一百倍一千倍！是你救了我，教给我什么是猫儿眼，教给我认识毒蘑菇，所以张德金也好你小姨也好还有后来的林晓燕、小鱼、季春，他们都是你间接害死的！"

她俯视着陈恕，语调温柔，就如魔鬼的呢喃。陈恕气愤到了极点，反而冷静了下来，和庄静对视，冷冷地说："是的，我这辈子最后悔的事就是当初救了你。"

"可惜的是如果后悔管用，这世上又怎么会有个词叫悔不当初？"

"但我不会再错第二次了！"

陈恕说话的同时，突然甩开了手腕上的绳索，握住匕首向庄静挥去！

刀锋在雨中划过冷冷白光，眼看着就要刺中，却突然半路停住了。

庄静的动作远比陈恕快得多，她架住他的手臂，另一只手扬起，手心中藏着的刀片狠狠割在了他的右手腕上！

那一刀割得非常深，陈恕只觉得手腕上一凉，血液已经汩汩流出，染红了他的掌心和手臂，匕首落在了地上，等他反应过来时，手已经紧紧按在了伤口上。

庄静将刀片丢去一边，抓住他的头发逼近，微笑着说："你的演技确实很差，我早就知道你的小动作了，不过看到你演得这么热切，就奉陪了一下，看在老朋友的面子上……"

"你去死吧！"

伤口上的血流得太急，陈恕手使不上力，一挺身撞在了庄静身上，趁着她后退，他握住手腕，踉跄着站起来。

庄静冲他呵呵发笑，弯腰捡起了地上的匕首，不过她没有进攻，而是退到江茗身旁，揪住她的头发。

江茗眼神恍惚，似乎还没从药性中缓过来，面对庄静的暴力，她毫不反抗，任由庄静将她拉到陈恕面前。

"想让你儿子活吗？"庄静把匕首塞到了她手中，指着陈恕说，"那就杀了他。"

"杀他？"

江茗木然重复着，转头看庄静，庄静点开手机，待机画面是大宝弹钢琴的照片，她温柔地说："你也可以杀了你自己，换你儿子回来，哈，这么可爱的儿子，如果是我，我也不舍得他就这么死掉。"

一看到儿子的照片，江茗的眼眸顿时亮了，用力点头，庄静又柔声说："这是最后一次机会，你可千万别选错了。"

江茗立刻双手持刀冲着陈恕，眼神变得凶残，陈恕忍痛说："萧萧姐你醒醒，她在故意离间我们，她……"

话声被江茗的大叫声掩盖了过去，她双手握住刀柄，恶狠狠地冲向陈恕。

陈恕的手腕血流不止，不得不紧握伤口，脚踝上又被绳子拉住，没法正常迈步。眼看着江茗陷入疯狂，完全不听自己解释，而他连躲闪都勉强，更别说反击了。

江茗此刻只想着救儿子，一刀刺空，紧接着反手又一刀挥来，连着挥了几刀，都被陈恕躲过去了。

江茗急得又哭又叫："求求你别躲了，你死好不好？我儿子才五岁，他不能死的。"

她眼睛瞪得滚圆，把陈恕当成仇敌，恨不得杀之而后快。陈恕原本还想反驳，看她的反应就知道自己说什么都没用，随着血流不止,他渐渐感觉到力气用尽,只能勉强往后退,很快就站在了大坑边缘。

又一刀划下来,陈恕躲得慢了,手臂被割破,身体也失去了平衡,被脚踝上的绳索拉扯着一跟头栽倒。等他再抬起头时,匕首已经挥到了眼前。他慌忙就地滚开,江茗刺了个空,气得大声喊叫,又举着刀追上来。

庄静在旁边看得哈哈大笑。

"你看,这就是你喜欢的人,当初你对她有多好,现在她就有多想杀你。你和我一样,什么都没有,没有朋友,没有可以信任的人,连一个真正爱你的人都没有!"

陈恕没余裕听庄静的胡言乱语,眼看着匕首刺向胸口,他双脚同时踹过去,江茗力气也用尽了,被他轻易踹倒在地。

陈恕平躺在地上呼呼直喘,眼前眩晕,恍惚中看到江茗又站起来,他一咬牙,大声叫道:"醒醒吧你这疯子,大宝早就死了!"

江茗握刀的手停在了半空,喃喃问:"死了?"

"是的,就死在那间别墅里,就躺在卢苇的尸体旁边!"

"不可能,你骗我!"

为了让江茗信服,陈恕叫得更大声,哈哈笑道:"我为什么要骗你?你不信回去看看就知道了,庄静一开始就杀了他,你知道为什么吗?因为她嫉妒你,你们是朋友,可是她连个身份和名字都没有,你却活在天堂,她要你一无所有,变得跟她一样!"

"不是的不是的,我也什么都没有,我只有我儿子!"

"所以啊,她就是要夺走你最珍惜的东西,现在我们三个都一样了,她就心理平衡了。"

江茗双手握刀,原本对准陈恕,随着他的讲述,她转身朝向庄静,吼道:"是这样吗?!"

庄静不回应,只是弯下腰咯咯咯地笑。江茗急红了眼,突然冲她刺了过去,大叫:"我要杀了你!我要杀了你!"

庄静比陈恕灵活多了,轻易就避开了。江茗更加癫狂,挥舞着匕首在空中乱砍一气。

看着两个女人纠缠到一起，陈恕松了口气，趁机爬起来。

手腕上的血流得更多了，看不到伤口，整个手臂都麻木了，让他怀疑这只手是不是废掉了，只能继续用力按住手腕，摇晃着去找武器。

江茗虽然拿了刀，可她的体力远远不如庄静，被庄静找机会攥住手腕，又揪住她头发往后一带，江茗的头撞到树上，顿时失去了攻击能力。

庄静又一拳头打在她脑袋上，把她打倒在地，匕首也落到了地上。庄静踢开匕首，接着又上前连踹她几脚，冷眼看着她嘴角冒出了血，嗤笑。

"真是个蠢女人。"

江茗除了呻吟什么都做不了，庄静便说："蠢人活着也是浪费资源。"

她抬起脚，朝着江茗喉咙就要踩下，后脑勺突然传来剧痛，一个冰冷物体重重砸在她头上，将她砸倒。

血顺着额头流了下来，庄静抬手抹去，转过头，只见陈恕双手握住铁锹，他正是用铁锹偷袭自己的。

"啧！"她恨恨地啐了一口。

陈恕手腕上的血流得更多了，他像是毫无知觉，面对庄静，平静地说："不要再杀人了，你逃不掉的。"

"真是够麻烦的，本来不想杀你，偏偏你硬要去查以前的事，本来不想用这个，偏偏你又逼我。"

她说着话，从兜里掏出手枪对准陈恕。

陈恕保持举铁锹的姿势定在了那里，他不熟悉枪械，不过他想以庄静的心机，她不可能随身带把假枪。

一番争斗滚打下，三个人全身都溅满了泥巴和雨水，狼狈不堪，庄静无视趴在泥地上呻吟的江茗，冷冷盯着陈恕，陈恕呼呼喘着，和她冷眼相望。

同样的地方，同样的三个人，心境却完全不同了，曾经最要好的三个小伙伴，此刻却成了彼此最仇恨的敌人。

陈恕知道庄静是故意的，她现在有了所有常人拥有的一切，甚至更多，可她从来没开心过，她嫉妒每一个人，所以她希望所有人都跟她一样。

慢慢地，庄静唇角勾起了微笑。

"我走过很多地方，可是最让我怀念的却是安和医院，因为我们是在那里相遇的，那是我最开心的一段日子。"

陈恕皱起眉，不明白她为什么突然说到这个。

庄静又轻声追加了一句："再见，林枫！"

陈恕已经没力气躲避了，他闭上了眼睛。

砰！

响声传来，疼痛却没传来，陈恕恍惚了一下睁开眼睛，庄静的手枪落在地上，她紧握住流血的手腕。陈恕转过头，眼前冲过来一道人影，是陈一霖。

"你终于来了。"

陈恕虚弱地笑，身上再没有一点力气，啪嗒一声铁锹失手落下。

陈一霖上前扶住了他，看到他浸满鲜血的手腕，忙掏出手绢帮他按住伤口。陈恕听到了遥遥传来的警笛声，一颗心终于放下了。

"你是怎么找过来的？"

陈一霖转头看过去，随着喵喵几声叫，小猫从黑暗中蹿了出来，嘴上叼了个东西一晃一晃的，陈恕仔细一看，却是前不久祖母给他的小香囊。其中一个他带在身上，可能庄静搜身时见不重要，就随手丢在一旁，她大概做梦也想不到香囊里塞了木天蓼，那可是小猫的最爱。

庄静看到不妙，爬起来想逃，却被江茗一把抱住了腿。她往前一扑，也是凑巧，身旁就是大坑，她便顺着坑边滚了下去。

"自己挖坑给自己跳，这句话真是太配她了。"陈一霖嘲讽道。

陈恕想笑，意识却在此刻断弦了，伴随着陈一霖的呼喊，他晕了过去。

第二十章
猫儿眼

陈恕手腕上的伤口比他想象的要轻得多。他被送去医院，在接受包扎的时候就醒过来了，医生不知道内情，还以为他是自杀被送进来的，好意提醒他说以后别再做这种傻事了，割脉求死的概率很低的，因为绝大多数普通人根本就找不到尺桡动脉的位置。

陈恕哭笑不得，大概是心理作用，听医生这么一说，他发现手臂也不麻了，原本还想询问陈一霖后续，可是心情放松下来，靠着枕头很快就睡着了。

再次醒来已是次日清晨，赵青婷赶过来了，她听说了昨晚发生的事，眼睛红红的，看到陈恕醒了，她眼圈又红了，差点哭出来。

陈恕一问才知道原来赵青婷昨天买了小猫喜欢的零食，她有备用钥匙，就拿了猫零食直接过去了。谁知进门却发现小猫异常烦躁，还试图往外跑，她觉得不对劲，就打电话给陈一霖，刚好就是陈一霖赶去福利院之后。

那时陈一霖正追踪着苏远的车开去了安和医院，听到小猫的反应，就让赵青婷直接带猫去医院旧地址和他会合。之后赵青婷又跟着陈一霖追到了别墅，发现了受伤的卢苇。

接下来陈一霖说太危险，不让赵青婷再跟着，让同事送她回家。她担心陈恕的安危，一晚上没睡着，早上收到陈一霖的留言，听说陈恕在医院，就立刻赶了过来。

"都说小动物对危险的感知特别灵敏，这次我亲身体会到了。咱们杠杠简直神了，它怎么就知道你会出事，想跑出去救你呢。"

赵青婷一口气说完经过，发出感叹。陈恕在意的却是另外一件事，问："你说卢苇受伤？他没死？"

赵青婷眨巴眨巴眼，表情在说"难道你希望他死了？"陈恕发现了自己的语病,解释说:"我赶过去的时候看到他被刀捅了,好像伤得很重。"

"是很重,大夫说再深一点就没救了,所以他的命还挺大的,就是失血过多,要恢复得花点时间。"

陈恕松了口气。

虽然卢苇为了往上爬做了不少卑鄙的事,但他还是不希望他遇害,他不想再看到有人因为庄静的疯狂而死亡了。

"陈一霖还跟你说了什么?"

"没有了,只说你没事,让我别担心,还有杠杠,它在陈一霖那儿。"

赵青婷把微信留言给陈恕看,只有短短的一句话。陈恕想大案主谋被抓了,还要找回孩子,陈一霖现在一定很忙。

一想到大宝,他原本放下的心又提了起来,要问赵青婷,转念一想她不可能知道,话到嘴边改为问她是不是开车来的,想让她载自己去警局。

赵青婷还以为陈恕是记挂小猫,问了医生,在确定他手腕上的伤不妨碍活动后,开车带他离开,还顺便买了牛奶和面包,让他路上吃。

陈恕确实饿了,几口就把面包吃下肚。赵青婷偷偷看看他的脸色,小声说:"我都知道了,一切都是庄静搞出来的,那女人太可怕了,我都想谢谢她的不杀之恩了。"

"如果你动了她的奶酪,她也会毫不留情地干掉你,只能说你比较幸运。"

"可她为什么要害江茗姐呢?江茗姐也动了她的奶酪吗?啊,她是不是喜欢……"

总算不是太笨,赵青婷及时把话打住了。

陈恕笑了。

"不,她不喜欢任何人,她只爱她自己。"

两人来到刑侦科,还没进去就感觉到了气氛的凝重。

陈恕走到门口，刚好陈一霖出来，看到他，眼睛瞪圆了，问："你怎么来了？"

陈一霖眼里有血丝，头发乱蓬蓬的，明显一夜未眠。

人都抓住了，他不至于这么紧张，陈恕心一沉，问："是不是还没找到大宝？"

陈一霖低声说了句脏话，看到赵青婷跟过来，他把后面的话咽了回去，点点头，又看看陈恕手腕上的伤。

"伤怎么样？"

"别管我了，大宝是什么情况？庄静没说把他藏哪里了？"

"那女人一个字都不说，她是有预谋的，事先就弄坏了车上的GPS，现在我们只能根据交通监控一点点地查，就怕孩子……"

陈一霖说到一半，看看他们两个，说："这是警察的工作，你们别管了，赵青婷你带他回去好好休息，还有杠杠，它在里面睡觉，把它也一起带上。"

陈一霖指指屋里，赵青婷跑进去，陈恕忙说："要不我去试试，庄静对我的感情不一样，也许我可以让她开口。"

"你？"

陈一霖皱起眉，陈恕以为他不相信，还想争取一下，陈一霖说："那是个疯子，她掉进坑里后就用刀刺伤了自己的气管，还好我及时拦住了。她伤得不重，只是短时间没法说话，只用录音笔指证说大宝是你杀的。"

赵青婷抱着小猫跑出来，听到这话，脚步顿住，陈恕也一呆，问："我杀的？"

陈一霖无奈地摇头，掏出手机按了两下，里面传来陈恕和江茗的嘶喊声。

"是的，就死在那间别墅里，就躺在卢苇的尸体旁边！"

"不可能，你骗我！"

"我为什么要骗你？你不信回去看看就知道了，庄静一开始就杀了他，你知道为什么吗？因为……"

"不是这样的！"

陈恕没想到在那种情况下庄静竟然还录了音，那个恶毒的女人，还有什么是她做不出来的？想象一下江茗清醒后听到这段话的反应，他气得声音都颤起来了，叫道："当时是因为情况紧急，我乱说的，我根本没看到大宝，没看到尸体。"

"我知道我知道，我们鉴证人员又不是吃素的。我要说的是这个是她主动提供给我们的，并说人是你杀的，所以……"顿了顿，陈一霖说，"从庄静的性格还有当时的情况来分析，孩子很可能已经出事了。"

"不会的不会的，"赵青婷在旁边急得都快哭出来了，对陈一霖说，"你们千万不要信她的话，一定不能放弃寻找啊！"

"这一点你们放心，任何时候我们都不会放弃，只是要从庄静口中问到线索恐怕很难，她不会说，尤其是不会对陈恕说。"

陈一霖看向陈恕，赵青婷也眼泪汪汪地看陈恕。陈恕脑子里一片混乱，他没想到昨晚为了自救随口胡诌的话会变成现实，伸手揉揉额头。

陈一霖看他脸色难看，正要催促赵青婷带他走，陈恕忽然抬起头，说："孩子一定还活着，我跟你们一起去找，你要是不同意，我就自己去找，她不会杀他的，那还只是个孩子啊……"

话说到最后变得哽咽了，因为陈恕比任何人都更了解庄静的疯狂，明白她为什么要自残，她是宁可死都要拉他们一起下地狱的人！

这样的一个人，她是不会留孩子在身边的，那只会妨碍她的行动计划，更何况大宝认识她，她必须杀人灭口——理智告诉陈恕，陈一霖没说错，可感情上他还是想赌一把。就像小鱼那次，哪怕只有一丝丝希望，他都不想放弃。

陈一霖看看他的模样，叹了口气，点头表示同意了。赵青婷急忙晃晃手中的小猫，说："我也去，我带着杠杠，它可以找到恕恕，说不定也能找到大宝呢。"

陈一霖想说他们的警犬都全出动了，到现在都没消息，一只猫又有什么用？大宝和陈恕不一样，他身上又没戴木天蓼香囊。

不过看着两人殷切的目光，这句话他怎么都说不出口。

"那就试试看吧。"他说。

搜索结果不如人意，魏炎把庄静前一天经过的路线作为搜查重点，从凌晨就开始排查，可是直到次日中午，依然毫无结果。

暴雨过后，天空分外晴朗，阳光照在沿街每一个角落上，却照不进心头。

陈恕和赵青婷跟随陈一霖一组，每划掉一个地方，他的心就沉下一分。听着陈一霖和同事联络，似乎把山上作为重点来搜索，因为有人在山上发现了大宝的一只鞋，而且山上树木繁茂，也容易藏住一个孩子。只是除了那只鞋以外就没有更多的发现了。

陈一霖把几个可能藏人的地方都检查过后，开车去山间与同事会合，路上三个人各怀心事，谁都不说话。

最后还是赵青婷忍不住了，看看他们两个，说："交通监控不是拍到了庄静的车吗？应该能看到里面有没有小孩？"

"车窗拉了窗帘，看不到。"

陈一霖语调严肃，和平时判若两人。赵青婷往椅背上缩了缩，自嘲道："也是，我想到的你们警察肯定早就想到了……要是庄静不受伤就好了，说不定还能通过一些肢体动作看出蛛丝马迹。"

陈恕苦笑，他想庄静就是知道会被侧写，所以才自残，真是个狠毒的女人，对他人狠，对自己更狠。

目光掠向窗外，车已经开到了安和医院旧地址。

昨晚他着急去追凶手，没留意这里的风景，现在经过才发现当初的医院楼都拆掉了，换成了公寓，不远处还有正在施工的楼房，应该不用多久就会完工。

赵青婷看到施工楼房，眼睛立刻亮了，指指那边想提醒，又怕被嫌弃话多，临时闭了嘴。

陈一霖看到了，说："全都搜过了，没有。"

赵青婷失望了，垂下脑袋。陈一霖心里也很烦躁，叫住陈恕。

"你再想想昨晚的经历，庄静有点表演型人格，她很希望吸引别人的注意，尤其是你的，所以很有可能提过大宝的情况，想寻求你的赞美和认同。"

"认同？"陈恕冷笑，"她是聪明的疯子，她知道我永远不可能认同她的行为。"

"她知道，但即使知道也还是会渴望你的重视，毕竟你是她唯一的'朋友'。"

陈一霖说得没错，陈恕没再反驳，静下心，闭眼回想和庄静的对话，每一个字每一句话还有她每一个表情，除了她的疯狂和残忍外似乎什么都没留下……

不对，她说过一句话，话本身没问题，有问题的是她当时的表情。她举枪对准陈恕，表情从未有过地认真和悲伤。

那也许是她身上唯一存留的一点属于人类的感情。

"我走过很多地方，可是最让我怀念的却是安和医院，因为我们是在那里相遇的，那是我最开心的一天。"

陈恕的心脏剧烈地鼓动起来，睁开眼转头看外面。

车已经驶过了医院旧地址，朝山间奔去，他大叫："停车！"

伴随着刹车声，警车停在了道边，赵青婷张口想问他发现了什么，被陈一霖用眼神制止了。

陈恕打开车门跳下去，顺着路往回走，腿有点发虚。他走得跟跟跄跄，刚好和记忆中的景象重叠到了一起。

阳光照在不远处的景物上，明亮耀眼，像极了那天他们相约去后山的画面。

陈恕起先走得很慢，渐渐地脚步越来越快，原本的公寓消失了，转为曾经的医院楼房，患者在院子里休憩，穿过长长的走廊，就是医院的后门。

那天他们为了上山，曾经偷偷从这里出去过，水泥院墙是那种灰蓬蓬的颜色，上面还拉了铁丝网，对那时候的他们来说陈旧又神秘。

外面有几个员工在搬东西，东西是什么他不记得了，只记得板房旁边那个画着骷髅头的窨井盖……

陈恕的脚步忽然停住，看向前方。

他想起来了,他提着窨井盖想拉起来,却晃了个跟头,萧萧姐和小石头都在笑,他也笑了。

那天也是这么晴朗,阳光照在三个人的脸上,也照在小石头打的手语上。阳光刺眼,陈恕不由自主眯起了眼睛,终于他看清了那句手语。

——因为很开心呀。

对,昨晚庄静说了相同的话,大概是觉得他要死了,所以不吝告诉他真相!

"窨井盖……"他喃喃地说。

赵青婷没听清楚,正要问,陈一霖先发问了。

"你是说下水道口吗?"

"对,我们在那里玩过,那个下水道应该废弃了,都生锈了,链子也生锈了,你们找找,就在医院后门的地方……"

陈恕一边说着一边朝前跑去,其他两人紧跟在后面,可是医院都拆除了,周围都是新建筑物,乍看去很难判断曾经的后门在哪里。

"分头找。"

陈一霖说,又联络同事过来协助。赵青婷则翻手机上网查老医院的照片,再顺着照片提示的方向找,忽然脚边一道影子闪过,她吓了一跳,定睛看去,却是小猫从车上跳下来,头也不回跑远了。

"杠杠你别乱跑。"

赵青婷担心陈恕心爱的宠物跑丢了,急忙去追,可惜小猫速度太快,附近空地又有不少杂草,一眨眼就找不到了。

陈恕神情紧张,不断看向周围,赵青婷顾不得追小猫了,也跟着他一起找。这附近还没开始规划,空空的,一眼就看到头了,再加上昨天的暴雨,地面坑坑洼洼,看不到踩过的脚印痕迹。

"看照片应该就是这附近啊,可没有窨井盖,会不会拆迁时做了处理?"

陈恕心一沉,赵青婷的话说中了他的担忧——废弃窨井被改建的可能性很大,假如是这样,那就代表他想错了……

"喵!"

附近传来小猫的叫声，两人同时看过去，很快小猫又叫起来，用爪子抓着草，又咬进嘴里，嚼得很开心。

陈恕跑过去，他速度太快，小猫被吓到了，跳去一边，弓起身冲他发出示威式的呼噜声，像是在生气他打扰了自己用餐。

陈恕顾不得理它，蹲下来扒拉草，很多草是被连根铲起来堆在这里的，不仔细看还真难发现这里的草有问题，其中有不少猫爱吃的狗尾巴草，大概这就是小猫在这里玩的原因。

陈恕双膝跪地，用力拨开堆起来的杂草，陈一霖看到了，也跑过来帮忙。

在三人的努力下，杂草还有堆在下面的泥土很快都被拨开了，露出了底下锈迹斑斑的窨井盖。

赵青婷发出惊呼，陈恕立刻攥住把手提盖子，盖子没有上锁，轻易就被提起来了。

陈一霖打开手机照明探进去，窨井废弃已久，井底很浅，里面蜷了个小小的身躯。陈恕看到，眼泪立刻流了下来，立刻便要下井，被陈一霖拦住。

"你还有伤，逞什么能，我来。"

陈一霖跳入井底，查看孩子的情况，孩子闭着眼睛没反应，还好呼吸算平稳，听到陈一霖的呼唤，他轻轻嗯了一声。

陈一霖松了口气，朝上面摆摆手，表示孩子没事。

赵青婷激动地原地跳起来。陈恕也松了口气，一直提着的心终于放下了，他只觉得阳光分外耀眼，眼前眩晕，坐到了地上。

救护车很快赶到了，大宝被送去医院，陈恕因为身体状况不佳，也被陈一霖一起塞进了救护车。

长时间被困在阴湿狭窄的地方，大宝的身体有些脱水和发低烧，还好他体质不弱，经过治疗，很快就缓过来了。

陈一霖向他询问经过，他只记得自己原本在院子里玩，姐姐要带他去吃冰淇淋，他就上了姐姐的车，两人一起吃冰淇淋和点心，之后他就什么都不知道了。

他口中的姐姐就是庄静。庄静和江茗认识，还常去画廊玩，大宝和她很熟，完全没想到自己是被绑架了。他讲完自己的经历后还反问陈一霖姐姐在哪里，还想和她一起玩。

庄静给大宝的食物里放了安眠药，所以大宝的记忆中没有留下恐惧。陈恕听了陈一霖的转述，松了口气，在庆幸之余又感到不解，他无法想象以庄静的心狠手辣，竟然放过了这个可能会指证自己的活口。

陈一霖很快就告诉了他答案，那天庄静传给陈恕的视频还有后半部分，小柯修复了她删掉的那一段，视频里庄静伸手扣住了大宝的脖子，大宝还不知道逼近的危险，一脸天真的笑，说："姐姐你请我吃冰淇淋，我弹钢琴给你听呀。"

庄静侧身对着镜头，陈恕看不到她的表情，只看到她的动作稍微停下来，冷冷道："不需要。"

"那你想吃什么，我请你，老师说快乐一起分享的话，就会更快乐。"

孩子说着话，还拍拍庄静的头，小大人似的。陈恕看得心惊胆战，以为她会发怒，可她却笑了，也去拍大宝的头，视频就在两人的笑声中断掉了。

"你的推测没错，庄静一开始是打算杀这孩子的，她会临时改变想法，可能内心深处还存了一丝善良吧。"陈一霖说。

陈恕不知道他说得对不对，毕竟他们都不是庄静，她会改变计划，可能是当时孩子的童言童语让她感到了温暖，也可能是她觉得看着他们为了寻找孩子疲于奔命更有趣。

只不过作为一个正常的人，他们都希望是前者。

"对了，庄静已经可以开口说话了，听说大宝得救，她还笑了，说谢谢你。女人的心思本来就难懂，像这种恶魔女人就更无法理解了，我凌晨看恐怖片都面不改色，可是看着她笑，我是打心底发寒。"

陈一霖摇头叹息。陈恕想起童年经历，不由得怅然，说："大概她是谢我还记得和她在一起的那段时光吧。"

庄静杀了很多人，杀了最疼爱他的小姨，他曾经无比痛恨这个女人，然而此刻却发现比起痛恨，他更觉得她可怜。

她现在拥有了身份地位、美貌财富，还有无数的追随者，可惜她真正想要的从来都没有得到过。

"对了，她说想见你，有些话想跟你说，要见吗？"

"不，该说的那晚我们都说清楚了，我不想再见那个人，这辈子都不想再看她一眼。"

陈恕一口回绝了。

他低头看看缠着纱布的手腕，手腕上的伤虽然看着触目惊心，却并不严重，不是庄静下手时对他留了情，而是故意的。

故意消耗他的体力，让他和江茗为了活下来竭力厮杀，想把他们变成和她一样的恶魔。

现在庄静被捕了，一直纠缠他的雨衣男噩梦也结束了，他现在要做的是朝前走，而不是再任由恶魔拉自己下地狱。

"比起这个，我更好奇另一件事，你是怎么知道我开了苏远的车？是他联络你的？"

"不是，是我在找你的时候接到了他经纪人的电话，抱怨了一大堆，刚好给我提供了线索。说起来他那人也挺逗的，车被你开走了，他网约的车一直没来，他就坐了出租。没想到那是辆黑车，所以他中途就遇到了麻烦，我去还车的时候他直跟我说拼车的女人是鬼，吓得不得了，我就让同事帮忙查了一下，算是答谢他借你车。"

陈恕一听，上来了兴趣，"然后呢？鬼找到了吗？"

"开什么玩笑，这世上哪有鬼？真相不就是他被黑车司机坑了吗？要了他双份钱。"

陈恕扑哧笑了。陈一霖没好气地说："我说他了，让他小心黑车，坑钱是小事，遇到了心狠手辣的家伙，那可是会要命的。他貌似还不信，说自己在娱乐圈摸爬滚打了这么久，分得清好人坏人。呵呵，我也觉得我算是见过不少歹徒了，可还不是在庄静这儿栽跟头了，你要是遇到苏远，再给他提个醒吧。"

"好，我再顺便跟他解释下邢星的事，不能一直让人家背黑锅啊。"

陈恕原本的工作量就不多，有了受伤的借口，便索性把余下的工作也都推掉了，在医院附属的疗养院住了一个星期，其间他去警局配合提供证词，在走廊上遇到了江茗。

失去了妆容的掩饰，江茗看上去相当憔悴，不过精神状态还好，看到他，先是一怔，很快脸上浮起微笑，向他道谢，言语间显然是知道了大宝是他救下来的。

"人的感情真奇怪，你记住的是紫色，我很不高兴，可是你忘了她，我还是不高兴，不过……还好一切都过去了。"她低声发出感叹，又注视着陈恕，认真地说，"你一直对我很好，救了我也救了我儿子，可我却一直在利用你，甚至想杀你，我不求你原谅，只希望你以后一切平安。"

她的眼神中有愧疚有感激，似乎还有几分在意。陈恕想她应该是喜欢过自己的，只是那份喜欢敌不过她的欲望，她的本质不坏，她只是在每一次的选择中都选了错的那一方。

他说："如果你真觉得抱歉，那就不要再逃避了，把真相说出来，争取宽大处理。"

江茗点点头，随着脚步声，楚陵和两位貌似律师的人走了过来。

楚陵一身黑色西装，表情严肃，以前常戴的小饰物都不见了，人也消瘦了很多，脸颊下凹，还顶着重重的黑眼圈。几天没见，他整个人的气场都不一样了，陈恕一开始差点没认出他来。

新闻报道了楚卫风参与洗钱、制毒等犯罪行为，他名下的所有公司都在接受调查，陈恕听说梁悦也有可能被起诉。

父亲死了，母亲和姐姐也诉讼缠身，陈恕不知道最终结果会怎样，但那一定是个漫长的过程。公司一大帮员工要养，重担都压在楚陵身上，他不可能再像以前那样遇到点小事就乱发脾气，任性地把问题推给父母去操心。他甚至不能因为受打击而继续颓废下去。

陈恕让开了路，楚陵经过他身边，没像以往那样嘲讽他，而是微微低头，道了声谢。

陈恕点头回礼，看着楚陵走过去，觉得他成长起来了，只是这个代价太大了。

又过了两天,陈恕手腕上的伤口完全愈合了。周末清晨,就在他一边喝着酸奶一边考虑要不要提前结束"醉生梦死"的生活时,赵青婷跑来探望他。

"恕恕,我来帮你办出院手续。"

陈恕吓了一跳,几乎以为赵青婷有超能力,解读到他想出院的意念。

"我跟你说过我要出院吗?"

"没有,是我自作主张帮你决定的。我请了假,准备出去走走,我就想如果我不提前帮你办手续,你出院时孤零零的一个人,多可怜啊。"

"你对我是不是有什么误解,我还没孤僻到那种程度。"

"至少没什么朋友,而且陈一霖也休假了,你爷爷奶奶也不知道你的事……杠杠来,跟姐姐回家去。"

赵青婷蹲下来,拉开宠物包,小猫很配合,摆动着尾巴走了进去。

"你看杠杠都住烦了,想着回家呢。"

陈恕盘腿坐在床头,继续吸酸奶,说:"这不是医院,这是疗养院。你准备去哪儿玩?"

"还没想好,想到哪儿就去哪儿,也许等转一圈回来,我就不会再去在意那些事了。"

赵青婷装好猫,又开始帮陈恕整理私人物品,那利索劲儿让陈恕感觉她都可以胜任自己的新助理了。

他看看窗外,天空湛蓝,几乎看不到云彩,这么好的天气,一直窝在屋子里简直是浪费光阴,他立即做出决定,马上出院。

"是不是要出去很久?"

"大概短时间见不到面了,你要是想我,可以随时打我电话,不过我不保证能接到。"

陈恕点点头,大概他的表情太微妙,赵青婷马上说:"我这不是逃避,我和楚陵正式分手了,我想整理好心情重新上路。"

"你见过他了？"

"见了，他像是换了个人，做事也变沉稳了，如果是和现在的他认识，说不定我会同意交往。"

"现在也不迟啊，相信经历了这么多变故，他不会再像以前那么莽撞了。"

"也许吧，可惜认识的时间错了，我和他之间永远都隔了个回忆，回不去了。"

赵青婷的语气有些伤感，随即又笑了，说："怎么说我也不差啊，凭什么我要做备胎，替身什么的见鬼去吧。"

陈恕想起江茗，有种感同身受的怅然，或许记忆中不总是黑暗，也有很多美好的事物，可惜不管有多美好都回不去了，只能朝前走，也必须朝前走。

东西都整理好了，赵青婷说要去办手续，她刚踏出门马上又反身回来，一脸的紧张。

"那个人还在外面呢，我来的时候他就在走廊上晃悠了，不知道是狗仔还是粉丝。"

"哪个狗仔会追十八线小明星，粉丝就更不可能了，到目前为止，我只有你一个粉丝。"

"恕恕你不能妄自菲薄，虽然你的粉丝少，但也不是完全没有啊，不过'大叔粉'我还是头一次见。"

赵青婷说着又探头去看，陈恕的好奇心也上来了，直接走出去。赵青婷想拉他，已经晚了。

走廊对面站了个中年男人，他似乎想过来，走两步又返回去，如此来来回回，看到陈恕，他一愣，定在了那里。

"刘叔！"陈恕吃惊地叫道。

刘叔抬手想打招呼，半路又觉得太随便，手停在了半空。陈恕快步走过去，刘叔一脸尴尬，避开他的眼神，说："最近我太忙，一直没过来看你……好点没？"

陈恕伸手给他看。

"伤都好利索了，就是不知道会不会留疤。"

刘叔皱皱眉，张口要道歉，陈恕抢先说："要是留疤就好了，下次接自杀的剧，都不用另化妆了。"

刘叔看向他，陈恕一脸憨憨的笑，刘叔忍不住叹了口气。

"你呀，这事能拿来开玩笑吗？"

赵青婷看出他们有事要谈，跑去买了两罐饮料，说了句去办手续就跑掉了。

两人来到休息区坐下，刘叔没喝饮料，双手抱着罐子看起来欲言又止，陈恕便先开了口。

"你来看我，至少要拿个果篮嘛，你看人家苏远住院，经纪人每天都送好吃的过去。"

刘叔一听更紧张了，立刻掏手机。

"来得太急，忘了，我发个红包，你喜欢什么自己来买。"

陈恕想阻止，奈何刘叔手速太快，陈恕的手机振了两下，他点开转账红包，居然是六万六，愣了一下，抬头看刘叔。

刘叔表情很不自然，说："我都听陈一霖说了，也知道了他的身份，没想到十几年前的事到现在还在延续……最近你吃了不少苦，我也帮不上什么忙，只有钱……"

陈一霖跟刘叔说了多少陈恕不知道，不过他明白刘叔的心情。

换做以往，他要是出事进医院，免不得被一顿骂，但那件事暴露后，两人之间有了隔阂，刘叔不会再像以前那样指着他的鼻尖叫小兔崽子了。

陈恕抓抓头发，说："这次住院我老是觉得不得劲，一直想不通为什么，现在我明白了，原来是没被你骂啊。"

刘叔一愣，陈恕又说："难得你大方一次，那我就不客气了。"

他点了接收，看着钱进了自己的钱包，他放下手机，认真地说："我打算开个微博，第一条就写——看看我家的经纪人，出手比我这个艺人都阔气。"

"啊？你不换经纪人？"

"我为什么要换经纪人？"

"可是那件事……都是我的错，我也知道不管我怎么道歉怎么补偿,都无法改变那个事实……我一直在想如果当时我停车救你,你小姨也许就不会出事了,可再怎么想都没法回去了。"

一说到那件事,刘叔就变得激动,脸涨红了,声音也带了哭腔。旁边病友经过,都好奇地看他们。

陈恕急忙拉开易拉罐塞给他。

"刘叔你可千万别哭啊,人家不知道,还以为金牌经纪人被我这个十八线怎么着了呢,喝饮料喝饮料。"

刘叔被他逗笑了,接过饮料喝了一口,看看陈恕。陈恕又做了个让他再喝一口的手势。

刘叔照做了,看他的情绪平复下来,陈恕才正色说:"我没生你的气,刘叔。"

"真的?"刘叔不太信,"那件事连我自己都没法原谅自己。"

"可是原谅这种事是受害人来判断的,每个人都会做错事。刘叔你的错是有点大,但如果把我小姨的死怪在你头上,我觉得太不公平了。无法原谅的人是凶手,而不是刘叔你,更何况这些年你一直照顾我,就算有过错,也早就扯平了。我常常想你就像我父亲,有你在,不管我怎么折腾,都有人罩着我。"

刘叔眼圈又红了,不知道该说什么,又继续灌饮料。

陈恕坐到他那边,伸手扳住他肩膀,笑道:"再说了,你可是金牌经纪人啊,你捧过的人哪有不红的,我脑袋被门挤了才会去找别的经纪人。"

"小兔崽子,就会说好听的,"刘叔被他逗乐了,"行了,今后你想混一线就混一线,想混十八线就混十八线,只要有我刘善斌一天在,你想怎么折腾都由得你。"

赵青婷办完手续回来,就看到陈恕和他的经纪人并排坐一起,两人都笑得很开心,她也笑了,双手合十。

"日常迷信一下,万能的小猫猫啊,请保佑恕恕和我,还有我们认识的所有朋友今后都快快乐乐的。"

宠物包里的小猫伸伸爪子弓起腰,捧场打了个哈欠。

"喵。"

尾声

傍晚，陈恕坐车去郊外墓园。

开车的是刘叔派给他的新助理，是个刚入行的新人，人勤快，嘴巴甜，还自带呆萌属性。

陈恕有点无聊，正昏昏欲睡，电视里传来熟悉的嗓音，他睁开眼睛。

画面里果然是苏远，他一身西装，正对着镜头聊刚接的新剧，摄影师大概是他的"粉丝"，取的角度很好，让他看起来又瘦又高。

他说了几句后，镜头一转，对准了邢星。

邢星笑得一脸灿烂，和苏远互相搭着肩膀，朝镜头摆姿势，看那亲热的互动，谁能想到前不久这两人还斗得你死我活的呢。

陈恕扑哧笑了，觉得邢星应该感谢他，要不是他向苏远澄清事实，他们俩也不可能这样毫无嫌隙，至少表面上看非常和谐。

小助理误会了他的反应，解释说："据说他们都要拍新剧了，现在不都流行炒CP吗？刚好这两个剧是同一个导演，应该有联动环节，所以最近他们同框的镜头特别多，你不知道两边的粉丝撕得那叫一个激烈啊。"

"又有好戏看了。"

"恕哥你可别想置身事外，苏远接的这个剧你也有份。刘叔让我带剧本给你，你饰演的是个心理医生，戏份不多，但算是个中心人物，一直贯穿主线剧情。刘叔说这个角色可以保持曝光率，又不会特别累，特别适合你。"

陈恕哈哈哈笑起来，觉得刘叔真是太了解他了。

小助理又误会了，以为他在自怜自伤，偷眼看看他右手腕内侧的伤疤，说："恕哥你别放心上，我就觉得你的气质更适合演男二号警察，你的气场又洒脱又英气，和角色很配的。本来吧，男二号定的是邢星，可惜有人带资进组想要那个角色，让邢星演心理医生，邢星一生气就去别的剧里演男一号了。"

小助理虽然和陈一霖同为新人，却比陈一霖八卦多了。陈恕听着爆料又忍不住笑，觉得邢星的操作还真符合他的人设。

助理看他的反应，越发抓不住他的想法了，眼神掠过他的右手腕，又迅速闪开了。

陈恕注意到了，转转手腕。

一切都要归功于他的体质好，伤口恢复得很快，疤痕已经不明显了，要不是刘叔每天提醒他，他都忘了还要抹药膏了。

"这是自杀留下来的，"他感叹地说，"后来我被抢救过来，听医生说才知道，电视里演的都是骗人的，这种横切压根就死不了。因为桡动脉属于中小型动脉，含有很多弹力纤维，被横向切断后会反射性收缩止血，除非是主动脉，否则要死是不容易的。"

"那是恕哥你命大，今后千万别再做傻事了，还有什么能比生命更重要的？有问题一定要跟我说，我们一起来想办法解决。"

看小助理的脸都吓白了，陈恕反省了一下这个玩笑是不是开过火了。大概和陈一霖在一起时间久了，习惯了信口开河，反正那家伙聪明，说什么都骗不过他。

"对不起，"他老老实实道歉，"我没自杀，我就是开个玩笑。"

"你……"小助理无语了，摇头嘟囔道，"难怪刘叔让我打起精神配合你呢，原来如此。"

陈恕摸摸耳朵，配合着说："难怪这两天我的耳朵总是痒，原来是刘叔在念叨我啊。"

前方红灯，小助理停下车，看到他抬起的手，最后还是没能按捺住好奇，问："那你这一刀是不小心划到的吗？"

"不，是被一个女人割的。"

陈恕一脸认真，小助理瞅瞅他手腕上的伤痕，又瞅瞅他，哈哈哈笑起来。

"我知道了，恕哥你又在开玩笑。"

陈恕也笑了。

"是啊，是玩笑。"

墓园到了，陈恕没让小助理跟随，拿起花束准备下车。

小猫睡了一路，车一停它就醒了，睁开眼，伸爪子挠宠物包上的拉链。

陈恕便把它放出来，拿出牵引绳套在了它脖子上，小猫动作轻盈，跳下车朝前跑去。

一人一猫走进墓园，陈恕先去父母墓前做了祭拜，接着又去小姨的墓前，放下花束，合掌拜了拜。

夕阳照在墓碑照片上，照片里的女生在暮光中笑着看他，陈恕也微笑回望，说："一切都结束了。"

小猫在旁边玩耍，忽然像是发现了什么，跳起来往前冲去。

陈恕手里还攥着牵引绳，被它带着跑到了路边。

对面刚好有人走过来，看到他，一愣，竟然是陈一霖。

陈一霖穿着一身黑色西装，手里拿了一束花，小猫冲过去，抓着他的裤管一路往上爬，在他裤子上留下了一串清楚的梅花瓣。

"这么巧。"陈恕打招呼。

"是啊，我来祭拜一位殉职的前辈，刚过来就听到猫叫，我还想不会这么巧吧。"

陈一霖被小猫弄得手忙脚乱，陈恕怕它弄坏花，把它抱过来放回地上，又跟随陈一霖朝前走，在一座墓前停下。

墓碑照片里是个很年轻的男人，穿着制服，头戴警察帽，英姿飒爽。

陈恕不知道他是什么原因过世的，看陈一霖表情肃穆，也不方便多问，跟着一起合掌拜了拜。

祭拜完毕，两个人一只猫慢慢往墓园外走，陈一霖说："对了，小鱼的尸体找到了，庄静也承认人是她杀的，这件事跟你有点关系，我想还是跟你说一声比较好。"

陈恕点点头。

虽然这是个悲伤的结果，但总算可以给死者家人一个交代，至少不会像他那样一直对小姨的过世耿耿于怀。

手机响了,陈恕拿出来,是祖母来的短信,交代他说明天下雨,出门记得带雨具。他笑着回复说好。

陈一霖见他用的是诺基亚,说:"你还在用这部手机?"

"嗯,本来想过要不要还给江茗,后来想想,虽然手机是她给的,但它承载最多的是我和家人的记忆,所以除非它坏掉,否则我会一直用下去。"

"记忆真是个很奇妙的存在。"

"是啊,之前江茗跟我提过有关记忆的说法。人是有感情的,所以回忆这个行为本身就包含了创作和重塑的过程。我们每回忆一次,就会在记忆中加一层滤镜,所以我想真正的经历已经不重要了,重要的是在回忆过程中感受到的美好或悲伤。"

"所以对庄静来说,和少年时代的你的那段短暂接触更多的是她记忆的美化。"

"是啊,其实对她来说那本来是最黑暗的一段时光,要感谢她记忆的美化,才能让我几次躲过危机。"

来到墓园门口,陈一霖说自己的车停在另一边,指指对面,跟陈恕道别。

陈恕叫住他,稍微犹豫后,问:"刚回去是不是不习惯?"

"还好,至少可以领到工资了。"

陈恕被逗笑了,说:"我的意思是如果你想回来,我这边随时欢迎,虽然我只是个十八线,不过养两个助理还是没问题的。"

"我知道,不过我还是更想当警察。"

"即使很危险?"

"即使很危险,"陈一霖说,"总要有人冲锋在前,才能让更多的人过上安定的生活——这是我前辈说的,他也是这样做的,我希望可以做像他那样的人。"

沉沉暮霭中,陈一霖的神色无比坚毅,陈恕有关月薪的话都到嘴边了,看到他的表情,那句话便咽了回去。

他微笑着说:"你一定可以的。"

陈恕回到车上，小助理闲着没事做，把正在追的剧看了一半，见他回来，忙帮他打开车门，原本想问怎么去了这么久，转念一想万一他问了，陈恕说和鬼聊天了怎么办，便临时改为——

"杠杠你爪爪脏了，来，让哥哥帮你擦一擦。"

他去抱小猫，陈恕叫住了他。

"你给刘叔打电话，说我接新剧。"

"好啊好啊，虽然心理医生的戏不多，不过贯穿整部戏，还是有很大的发挥空间的……"

小助理一边唠叨着一边去拿手机，陈恕说："不是心理医生，我要演警察男二号。"

小助理的动作僵在了那儿，继而转过头，一脸古怪地看陈恕。他想也许陈恕真的在墓园见到鬼了，要不怎么一出来就说胡话。

"我觉得吧……男二号都有内定了，刘叔大概……可能不太会同意。"

"不，他会答应的，"陈恕微笑着说，"因为我一定可以演好这个角色。"

（完）